Nami Korevko

novum pro

Bibliografische Information
der Deutschen Nationalbibliothek:

Die Deutsche Nationalbibliothek
verzeichnet diese Publikation in
der Deutschen Nationalbibliografie.
Detaillierte bibliografische Daten
sind im Internet über
http://www.d-nb.de abrufbar.

© 2022 novum Verlag

ISBN 978-3-99131-077-8
Lektorat: Volker Wieckhorst
Umschlagfotos: Alona Stepaniuk,
Watthano | Dreamstime.com
Umschlaggestaltung, Layout & Satz:
novum Verlag

Gedruckt in der Europäischen Union
auf umweltfreundlichem, chlor- und
säurefrei gebleichtem Papier.

www.novumverlag.com

Inhaltsverzeichnis

Ein kühler Wind wehte dem obdachlosen Dieb um die Ohren und veranlasste ihn dazu, seinen alten zerfetzten Schal enger um seinen Hals zu schlingen. Es war tiefschwarze Nacht. Keinerlei Menschenseele war in der Stadt vorzufinden. Keine einzige Kutsche fuhr die Straßen hinunter. Herrlich. Wie angenehm ruhig so eine Stille doch sein konnte. Mit leicht zitternden Händen griff der nicht besonders große Mann nach seiner Taschenuhr, um sich über die Uhrzeit zu informieren. Mittlerweile war es zwei Uhr morgens. So spät schon. Und immer noch keinen geeigneten Schlafplatz entdeckt. Um draußen zu nächtigen, war es viel zu frisch. Verdammter Mist. Weshalb konnte er sich nicht wie gewohnt in ein Hotel schmuggeln? Diesen Gedanken hat er zu seinem Leidwesen den ganzen Tag über verworfen. Na ja. Vielleicht hätte er sich nicht so vollsaufen sollen. Aber wie anders ließ sich denn ein Abschied feiern? Eine ausgelassene Stimmung herrschte zwischen ihnen. Das Saufgelage wurde vor jedem einzelnen Schluck mit einem schallenden Lachen begleitet, während die Musik dumpf im Hintergrund dröhnte. Der Alkohol drohte wieder aus deren Nasen zu fließen. Die Schlägerei anderer Gäste wurde zur Nebensache. So gute Laune hatte Alester seit langer Zeit nicht mehr verspürt. Doch so schnell die Kerze der Freude und Laune entzündet wurde, so schnell erlosch die kleine Flamme wieder und hinterließ eine zerfallene Hülle aus Wachs zurück, gepaart mit einem verbrannten Geruch, der die Luft verpestete und die Finsternis zurückkehren ließ. Seine innere Leere war erdrückend und ließ ihn gegenüber gar nichts auch nur einen Hauch an Wichtigkeit verspüren.

Ähnlich wie ein veraltetes Spielzeug, das bereits vor Jahren kaputt ging. Eine vom Hund verrissene, mit Speichel überzogene Stoffpuppe, der ein Knopfauge fehlte und deren Füllung zur Hälfte vermisst wurde.

Er würde diesen mysteriösen Herren vermissen. Ein sehr freundlicher und sympathischer Geselle. Schien aus gutem Hause gestammt zu haben. Eine stattliche Statur. Seine Haut besaß einen leicht gebräunten Teint. Giftgrüne Augen musterten die Umgebung, und sein Haupt besaß eine dunkelbraune Mähne. Vincent Gregwood. Dieser Name klang von Bedeutung. Ob sich dies bestätigen ließ, war die Frage. Ungefähr vor einem Monat machte er seine Bekanntschaft. Es wunderte ihn, dass ein ungewaschener Landstreicher, wie er es war, von einem scheinbar Wohlhabenden Beachtung geschenkt bekam. Sie verstanden sich von Anfang an. Ihm wurde erzählt, dass der Mann auf Reisen, quer durch das ganze Land, war. Gregwood wollte mehr sehen und erleben, da er bis vor Kurzem sein bisheriges Leben nur der Arbeit gewidmet hatte. Zwar konnte er aufgrund seiner Tätigkeit gut leben, allerdings bereute er eine Sache. Was das war, wusste der Halunke jedoch nicht. Mehr erläutern wollte sein einziger Freund auch nicht. Aus welchem Grund auch immer.

Nun war er fort. Keine Ahnung wohin. Darüber wurde er nicht in Kenntnis gesetzt. Dies machte ihn zu Anfang stutzig. War er etwa auf der Flucht? Hämisch verwarf er diesen Gedanken wieder. Das war doch absurd.

Erschöpft rieb der Herr sich die Hände, um das Blut, das durch seine Adern floss, wieder in Wallung zu bringen, damit seine Gliedmaßen wieder spürbar waren. Ein Seufzen. Was für ein armseliges Leben er doch führte. Alester Frow. Ein unbedeutender Name, den niemand

kannte. Allerdings war sein Gesicht des Wiedererkennens
wert, und danach verspürten sämtliche Leute das Verlangen, es zu bespucken. In den Augen der Gesellschaft war
seine Person bloß irrelevanter Abschaum. Auch musste
seine Wenigkeit bereits aus einigen Dörfern und Städ-
ten fliehen, da Steckbriefe ausgestellt wurden. Allerdings
war dies einzig und allein sein Verdienst. Ein freudloses
Lächeln bildeten seine spröden Lippen. Warum setzte er
diesem Dasein nicht ein Ende? Niemand würde ihn vermissen. Ganz im Gegenteil. Man würde sich seines Verlustes bereichern. Einen Verbrecher weniger. Und wenn
er doch ehrlich zu sich selbst war, stand er doch bereits
auf dem Stuhl und sein Hals in der Schlinge des Gal-
genstricks. Er musste lediglich sein Gewicht nach vorn
verlagern, um die Balance zu verlieren und sich von der
Schwerkraft nach unten fallen zu lassen. Weshalb erwies
sich dies noch als schwierig? Die Last würde sich auf den
eng geschnürten Hals übertragen und langsam die Luft-
zufuhr verhindern. Das verzweifelte Hecheln nach Sauerstoff würde nicht lange anhalten und bald im wahrsten
Sinne des Wortes ersticken. Aber er konnte es nicht, weil
er ein Feigling war. Ein verfluchter, erbärmlicher Feigling. Feigling. Feigling. Feigling.

Er bog in eine Gasse ein. Seine Schritte hallten laut
wider. Die Fassaden der Gebäude waren alt und brüchig.
Dieser Teil der Stadt war größtenteils unbewohnt, aufgrund der schlechten Zustände der Häuser. Die Holzplatten knirschten gefährlich, als könnten sie jeden Moment
zusammenbrechen. Die Fensterläden waren nicht mehr
vorhanden, und die Türen ließen sich nicht mehr ver-
schließen. Bedauerlicherweise kümmerte sich niemand
darum, und somit entschlossen die meisten sich dazu um-

zuziehen. Unachtsam trat Frow in eine Pfütze. Fluchend setzte er seinen Weg mit durchnässten Schuhen fort. Noch vor wenigen Stunden peitschte der Herbstregen schmerzhaft zu Boden und überflutete jede einzelne Regenrinne.

Ein Rabe krächzte vom Dach einer veralteten Kirche, an der Frow eben vorbeilief. Ein widerliches Geräusch. Es klang aggressiv. Der Vogel breitete seine Flügel aus, um jeden Moment loszufliegen. Das Vieh krächzte immer noch ununterbrochen. Den Kopf richtete er hinauf zum Mond. Genervt biss Alester sich auf die Zähne und nahm an Geschwindigkeit zu. Bloß weg von diesem Störenfried, dachte er sich. Er wollte diesen schrecklichen und immer lauter werdenden Gesang nicht weiter ertragen. Er folgte dem Gang nach rechts und fand sich schlussendlich auf einem kleinen Platz mit einem Brunnen in der Mitte wieder. Hektisch näherte er sich ihm, um kaltes Wasser in sein Gesicht zu schütten. Seine Lider wurden immer schwerer. Die Kraft ließ nach. Die kalte Herbstluft raubte ihm die Energie sowie die stechenden Kopfschmerzen. Dieses penetrante, stechende Bohren in den Schläfen konnte unerträglich sein. Für einen Moment betrachtete Frow sein Spiegelbild. Wie mitgenommen er doch aussah. Dunkle Augenringe zierten seine Visage. Nichts war mehr übrig geblieben von seiner früheren Gestalt.

Unglaublich. Es war doch wirklich unglaublich, wie nur ein einziger Moment eine riesige Auswirkung auf die eigene Zukunft haben konnte. Ein trockenes Lachen entkam seiner Kehle. Jedoch verklang es schnell wieder. Dieser Scheiß-Rabe saß auf einmal auf der Mauer zu seiner Linken und starrte ihn an, als würde er auf einen Wurm lauern und den richtigen Augenblick abwarten, um zuzuschnappen. Leichtes Unbehagen machte sich in ihm breit. Schwarze, leblose Augen starrten ihn an. Nein. Es waren finstere Löcher der Hölle, die alles verschlingen konnten.

Erbärmlich. Fing er wirklich an, sich vor einem blöden Vogel zu fürchten?

Plötzlich begann das Vieh wieder zu krächzen und flog direkt auf sein anvisiertes Opfer zu. Schützend hob Frow seine Arme und schlug den Raben zu Boden. Blut rann seine Hand hinab. So was. Hatte er ihm doch tatsächlich ein Stück seiner Haut entrissen. Wütend blickte er auf das nun hilflos sich windende Federbündel hinunter. Was fiel diesem Mistvieh ein? Rachedurstig hob er sein Bein und grinste vorfreudig wie ein kleines Kind, das es kaum erwarten konnte, sein Weihnachtsgeschenk zu öffnen. Nur mit dem kleinen Unterschied, dass die Augen nicht vor Freude, sondern vor Wahnsinn funkelten. Jetzt war er dran. Er wird diesen vermaledeiten Raben zertreten, bis ihm die Eingeweide rausplatzen. Er ließ sich doch nicht von einem kleinen Tier verarschen. Davon hatte Alester genug. Viel zu oft musste er Blamagen über sich ergehen lassen. Davon hatte er genug. „Stirb, du verficktes Mistvieh!“, schrie er und trat mit aller Kraft auf das Tier. Noch mal. Noch mal. Und noch mal. So lange, bis nichts weiter als eine rote Pfütze mit blutdurchtränkten schwarzen Federn übrig war.

Ein dunkles Lachen ließ ihn innehalten und nach vorn blicken. Aus dem Schatten des Mondlichtes trat ein komplett in schwarz gekleideter Mann mit Hut. „Nehmt Euch in Acht, mein Freund. Sich noch so spät herumzutreiben, könnte gewisse Konsequenzen mit sich bringen!“, ertönte seine tiefe Stimme. Na und? Was interessierte ihn das? „Was schert Ihr Euch denn um mich?", kam es spöttisch und skeptisch zurück. Dabei zog er eine Augenbraue hoch und trat von seiner Schandtat weg. Was glaubte der Mann denn, wer er war? Wieder ein Lachen seitens des Unbekannten. „Nicht doch. Machen Sie keine Späße. Ich wollte Sie lediglich vorwarnen!", lächelte sein Gegenüber kalt. Warnen? Wovor denn bitte schön? Etwa vor der schneeweißen Hexe, die vor wenigen Tagen hier gesichtet wurde? „Was haben Sie denn für einen Anlass dazu?", fragte der Obdachlose irritiert. Seine Frage wurde ignoriert. Stattdessen kam der Herr einige Schritte näher. Instinktiv trat Frow bis zum Brunnenrand zurück. Dieser Typ hatte etwas Bedrohliches, wenn nicht sogar Teuflisches an sich. Sein Blick schien durch ihn hindurchzugehen. Er fühlte sich wie ein eingeschüchtertes Tier, das in die Enge getrieben wurde. Dieses Schauspiel gefiel ihm gar nicht. Er musste den Herrn so schnell wie möglich loswerden. All seine Muskeln spannten sich an, bereit, jederzeit loszurennen. Weshalb er sich vor ihm fürchtete, war Alester ein Rätsel. Muskulös sah er nicht gerade aus. Der stechende Blick des Hutträgers richtete sich auf die kleine Blutlache vor ihm.

Der Fremde streckte seine Hand nach einer schwarzroten Feder aus und hielt sie zwischen seinen behandschuhten Fingern. Abwesend und gelangweilt betrachtete er den Fund, während er sich wieder erhob. Seine Körpergröße betrug etwas mehr als sechs Fuß.

„Blut verlangt nach Blut, nicht wahr?", erhob der Mantelträger wieder das Wort, und seine Augen richteten sich auf des Landstreichers blutende Hand, dessen Verletzung leicht brannte. Betroffen verdeckte der Verletzte die Wunde. Hat er deswegen tatsächlich seine Beherrschung verloren? Die Müdigkeit nahm ihm doch mehr jegliche Hemmungen und Anstand, als er dachte. Das war doch nicht nötig gewesen. Aber diese Einsicht kam nun ein bisschen zu spät. Dies war definitiv nicht sein Tag. Ob dies auch sein letzter war? So viel Pech auf einmal hatte ihn schon lange nicht mehr verfolgt. War das möglicherweise das Werk der Hexe? Hat sie ihn mit ihrem Fluch belegt? Panik stieg in ihm hoch. Innerlich flehte er den Himmel an, dass dies hoffentlich nicht der Fall war. Frow begann zu zittern. Erschrocken zuckte er zusammen, als die schwarze Gestalt zu sprechen begann. „Wären Sie so freundlich, mir ein paar Fragen zu beantworten?“, grinste er amüsiert. „Zu welchem Zweck?“

Seine Stimme klang heiser, drohte zu versagen. Idiot. Er war ein Idiot. Sein Gegenüber zischte: „Das hat Sie nicht zu interessieren, Mr. Frow. Beantworten Sie mir lediglich folgende Frage, und ich verspreche Ihnen, dass Sie mich nie wiedersehen werden!“ Der Kleinere setzte an, um zu antworten, stutzte aber. Woher kannte er seinen Namen? Sein Gedanke stand ihm wohl ins Gesicht geschrieben, da der Andere erwiderte: „Woher ich Ihren Namen kenne, spielt keine Rolle. Ich möchte bloß ein paar Angaben bezüglich Vincent Gregwood!“

Moment mal. Gregwood? „Wie bitte?“, war alles, was er entgegnen konnte. Nun knurrte der Schwarzgekleidete. Seine Geduld war langsam am Ende.

Verdammt. Wollte er sich wirklich schon heute von der Welt verabschieden? Der Hutträger zog eine Pistole aus seinem Mantel und richtete sie auf den Kleineren. Hörbar schluckte Alester. „Ich weiß es nicht. Er hat mir nichts erzählt. Ich schwöre bei meinem Leben!", antwortete Frow wahrheitsgemäß mit zitternder Stimme und versuchte seinen Peiniger zu besänftigen. „Und das soll ich Ihnen glauben?", meinte der Bewaffnete kalt. Seine Stimme war ruhig. Zu ruhig. „Versuchen Sie mich doch zu verstehen. Wir sind uns ähnlicher, als Sie denken!" Ein spöttisches Glucksen entfloh seinem Mund. Da hatte er sich doch hoffentlich verhört. „Richten Sie bitte Ihr Augenmerk auf Ihr Werk und sagen Sie mir, bereuen Sie Ihre Tat? Ich wage es zu bezweifeln!" Eine kurze Pause folgte. „Nein. Ganz im Gegenteil. Sie haben es genossen. Es genossen, jeden einzelnen und letzten Lebensfunken aus diesem unbedeutsamen Tier auszuhauchen. Und aus welchem Grund?" „Aus Rache!", beantwortete Frow wie benommen die Fragestellung, seine Augen auf die rote Pfütze gerichtet. Das dunkle Kichern ließ ihn aufschauen. „Genau. Sie und alle anderen Menschen auch sind rachsüchtige Wesen, die dazu bereit wären, alles und jeden zu zerstören, nur um ein Gefühl der Befriedigung hervorrufen zu können!" Seine Stimme wurde lauter. „Deswegen bitte ich Sie höflichst, mir dabei nicht im Wege zu stehen!"

Er wollte sich also an Vincent Gregwood rächen. Aber weshalb? Was hat Gregwood denn diesem Herrn angetan?

Der Mann war definitiv verrückt. Wer war er überhaupt? Eingeschüchtert schluckte der Dieb, als er feststellte, dass der Größere immer näher kam. „Ich gebe Ihnen mein Wort. Ich weiß wirklich nichts. Ich habe keinerlei Kenntnis darüber, wo Gregwood sich aufhält!", beschwichtigte Frow. Als die beiden sich näher als zuvor gegenüberstanden, packte der Hutträger ihn seufzend am Hals. Reflexhaft griff der Obdachlose nach der Hand des Anderen. Es wurde immer fester zugedrückt. Die Luft wurde knapp. Er drohte sein Bewusstsein zu verlieren. Punkte flimmerten vor seinen Augen. Dann nahm der Druck auf einmal ab. Nach Luft ringend wand Alester sich auf dem kalten Steinboden. Verängstigt schaute er nach oben in das Gesicht des Fremden. Sein Lächeln war nichts weiter als verabscheuenswert. Ein eiskaltes und skrupelloses Lächeln, das selbst die Hölle zu Eis gefrieren konnte. Um dem Anblick zu entfliehen, schloss er seine braunen Augen, die keinen noch so winzigen Teil von Lebensfreude ausstrahlten. Und trotzdem fürchtete der Obdachlose um sein Leben.

Welch eine Ironie, dachte er sich. Nun befand er sich in genau derselben Position wie der Rabe, den er zuvor zertreten hatte. „Erbärmliche Made!", zischte der Stehende abfällig und entfernte sich von Frow. Ließ er ihn etwa am Leben? Noch traute er sich nicht, sich zu rühren. Schwer atmend betrachtete er den Himmel. Wie es wohl dort oben war? Vielleicht viel angenehmer als hier in seinem trostlosen Leben.

Endlich von all den Sorgen befreit sein und die Menschen hinter sich lassen. Alles und jeden vergessen. Ein Neuanfang. Es gab nichts, nach dem er sich mehr sehnte.

Nach einer Weile stützte Alester sich erschöpft auf seinen Armen ab, um sich aufzurichten. Was war das eben? Einfach nur verrückt. Ein verständnisloses Seufzen entfloh seiner Kehle.

Der Klang einer gelösten Sicherung ließ ihn zu Eis erstarren. Wie naiv es doch war zu glauben, der Verrückte wäre tatsächlich verschwunden und hätte ihn verschont. Wie in Zeitlupe wagte er es, sich umzudrehen und blickte einem Pistolenlauf entgegen. Der Bewaffnete nahm seinen Hut vom Kopf und hielt ihn sich demonstrativ entschuldigend auf die Brust. Alesters Augen weiteten sich. Dieses Gesicht kannte er doch von irgendwo her. „Es tut mir wirklich leid, Ihnen das mitteilen zu müssen. Aber schließlich kennt der Fluch der schneeweißen Hexe keine Gnade. Wenn Sie also gestatten. Ich empfehle mich!", grinste er und drückte ab.

Licht und Dunkel waren von Grund auf verschieden. Dies wusste ein jeder. Am Tage erhellte die Sonne jedermanns Pfad, und in der Nacht wiesen die funkelnden Sterne den Weg, aber nur die Wenigen wussten die Richtung rauszulesen. Man glaubte, das reine Herz ließ die Punkte am Himmel erstrahlen. Und eben jener, der Böses beabsichtigte, würde von der Finsternis verschlungen werden. So geschah es, dass ein kleines Dorf ein paar Jahre nach der Geburt eines bestimmten Kindes von der Bildfläche verschwand. Dieses Kind, von dem Fluch des Geistes des Mondes betroffen, welcher ihre Haare silbern färbte und dessen Augen beinah durchsichtig waren, trug den Namen Lumine. Die Bewohner spielten ein trauriges Theater mit ihr, bis sie eines Tages verstand. Furcht und Abscheu wurde ihr hinterrücks entgegengebracht. Von außen aber schienen die anderen freundlich zu sein. Töricht war es, dem Glauben zu schenken. Die erhobenen Mundwinkel wurden mit feinen Pinselstrichen aufgemalt. Sogar ihr Vater stellte sich gegen sie. Hinter ihm die Meute als Anhänger. Die Mutter konnte nichts für sie tun, da ihre Seele bereits lange Zeit zuvor für immer und ewig eingeschlafen war. Trotzdem, so war sie immer noch wunderschön, wie eine Puppe. Zutiefst verletzt, gepeinigt vom inneren Schmerz, rannte Lumine davon. Weit, weit weg. Ohne einen einzigen Blick zurück. Die heißen Tränen versiegten immer mehr, je weiter sie sich entfernte, und die Erinnerungen verschwanden im schwarzen Nebel, wie das Dörflein selbst.

Kapitel 1 – Hilflos

Ihr bewundernder Blick folgte dem wunderschönen Naturschauspiel, wie die Sonne den Horizont küsste, um dann langsam von der Dunkelheit verschlungen zu werden. Die Seelenspiegel trieften vor Faszination. Ihre schmalen Lippen formten tonlos das Wort: „Wunderschön!" und bildeten ein wohliges Lächeln. Ein leichter Wind spielte mit ihren schneeweißen Haaren und ließen sie, wie die farbigen Blätter, wild in der Luft umher- tanzen. Auch der Saum des weißen Kleides regte sich verspielt.

Der Herbst war angebrochen. Die schönste aller Jahreszeiten. Die Tage werden kürzer, die Nächte wiederum länger sein. Der Himmel leuchtete in einem saftigen Orange, und der Übergang wurde immer dunkler. Nur noch zur Hälfte war der Feuerball präsent. Es würde nicht mehr lange dauern, bis man die Sterne funkeln sah. Für einen kurzen Moment schloss sie verträumt die Augen. Schwärze. Das Licht und Farbenspiel waren auf einmal komplett erloschen. Erinnerungsstücke tauchten auf. Traurig stimmende Bilder zeigten sich nach einer Ewigkeit wieder, die sie zuvor so stark verdrängt hatte.

Ihre Mundwinkel zogen sich automatisch wieder nach unten. Diese Szenarien würden sich bestimmt nicht schnell vergessen lassen. Wie von fremder Hand gesteuert, griff die Frau sich an den Hals und zog an der Schlaufe des weißen Bandes, das vorhin noch ihre grässliche Narbe verdeckt hatte. Vorsichtig berührten die Fingerkuppen der anderen Hand die verheilten Schnitte, die ihr zugefügt wurden und ihre sanfte Stimme raubten, um sie auf ewig zum Schweigen zu bringen. Das Gesicht des damaligen Täters war verschwommen. Ihn wiederkennen zu können, wäre ziemlich unwahrscheinlich gewesen. Allerdings gab es mit Abstand viel mehr Dinge, die ihr lieber gewesen wären, als diesem Monster erneut zu begegnen. Nie wieder. Bitte.

Dafür würde sie alles tun. Fröstelnd verschränkte die zierliche, kleine Frau die Arme. Ein Schluchzen. Erneut richtete die weißhaarige Schönheit ihren Blick gen Horizont, der immer dunkler wurde. Das Gras um sie herum begann ebenfalls langsam an Schwärze zu gewinnen, so wie der See vor ihr. Das klare Blau wurde immer mehr von der Finsternis verschlungen und erinnerte an ein riesiges Loch, ein Tor zur Hölle. Verschwunden. Nun war die Sonne vollständig untergegangen und würde sich in den nächsten Stunden nicht zeigen. Das Spiegelbild ihrer Gestalt im Wasser war nur noch an leichten Umrissen zu erkennen, aufgrund des Mondscheins hinter ihr.

Leicht erschrocken zuckte ihr Körper zusammen, als sie plötzlich zwei Hände auf ihren Schultern spürte. „Lady Luna, Ihr solltet euch des Wetters angemessener kleiden. Nicht, dass ihr noch krank werdet!", vernahm sie die fürsorglich klingende, tiefe Stimme ihres Butlers Benedict, der ihr die Kapuze des schwarzen Mantels behutsam über ihr Haupt zog. Die eben Angesprochene wendete sich von dem See ab und drehte sich vollends zu dem Schwarzhaarigen um. Freudestrahlend schaute sie in die blauen Augen des Mannes, dem sie so viel zu verdanken hatte. Ohne ihn hätte sie wahrscheinlich ihre restliche Kindheit nicht überstanden. Ohne ihn hätte sie ihre Lebensfreude verloren. Ohne ihn wäre sie vermutlich bereits tot. Ohne ihn wäre sie einfach nur hilflos. Immerhin war er der Einzige, den Luna noch hatte. Seine Hand fand seinen Platz auf der Wange seiner Herrin, um die heißen Tränen wegzuwischen.

Unschlüssig, jedoch darauf bedacht, sich nichts davon anmerken zu lassen, musterte er seine Herrin. So wehrlos und verloren. Wahrlich Mitleid erregend.

Als der Butler kurz davor war, es zu wagen, sie in den Arm zu nehmen, um ihr Trost spenden zu wollen, hielt sie ihn davon ab und distanzierte sich von ihm, dabei signalisierend, dass es ihr gut ging. „Seid Ihr sicher, dass es Euch gut geht? Ich wage es, mir zu erlauben, Euch zu sagen, dass ich anderer Ansicht bin. Ihr braucht keinesfalls Euch zu verstellen und Euren Schmerz zu leugnen. Vergesst nicht mein Versprechen, dass ich Euch damals gab!" Betroffen nickte Luna und ballte ihre Hände zu Fäusten. Die seelischen Verletzungen waren anscheinend noch zu frisch. Wie auch immer. Aber sie war kein kleines Mädchen mehr, auf das ständig Rücksicht genommen werden und den ganzen Tag über betreut werden musste. Sie war stark. Musste es jedenfalls sein. Schließlich wollte sie Benedict unter keinen Umständen zur Last fallen. Die Vergangenheit ließ sich nicht ungeschehen machen. Man musste sich immer den Umständen anpassen.

Tief atmete das feenhafte Wesen ein und aus. Ihre Lungen füllten sich gierig mit Sauerstoff und schieden den giftigen Kohlendioxidgehalt wieder aus. Erneut wagte sie, den Augenkontakt mit dem Mann vor ihr zu halten. Nie war es ihr jemals möglich gewesen, seinen Blick zu deuten. Aber sie glaubte, in diesem Moment einen Hauch von Sorge zu erkennen und noch etwas, das allerdings nicht einzuordnen war. Was war es? Mitleid? Trauer? Zuneigung? Ein Rätsel und viel zu irrelevant, um sich darüber den Kopf zu zerbrechen. Wahrscheinlich würde sie niemals dazu in der Lage sein, hinter seine Fassade blicken zu können. Doch war dies bei Weitem nicht nötig, da Luna ganz genau wusste, dass er das Herz am rechten Fleck besaß, selbst wenn er nicht den Anschein erweckte, der darauf hindeuten mochte. Da war sich die junge Herrin absolut sicher.

Das weiße Band immer noch fest in ihrem Griff. Wieder wurde der Augenkontakt unterbrochen. Diesmal war es ihr Butler, der sein Augenmerk auf die entblößte Verunstaltung des sonst makellosen Körpers der Frau richtete. Wut keimte in ihm auf. Wut auf sich und auf IHN. Er hätte es verhindern können. Der eigentliche Drahtzieher hinter allem Übel ist glücklicherweise bereits von der Bildfläche verschwunden.

Wie konnte man nur? Er hätte es ahnen sollen. Innerlich schüttelte er den Kopf. Es war geschehen und somit auch unwiderruflich. Mit dem mussten sie nun leben. Langsam näherte sich der treu Ergebene und entnahm ihr das Band, um es ihr wieder umzubinden. Sie ließ es zu. Nachdem er sein Tun beendet hatte, erhob er seine Stimme: „Bitte begebt Euch nun wieder in die Kutsche und versucht zu schlafen. Ihr müsst Euch ausruhen. Und bis wir den Wald vollständig durchquert haben, wird es noch eine Weile dauern!" Nachgebend folgte Luna seiner Bitte und schritt auf die schwarze Kutsche zu, die auf dem breiten, leicht unebenen Waldweg stand. Dankbar lächelte sie Benedict zu, als er, wie schon so oft, die Tür aufhielt und ihr half einzusteigen. Erschöpft ließ sie sich auf die Sitzbank fallen, schlief nach kurzer Zeit ein und wurde, wie jede Nacht, von alten, bedrückenden Bildern ihrer Vergangenheit in ihren Träumen heimgesucht.

Mit eisernem Griff hielt der treue Butler die Zügel in seinen Händen und beobachtete während der Fahrt die finstere Umgebung. Verärgert musste er feststellen, dass auch seine Kräfte langsam verschwanden.

Die Müdigkeit drohte ihn wie eine riesige Welle mit in die Tiefe zu reißen. Wann hatte er das letzte Mal ausgiebig geschlafen? Selbst wenn es ihm schwerfiel, so musste er ebenfalls an seine Gesundheit denken. Denn sein Leichnam würde Lady Luna nichts bringen. Für ihn hatte ihre Sicherheit stets höchste Priorität. Nichts, aber auch gar nichts würde ihn davon abhalten können, sie zu beschützen.

Der kleine Hügel unter dessen Baum das Mädchen schlief, wurde von einem kegelförmigen Sonnenstrahl erhellt. Ein neuer Tag war angebrochen. Ein Neubeginn. Unter dem Rascheln der Blätter war es das flatternde Flügelschlagen, das Lumine erwachen ließ. Ihr trüber Blick klärte sich und sie erblickte vor sich eine weiße Taube, die auf einem Stein saß und sie musterte. „Wie du wohl heißen magst?", erhob sie ihre Stimme und beschloss daraufhin, den Vogel auf den Namen Kuro zu taufen. Ab diesem Zeitpunkt wich Kuro ihr nicht mehr von der Seite.

Kapitel 2 – Die Perfektion in Person

Wer war schon perfekt? Das Aussehen entsprechend einer in Stein gemeißelten Schönheit. Helle und reine Haut, die im Scheine des Mondlichtes zu strahlen begann, gepaart mit roten, wohlgeformten Lippen, die schneeweiße Zähne beherbergten. Kräftiges, schimmerndes Haar und leuchtende Augen, die jeden in ihren Bann ziehen konnten. Eine makellose und unvergleichbare Statur, die in jedem den Ehrgeiz erweckte, ebenfalls so auszusehen. Einen besonnenen Charakter, eine reine Seele mit einem Herz aus Gold. Tadellose Verhaltensgewohnheiten wie eine gerade Haltung, dem einer Linie entsprechend, und eine überaus gewandte Wortwahl sowie Ausdrucksweise, die den Verdacht erwecken ließ, dass dies einem zuvor verfassten Text, der lediglich auswendig gelernt wurde, gleichkam. Die Fähigkeiten besitzen, ein Instrument oder im Idealfall mehrere spielen zu können, wie auch die Tanzkunst zu beherrschen und allen Fehlern und Makeln vorzubeugen.

Man durfte keine negativen Eigenschaften aufweisen. Nicht sie. Die Adligen der Gesellschaft.

Aber all diesen strengen Vorschriften musste eine Person im Stillen widersprechen. Tonlos, aufgrund der Angst, verstoßen, verachtet und allein gelassen zu werden. Die Tochter einer Adelsfamilie musste perfekt sein. Erst recht die Tochter der Familie De Menciums.

Allerdings fragte sie sich: War sie denn nicht bereits, wenn nicht seit Jahren, allein? Es fühlte sich zumindest so an. Das wohlhabende Leben war kalt und nur begleitet von langweiligen und oberflächlichen Gesprächen, die keinerlei Farben beinhalteten. Deren Privileg war Quantität, nicht Qualität. Wie traurig dies doch war. Jedoch schienen diese verkorksten Leute tatsächlich glücklich damit zu sein. Am liebsten wollte das Mädchen aus dem goldenen Käfig entfliehen. Doch wie? Wahrscheinlich würde ihm das niemals gelingen, außer es würde einen äußerst beängstigenden Entschluss fassen, vor dem es sich mehr als nur fürchtete. Allerdings wäre sie nicht die Erste, die in ihrer Familie Suizid begehen würde. Ihre Tante Sherry wurde vor knapp fünf Jahren in ihrem Gemach erschossen aufgefunden, so wurde ihr erzählt. Da war Luna gerade mal sieben Jahre alt gewesen, zu jung, um sowas verstehen zu können. Nun war diese Tat ihr eher ein Begriff. Traurigerweise hatte sie keinen Abschiedsbrief hinterlassen, um wenigstens erahnen zu können, was die rotblonde Frau dazu veranlasst hatte, die Waffe ihres Mannes zu greifen, sich auf das Bett zu setzen, ihre Hand mit der zuvor entsicherten Pistole an ihren Kopf zu führen und den Abzug zu drücken. Ihr Make-up war komplett verwischt. Sie musste offensichtlich geweint haben.

Um das schreckliche Kopfkino zu beenden, schüttelte das zwölfjährige Albino-Mädchen verzweifelt den Kopf. Den Tränen nahe, schloss sie ihren feuerroten Seelenspiegel. Sie sollte nicht mehr allzu oft darüber nachdenken. Schliesslich konnte man es nicht mehr rückgängig machen. Der Kummer aufgrund des Verlustes saß wahrlich tief. Überraschenderweise jedoch nicht nur Trauer, sondern zusätzliche Wut war spürbar. Wut deswegen, weil sie sich im Stich gelassen fühlte. Ihre Tante war der einzige Halt gewesen. Sie war die einzige Person, die sich ihr gegenüber nicht entfremdet benahm, als wäre Luna nur ein Vorzeigeprodukt, aufgrund ihres sonderbaren Aussehens. Ihre Eltern mochten von außen hin als wunderschön und charmant betrachtet werden, allerdings richtige Liebe konnte sie von ihnen nie erwarten. Vielleicht, als sie noch ein Baby und Kleinkind war. Aber nun?

Mittlerweile hatte sie immer wieder das Gefühl, dass ihre Familie sich immerzu verändert hatte in den letzten Jahren, an die sie sich zumindest erinnern konnte. Besuch bekamen sie auch immer seltener und falls dies mal der Fall war, dann ausschließlich nachts. Aus dem Büro ihres Vaters Earl Edwin De Mencium schien nahezu noch bis zum Morgengrauen Licht. Bekam er denn noch genug Schlaf? Selbst wenn Luna noch so wenig das Gefühl übermittelt bekam, Liebe von ihren Eltern zu erhalten, so machte sie sich dennoch Sorgen um ihren geliebten Vater. Geliebt? Natürlich. Die eigenen Eltern musste man doch lieben. Sie musste doch dafür dankbar sein, in solch einem Luxus leben zu dürfen, und das nur dank ihnen. Dank dem, was ihr Vater aufgebaut hatte. Ja, aber was denn? Ihr wurde nie erklärt, woher der Ruhm und Reichtum kam. Wahrscheinlich war sie noch zu jung, um das richtig zu verstehen, wurde ihr gesagt – oder eingeredet?

Seufzend schloss die Weißhaarige ihr über alles geliebtes Buch, das ihre Tante ihr einst zu Weihnachten geschenkt hatte und in dem sie bis eben noch gelesen hatte.

Es war in dunkelbraunes Leder gebunden und besaß goldene Verschnörkelungen, die die Ecken unterstrichen. Der Titel des Märchenbuches war ebenfalls in goldener und gebundener Schrift geschrieben. Das Buch wurde nach dem Namen des Hauptcharakters der Geschichte benannt. Es hieß Lumine. Ein sehr schöner Name. Er gefiel der Adelstochter sehr, und sie mochte die erfundene Person. Sie konnte sich mit ihr irgendwie identifizieren. Wie sie selbst besaß Lumine ein ungewöhnliches Aussehen.

Mit Sicherheit wäre Luna dazu in der Lage gewesen, jeden Satz des Märchens zu rezitieren, da sie es nach so häufigem Lesen auswendig kannte. Sie liebte ihr Geschenk wirklich. Aber es war nun nicht bloß ein Geschenk, sondern auch ein Andenken.

Langsam erhob sich die Weißhaarige aus ihrem Stuhl, auf dem sie gesessen hatte, um aus dem Fenster blicken zu können und lief an dem Bett vorbei, um vor ihrem Regal, das sich neben ihrem riesigen Schrank befand, stehen zu bleiben. Sanft strich Luna verträumt mit ihren bleichen Fingerkuppen der Schrift entlang. Ein kleines Lächeln von einer Mischung aus Freude und Trauer setzte sie auf. Ein paar Minuten verharrte sie in dieser Position, bevor sie sich aus ihrer Starre wieder löste und sich auf die Zehenspitzen stellend, die Lektüre zurück ins hölzerne Gestell verfrachtete. Neben den Büchern saßen ihre zwei alten Stoffpuppen mit Zierkleidchen, deren Wert womöglich mit dem eines echten, maßgeschneiderten Kleides vergleichbar war. Ihre glänzenden schwarzen Knopfaugen starrten ins Nichts. Diese kalten und leblosen Augen, bei denen man das Gefühl hatte, sie würden einen beobachten. Unheimlich.

Schnellen Schrittes näherte das kleine Mädchen sich wieder dem Fenster und nahm wieder Platz auf ihrem Stuhl. Neugierig folgte sie dem Tun des Gärtners. Draußen schien die Sonne und die Blumen begannen zur Frühlingszeit zu blühen. Es herrschte ein überaus herrliches

Wetter. Keine einzige Wolke konnte man oben am hellblauen Himmel entdecken. Am liebsten wäre die Kleine zum Angestellten nach Draußen gefolgt und hätte ihm geholfen. Allerdings: Ohne Erlaubnis war es ihr nicht gewährt, das Anwesen zu verlassen, aufgrund ihres geschwächten Immunsystems. Selten ließ man sie das Haus verlassen. Ihr Gemach konnte noch so groß sein. Trotzdem fühlte sie sich darin eingesperrt, wie in einem Käfig, dessen Schlüssel zur Sicherheit weggeworfen wurde.

Ein für sie viel zu riesiges Bett stand an der Wand mittig des Raumes. Daneben auf der rechten Seite, wie erwähnt, der mit mehreren Dutzend von Kleidern gefüllte Schrank und das Regal aus Eichenholz. Der Boden wurde von einem roten Teppich mit goldenen Mustern bedeckt. Ihre Vorhänge der Fenster waren so weiß wie ihr Haar.

Was sie nur alles dafür getan hätte, um sich an die frische Luft begeben zu dürfen. Da kam ihr ein gewisser Gedanke. Zwar war es ihr nicht gewährt sich außerhalb des Hauses aufzuhalten, aber für kurze Zeit wäre dies doch kein Problem. Verschmitzt grinste die Kleine. Sie würde nicht lange weg sein, dachte sie sich. Schritte die sich ihr näherten, ließen Luna aufhorchen. Sie kannte diesen versteiften Gang. Nur noch ein paar Meter und die Person würde in ihrem Türrahmen stehen. Innerlich seufzend erhob das Kind sich und wandte sich, noch mit geschlossenen Augen, in die Richtung des Klanges um. Die Stimme des Zimmermädchens Genevieve veranlasste sie dazu sie nun anzuschauen. In diese freudlosen grünen Augen, die denen eines Fisches ähnelten, musste sie jeden Tag starren.

„Lady, Luna ich hoffe doch, Ihr habt nun Eure Lektion gelernt und werdet es doch wohl vermeiden, weitere Unannehmlichkeiten zu verursachen. Das würde Eurem Vater vieles ersparen und den Namen der Familie nicht weiter in den Schmutz ziehen!“

Luna mochte ihre raue Stimme nicht. Sie mochte ihre Art nicht. Eigentlich mochte sie gar nichts an ihr. Genevieve war eine unangenehme Person. Jeden Tag vernahm sie einen Text dieser Art. Mittlerweile war dies zur Gewohnheit geworden. Aber dennoch hinterließ es jedes Mal einen kleinen Kratzer im Inneren, der überraschenderweise viel mehr schmerzte als zuvor angenommen. Ob es der nicht besonders alten Frau Freude bereitete, über die Adelstochter zu tadeln oder ihr dies von ihren Eltern aufgetragen wurde, wusste sie nicht. Noch vor Genevieve hatte das Mädchen viele andere Zimmermädchen. Jedoch blieben diese nie lange, denn schon nach kurzer Zeit haben sie gekündigt oder es wurde ihnen gekündigt, und daraufhin sah die Kleine sie nie wieder. Anders bei Genevieve. Ausgerechnet sie. Aber vielleicht würde sich auch dies bald ändern. Schließlich wusste man nie.

Die eben geäußerten Worte, die Luna wie Steine an den Kopf geworfen wurden, schluckte sie tapfer herunter und überspielte ihre Reue mit einem gekünstelten Lächeln.

„Diesbezüglich entschuldige ich mich nochmals. Aber Genevieve, erlaubst du mir vielleicht, mir ein bisschen die Beine zu vertreten?“ Unschuldig verschränkte sie dabei die Arme hinter ihrem Rücken.

Misstrauisch legte die schwarzhaarige Frau ihre hohe Stirn in Falten, ehe sie antwortete: „Nein. Euch ist es für heute strengstens untersagt, Eure vier Wände zu verlas-

sen. Habt Ihr das etwa vergessen? Wagt es also nicht, auch nur einen Schritt über die Türschwelle zu wagen. Dies könnte Konsequenzen nach sich ziehen!" Was für ein tö
richtes und ungezogenes Balg sie doch war. Und so eine wie sie sollte eine Adlige sein? Pah! Dass sie nicht lachte. Eine ungehobelte und tollpatschige Person wie sie hatte nicht einmal ansatzweise das Zeug dazu, zum höchsten Rang der Gesellschaft zu gehören. Noch ein strenger Blick des Zimmermädchens unterstrich den Befehl, bevor auch sie auf dem Absatz kehrtmachte und ihren Tätigkeiten nachging.

Nachdenklich starrte Luna die nun geschlossene Tür an. Was für Konsequenzen denn? Sie wollte doch nie ihre Eltern verärgern oder ihnen im Weg stehen. Sie wollte lediglich ein Kind sein, das nicht eingesperrt und wie ein Vorzeigeprodukt behandelt wurde. Was war daran so verwerflich? Eigentlich gar nichts. Eigentlich. Jedoch: Ihr Wunsch, bloß für wenige Minuten ihr Zuhause zu verlassen, das sie noch nie komplett durchquert hatte, da es ihr immerzu verboten wurde, war zu groß. Sie würde niemanden stören und auch bald wieder zurück sein. Versprochen. Voller Elan und Spannung betätigte ihre kleine Hand die Türklinke und eröffnete ihr den Weg ins Abenteuer. In ein Abenteuer, mit dem sie niemals gerechnet hätte und dessen Folgen sie niemals hätte verursachen wollen.

Leisen Schrittes lief sie den Flur entlang, um zur großen Treppe zu gelangen, die in die Eingangshalle führte. An der Wand hinter dem ersten Treppenabsatz hing ein großes Gemälde, auf dem ihre Eltern abgebildet waren. Die engelsgleichen blonden Haare ihrer Mutter wurden von dem Maler mit einer Mischung aus den Farben Weiß, Gold und Gelb gemalt. Ihre schmalen Lippen, die ein minimales Lächeln andeuteten, waren rosa und ihr fabelhaftes, beaurdauxrotes Kleid, das ihr ein majestätisches Antlitz zauberte, machte den Augen Lunas nicht ansatzweise Konkurrenz. Ihre schmalen Schultern wurden von einem kräftigen Arm in Beschlag genommen, der ihrem Vater gehörte. Seine braunen Augen strahlten selbst auf dem Bild eine gewisse Strenge aus und ließen vermuten, dass sein erheitertes Gesicht nur eine Fassade war, die jederzeit wieder in sich zusammenbrechen würde, sobald der Zeitpunkt gekommen war. Seine dunkelbraunen Haare verschmolzen leicht mit den sanften Schattierungen im Hintergrund. Er war ein Mann, dessen Größe den Durchschnitt etwas übertraf.

Voila. Ein Vorzeigeehepaar, dessen Ruhm und Anerkennung kein Ende zu nehmen schien.

Die perfekten Adligen Earl Edwin De Mencium und seine Gattin Lady Valanice De Mencium. Und nur ein einziger kleiner Störfaktor existierte in ihrer ach so perfekten Scheinwelt. Ein Parasit. Das schwarze Schaf, das sich nicht in die Herde eingliedern wollte, nicht konnte.

Achtsam wagte Luna es, sich einen Überblick zu verschaffen, bevor sie sich nach Vergewisserung, dass niemand sich in der Halle aufhielt, nach unten begab. Immer noch darauf bedacht, keinen Lärm zu verursachen. Stufe um Stufe. Nach links abgebogen, folgte sie dem Gang entlang und betrachtete im Vorbeigehen gewisse Bilder oder Vasen. Das Zeitgefühl und die Orientierung ließen immer mehr nach, je länger die Zwölfjährige den verzweigten Gängen folgte. Das Anwesen kam ihr vor wie ein Labyrinth. Irgendwann kam sie an einer Sackgasse an. Erschrocken versteckte die Kleine sich aber wieder hinter der Ecke. Genevieve staubte die Gemälde und Wandleuchter ab. Hoffentlich hatte das Zimmermädchen sie nicht bemerkt. Dieser Teil des Hauses wurde merkwürdigerweise weniger beleuchtet. Rechts und links befanden sich jeweils noch zwei Türen. Diese führten wahrscheinlich ihres Wissens nach in die Vorrats- und sonstige Lagerräume. Ihr Herzschlag legte einen Zahn zu. Sie wollte keinen Ärger bekommen. Nicht noch mehr eingeschränkt werden. Ein deutlich hörbares Rumpeln und ein erstickter Schrei ließen ihren kleinen Körper zusammenzucken. Erwischt. Bestimmt hatte Genevieve sie entdeckt.

Wenn sie sich stellen würde, bekäme sie möglicherweise eine mildere Strafe.

Allen Mut sammelte sie an und atmete tief ein und aus.

Danach überwand die Adelstochter sich, trat um die Ecke und hob zaghaft den Kopf. Auf alles gefasst, schluckte Luna, jedoch alle Anspannung löste sich auf, als sie auf eine bis auf mit zwei Wandleuchten bestückte leere Wand starrte.

Nanu? Womöglich hat sie einen der Räume betreten und ist irgendwo dagegengestoßen, dachte sie sich. Hoffentlich hatte die Frau sich nicht allzu schwer verletzt.

Dies sah Luna als Chance, um so schnell wie möglich umzukehren. Schnellen Schrittes begab sie sich zurück. Aber dieser Laut war äußerst merkwürdig. Waren die Türen so morsch? Oder steckt was … Ihr Gedankengang wurde unterbrochen aufgrund des Zusammenstoßes mit einer anderen Angestellten des Hauses, die zuvor ein Tablett, beladen mit Porzellan und einer bescheidenen Mahlzeit, trug. Jedoch lagen diese nun zerbrochen und ungenießbar auf dem Boden. Ihr weißes Kleid bekam einiges von der Sauerei ab. Aus ihrer Trance erwacht, stand die Weißhaarige schnellstmöglich wieder auf den Beinen und entschuldigte sich. „Nicht doch, Lady Luna, euch trifft keine Schuld!", beschwichtigte das dunkelblonde Hausmädchen namens Serina sie und machte sich daran aufzuräumen. Was für ein Tollpatsch sie doch sein konnte. Mist. Das Scheppern hallte genug laut wider, dass man es meilenweit hätte hören können.

„Was ist das hier für ein Krach?", ertönte Earls beherrschte Stimme, als er sich dem Tatort näherte, dabei die beiden weiblichen Geschöpfe inspizierend. Seine stechenden Augen musterten Lunas verschmutztes Kleid, und wie ein Blitzschlag keimte eine Wut in ihm auf. Niemals. Nie ging ein Tag in Ruhe zu Ende, ohne dass auch nur ein Missgeschick widerfuhr, ob von den ungehobelten Angestellten verursacht oder seitens seines eigenen Fleisch und Blutes, das er nur zu gerne vor der Öffentlichkeit versteckte. Und dieses Ding sollte eines Tages seinen Namen vertreten? Vermaledeit! Hätte er doch bloß einen Sohn bekommen, der dem eines edlen Ritters gleichgekommen wäre. Ein perfektes Geschöpf, das alles und jeden in den Schatten stellte. Jedoch war dem nicht so. „Scher dich davon!", meinte das Oberhaupt des Hauses zynisch an das Zimmermädchen gewandt. Wortlos und ergeben leistete die Frau seinem Befehl Folge und verschwand mit den scharfen, schneidenden Scherben in ihren Armen. „Und nun zu dir", setzte der Earl an, wurde aber unterbrochen. „Es tut mir leid, Vater. Ich wollte mir doch nur ein wenig die Beine vertreten. Ich hätte es mit Garantie nicht gewagt, mich nach Draußen zu begeben. Bitte verzeih mir!", äußerte Luna ertappt, den Blick gesenkt. Leichte Überraschung huschte über sein Gesicht.

Aber sein Ärger wurde dadurch nicht besonders minimiert. Sein Entschluss stand fest. Ab morgen würde er sie einsperren lassen, wenn er der Ansicht war, es würde vonnöten sein. Zwar wollte er noch bis vor Kurzem sein Kind mit einer äußerst erhöhten Lautstärke seiner Stimme zurechtweisen und seine Hand erheben. Allerdings verzichtete er darauf. Kraft und Nerven würde er in den nächsten Tagen in hohen Mengen gebrauchen. Somit wäre es am Besten, wenn er sich seine Reserven aufsparte. Immerhin sollte dabei nichts schiefgehen.

Die folgenden Tage verbrachte die Adelstochter ausschließlich in ihrem Zimmer und verließ ihr Gemach nur, um entweder zu speisen, damit sie nicht an mangelhafter Ernährung irgendwann krepieren würde, und um im Musikzimmer ihrem Geigen- sowie Französischunterricht nachzugehen. Sie liebte ihr Instrument. Außerdem war sie talentiert. Zweifellos. Die sanft gespielten Melodien, die den niedergeschriebenen Noten entsprachen, zogen sie jedes Mal in eine andere Welt. Dabei konnte sie sich entfalten und sah vor ihrem inneren Auge immer eine Szenerie, die sie sich so gerne ausdachte. Ihr absolutes Lieblingsstück war Bianco vom italienischen Musiker Cedriano. Dieses Lied hatte sie schon so oft gespielt. Es war Ihr absoluter Favorit. Wenn sie traurig war, sich einsam fühlte oder generell ihr irgendwas auf dem Herzen lag, spielte sie diese Melodie und verschmolz mit den Klängen, die sie für einen kurzen Moment alles vergessen ließen.

Ihr Musiklehrer Henry Rue legte seinen Taktstock auf den Notenständer, richtete sich seine Brille, die ihm viel zu oft von der Nase rutschte, und klatschte anerkennend mit den Händen. Dabei schenkte er ihr zusätzlich ein freundliches Lächeln. „Wundervoll, Lady Luna. Ihr habt Euch heute selbst übertroffen!" Glücklich über die Anerkennung seitens des mittlerweile grauhaarigen Lehrers, bedankte die Kleine sich und vollführte einen leichten Hofknicks.

Ihre Mutter betrat den Saal und erkundigte sich. Wie jeden Tag sah die Gattin des Earls atemberaubend aus. Leicht schmunzelnd an Mr. Rue gewandt, erhob sie das Wort: „Und wie macht sich meine Tochter?" In ihrer Stimme schwang ein gewisser Ton mit, den man als hoffnungsvoll bezeichnen konnte. Der ältere Herr breitete demonstrativ die Arme leicht aus und erwiderte: „Wahrlich hervorragend. Nahezu perfekt. Eure Tochter ist offenkundig talentiert!" Leichtes Stutzen seitens der blonden Schönen. „Nahezu perfekt?", wiederholte sie leise ungläubig. Das breite Lächeln, das noch bis vor Kurzem Lunas Gesicht zierte, war verschwunden. Selbstverständlich kümmerte ihre Eltern nur Perfektion. Wie konnte sie auch nur einen einzigen Gedanken daran verschwenden, dass ihre Eltern stolz auf sie sein würden? Nichts und niemand war perfekt. Oder? Zumindest nicht ihre Wenigkeit. Sie wollte es auch nicht sein. Langsam begann sie, dieses Wort wirklich zu verabscheuen. Während die beiden Erwachsenen ihr holpriges Gespräch weiterführten, packte die weißhaarige ihre Geige mitsamt Bogen wieder ein und machte sich daran, den Saal zu verlassen. Vorher verabschiedete sie sich noch von dem lieben Musiklehrer. Draußen aber verblieb sie, nicht weit von der Tür entfernt, und wartete, bis ihre Mutter ihr folgen würde, da sie Luna dazu gebeten hatte.

Erschöpft schloss sie ihre blutroten Augen und atmete tief ein und aus. Ihre Arme eng um ihre Geige geschlungen. Als das Mädchen nach einer ungewissen Weile Schritte vernahm, blickte es auf. „Liebling, vernachlässige niemals dein musikalisches Talent, ja? Bald wirst du dazu in der Lage sein, deine Kunst zu perfektionieren. Immerhin liegt dir die Musik. Aber bitte zier dich nicht, auch an deinen Tanzkünsten und Manieren zu arbeiten. Deine Tollpatschigkeit mit eingeschlossen. So was schickt sich nicht für eine Adlige. Wir sind besser als die normalen Leute. Verstehst du? Wir sind perfekt. Wir müssen perfekt sein!" Sanft legte Lady Valanice ihrer Tochter die Hände auf die Wangen. „Bitte tu es für mich", hauchte weinerlich ihre Mutter. Erschrocken stellte Luna fest, dass die Frau vor ihr den Tränen nahe war. Aber weshalb? Aus welchem Grund? Noch war es der Kleinen ein Rätsel.

Eine Antwort bekam sie zu ihrem Bedauern nicht.

In der folgenden Woche startete die Familie De Mencium den Tag mit einem höflichen Empfang für ihre Gäste. Nach langer Zeit beehrten sie die Snootfields und Stanvishes wieder. Gemeinsam saßen alle im Garten zu Tisch, speisten und unterhielten sich. Deren Gespräche besaßen so viel Tiefgang wie ein flacher Teller. Wundervolle und köstliche Speisen wurden von dem Personal serviert. Das hölzerne Möbel war beige gedeckt. Der Himmel war schön blau. Nur wenige Wolken wagten es, sich zu zeigen. Im Hintergrund konnte man die vielen Sträucher, Hecken und Blumenbeete betrachten. Und etwas abseits in der Mitte des Gartens befand sich ein großer Baum, dessen Äste das Doppelte an Volumen eines Nudelholzes besaßen. Gezwungen brachte Luna nicht mehr als ein Schmunzeln zustande und lauschte gespielt interessiert, während sie ihre Teetasse anhob, um sich einen Schluck zu genehmigen, darauf bedacht, keinen Laut von sich zu geben. Das penetrante Starren ihres Gegenübers machte sie nervös, und sie verspürte das Bedürfnis, einfach aufzustehen und zu gehen, um dem Unwohlbefinden zu entgehen. Der Sohn der Madam Snootfield konnte sein Augenpaar nicht von Lady Luna abwenden. Sie sah viel zu sonderbar aus. Ihre schneeweißen Haare, die zu einer tollen Flechtfrisur mit einer beigen Schleife kombiniert frisiert waren. Nicht zu vergessen ihre roten Augen und diese helle Porzellanhaut. So was hatte er noch nie zuvor zu Gesicht bekommen. Faszinierend.

„Ach, wirklich? Wie entzückend und beeindruckend euer Sohn Lawrence doch ist, Earl Snootfield!", kicherte Lady Stanvish und hielt sich die Hand etwas vor den Mund. „Er ist geradezu der perfekte zukünftige Ehemann für eine meiner beiden Töchter!", äußerte sich die schwarzhaarige Lady mit zu viel Schminke im Gesicht, dabei ihren beiden Mädchen zunickend. „Da stimme ich Euch ohne jeden Zweifel zu, Lady Stanvish!", entgegnete Madam Snootfield mit einem leicht arroganten Unterton und schaute ihren brünetten Sohn unauffällig auffordernd an. Dieser bedankte sich daraufhin höflichst und war so frei, endlich seinen Blick von Luna abzuwenden. Statt dessen lächelte er Lady Stanvish charmant an. „Die Perfektion in Person, wie man es doch zu sagen pflegt!“, lachte das Oberhaupt der Snootfields. Trotz aller inszenierter guter Laune spürte man eine Spannung. Irgendwas lag in der Luft. Man konnte sie beinah zerreißen. Dunkle Wolken zogen plötzlich auf.

Ein Räuspern. „Auch ich teile selbstverständlich Eure Meinung, jedoch dürft Ihr meine Tochter Luna da nicht außer Acht lassen. Sie ist nämlich eine sehr talentierte Geigenspielerin!“, mischte Earl De Mencium mit und setzte ein gespielt fröhliches Lächeln auf, um seinen Ärger zu überspielen. Dieser unauffällige verbale Wettkampf, welches der Kinder doch die Perfekteren waren, war zum Erbrechen. Alle Köpfe drehten sich in die Richtung der Weißhaarigen. Verdammt! Gerade eben noch konnte sie sich dem Starren von Lawrence entziehen. Es war zu schön, um wahr zu sein. Ihr war sichtlich unwohl. Allerdings versuchte sie, ihre Unsicherheit mit aufgerichteten Mundwinkeln zu verstecken. Sie mochte keine Aufmerksamkeit. Bedauerlicherweise aber würde ihr der schützende Schatten des Lichtes wahrscheinlich immer verwehrt bleiben. Alleine schon aufgrund ihres Aussehens.

„Oh, wie toll. Dürften wir uns später vielleicht an einer kleinen Kostprobe Ihrer Gabe erfreuen?“, stellte Earl Stanvish die Frage, die sich alle gestellt haben. Edwin nickte einverstanden. „Gewiss!“, grinste der Earl und hoffte insgeheim, dass er heute einer Blamage entgehen konnte. Ewig konnte er solch ein Verhalten nicht dulden.

Somit müsste er eines Tages gewisse Konsequenzen ziehen. Welch einer Art eben diese entsprechen würden, darüber musste er sich noch Gedanken machen. Aber man sollte doch nicht gleich übertreiben und voreilig

den Teufel an die Wand malen, selbst wenn der undurchschaubare Mann bereits den Pinsel in seiner Rechten fest
im Griff hielt.

Der plötzliche Groll des Donners ließ Luna zusammenfahren. Der peitschende Regen folgte nach nur wenigen
Sekunden, gepaart mit dem heulenden Wind, der die
Servietten wild vom Tisch und durch die Luft wirbelte.
Eilend flüchtete die Gruppe ins Trockene und machte es
sich im Wohnzimmersaal gemütlich, während die Butler den Tisch abräumten. Zumindest das, was davon übrig geblieben war.

Angespannt hielt die Kleine ihr geliebtes Instrument in
den Händen. Alle Augenpaare waren erwartungsvoll auf
sie gerichtet. Noch immer von der Nervosität beherrscht,
setzte Luna an zu beginnen. Konzentriert schloss sie
langsam die Augen und begann, mit dem Bogen sanft
über die Seiten der Geige zu streichen. Die Abfolge der
Noten brauchte sie seit langer Zeit nicht mehr sich vor
Augen zu halten. Dieses wundervolle Lied würde ihr
ein Leben lang im Gedächtnis bleiben und sie somit bis
am Ende ihres Daseins begleiten. Die Melodien flossen
graziös ineinander, verschmolzen und hinterließen ein
wohliges Kribbeln in ihrem Bauch. Unbewusst schlich
sich ein entspanntes und seliges Lächeln auf ihr blas-
ses Gesicht.

Erstaunt und wie hypnotisiert weiteten sich Lawrence'
Augen. Luna befand sich in ihrem Element, ihrer Welt.
Auf einmal strahlte ihre Person solch eine Ruhe und Ge-
lassenheit aus. Sie wirkte in diesem Moment glücklich

und befreit von all ihren Belastungen. Belastungen? Was konnte denn ein kleines Mädchen belasten? Zwar konnte er eine Antwort nur erahnen, aber eigentlich war ihm durchaus bewusst, was es sein konnte. Nicht zuletzt, weil auch seine Wenigkeit davon betroffen war, wenn nicht die Zwillingstöchter auch, die leicht abwesend wirkten. Irgendwann. Eines Tages würde er eine Möglichkeit finden, um wirklich glücklich zu werden.

Die Musik verstummte, und zunächst herrschte Ruhe. Eine Qual für das einzige Kind der De Menciums. Ihr Blick war auf das Wandgemälde hinter dem Publikum gerichtet. Ihr Herz schlug schneller. Jedoch jegliche Anspannungen waren für die Katz und nicht nachvollziehbar. Applaus und begeistertes Lob wurde der Weißhaarigen entgegengebracht. Was für eine Erleichterung.

„Ich muss gestehen, ich bin wahrlich beeindruckt, welch eine musikalische Leistung Eure Tochter vollbracht hat, werter Earl!", gab das Oberhaupt der Snootfields zu.

„Ich danke Euch!", entgegnete Lunas Vater selbstbewusst mit einem Hauch von gespielter Bescheidenheit.

„Nun, zugegeben, solch eine Fähigkeit will geschenkt sein. Jedoch ist noch kein Meister vom Himmel gefallen!", warf Lady Stanvish ein. Daraufhin wurden Blicke ausgetauscht, die jeden noch so unverwundbaren Krieger zum Erliegen gebracht hätten.

Es folgten noch für weitere zwei Stunden inhaltslose Gespräche, die mehr Energie erforderten als jeder Wettlauf. Kurz vor allzu später Zeit beschlossen die verehrten Gäste heimzukehren.

„Earl De Mencium, es war mir und meiner Familie ein wahres Vergnügen, Euch nach langer Zeit mal wieder zu besuchen. Wir würden uns freuen, wenn auch Eure Familie uns mal wieder mit ihrer Anwesenheit beehren würde!" Lächelnd ergriff Earl Snootfield die Hand seines Gastgebers.

Der Angesprochene erhellte ebenfalls seine Miene. „Selbstverständlich. Sobald sich die nächste Gelegenheit in Zukunft bietet!"

„Seit Kurzem haben wir unseren Pferdehof erneuern und unser Land erweitern lassen. Es wäre zu schade, wenn Euch dies entgehen würde!", fügte die Gattin Snootfield kichernd hinzu.

„Wir melden uns, sobald sich ein Besuch arrangieren lässt!", antwortete Valanice und hielt sich am Arm ihres Mannes fest.

Im Hintergrund der Gespräche stand Luna dem Sohn der Snootfields gegenüber. Beide lächelten verlegen. Plötzlich kam der Braunhaarige näher und flüsterte in ihr Ohr: „Du kannst echt wunderschön Geige spielen. Und außerdem fände ich es toll, wenn du mich auch mal besuchen würdest!" So schnell der Junge sich auch genähert hatte, entfernte er sich wieder und kam neben seinem Vater mit einem noch breiteren Grinsen zum Stehen. Die Kleine war viel zu perplex und es fiel ihr schwer, einen anständigen Satz zu formulieren. Ihre einzige mögliche Reaktion bestand aus einem zustimmenden Nicken.

„Wir wünschen Euch eine angenehme Heimreise. Bis bald!", lauteten die letzten gewechselten Worte.

Und die schweren Holztüren wurden wieder verriegelt.

Der Regen schien kein Ende nehmen zu wollen. Die Blitze und den Donner durfte man natürlich auch nicht vergessen. In den folgenden zwei Tagen bildeten die Wassermassen dauerhaft kleine, strömende Flüsse aus den Waldgräben. Jeder noch so leichtfüßige Schritt hinterließ einen matschigen Fußabdruck.

Es herrschte tiefschwarze Nacht. Bemüht, endlich einzuschlafen, wälzte Luna sich abwechselnd hin und her. Jedoch die Wetterunruhen hielten sie wach – und noch ein winzigen Aspekt, der ihr seit dem Sturm aufgefallen war. Ergeben seufzte sie und starrte an die Decke. Wenn sie präziser darüber nachdachte, dann fiel ihr auf, dass ihr Vater momentan ziemlich angespannt zu sein schien. Er entfremdete sich noch mehr als zuvor, stürzte sich nahezu in seine Arbeit und verließ kaum noch sein Büro. Irgendwas lag in der Luft. Oder war dies bloß nur Einbildung? Denn um ehrlich zu sein, kannte die Kleine ihn überhaupt nicht. Seine Launen wechselten so schnell, wie der Blitz einschlagen mochte. Außerdem gab es noch eine Person, die sie bereits seit einer Weile nicht mehr zu Gesicht bekommen hatte.

Es erschien ihr als äußerst eigenartig. Seltsam. Ungewöhnlich. Zumal sie sonst nahezu täglich ihr Zimmer betreten hatte, um sie zu beschimpfen.

Ob Genevieve ihres Amtes enthoben wurde?

Lautes Gepolter veranlasste Luna, sich hastig aufzusetzen und aufzuhorchen. Was war das? Wurde jemand verletzt? Mit einem mulmigen Gefühl erhob das Mädchen sich aus ihrem Bett und schritt zur Tür. Zum Glück war diese nicht verschlossen.

Darauf bedacht, keinen auffälligen Krach zu veranstalten, folgte sie den beunruhigenden Geräuschen, die immer lauter wurden. Die Stimme Earl Edwins und ein leises Wimmern waren zu vernehmen. Durch einen kleinen Spalt fiel Licht aus dem Büro und erhellte teilweise den finsteren Flur. Neugierig beobachtete Luna die folgenden Szenarien.

Erschrocken zuckte sie kurz zusammen aufgrund des Bildes, das sich ihr bot.

Earl Edwin De Mencium stand inmitten des Raumes, dabei auf das Zimmermädchen Genevieve kalt und gefühllos herabblickend, als wäre die Frau bloß ein widerliches Insekt. Ein Parasit, den man so schnell wie möglich loswerden musste. Seine Augen durchbohrten ihren vor Furcht zitternden Körper. Hilflos und ergeben kniete sie wimmernd vor ihm und murmelte immer wieder eine Entschuldigung.

„Du unfähiges Stück, aus welchem Loch du auch immer gekrochen bist, du hast nichts in meinem Hause herumzuschnüffeln!" Er hob seine Faust. Luna schloss die Augen und hielt sich vor Schreck ihren Mund zu. Bitte nicht. Nein. Nein. Ihr Vater würde niemals …

„Bitte verzeiht mir. Ich verspreche Euch, mir wird nie wieder solch ein fataler Fehler widerfahren, und ich werde still schweigen bis zuletzt. Aber bitte verschont mich. Ich flehe Euch an!"

Ihr Gesicht spiegelte blanke Angst und pure Verzweiflung wider. Sie verhielt sich dem Mann gegenüber, als wäre er eine Bestie, die dazu bereit gewesen wäre, sie jeden Moment zu zerfleischen. So hatte die Adelstochter Genevieve noch nie erlebt.

Was für einen Fehler hatte sie denn begangen? Lag es wohl an ihr, weil sie nicht gehorsam war? Luna wurde übel. War sie der Grund, weshalb Genevieve so bestraft wurde?

Am liebsten hätte sie sich auf der Stelle entschuldigt. Aber sie hatte nicht den Mut, ihrem Vater unter diesen Umständen gegenüberzutreten.

Ein verachtendes Zischen seitens des Earls. Kurze schneidende Stille herrschte. Er fletschte seine Zähne und äußerte sich beherrscht: „Wo denkst du hin. Natürlich verzeihe ich dir, und ich weiß auch, wie du deinen Fehler entschädigen kannst!", kicherte er und strich ihr ein paar Strähnen aus dem Gesicht.

Welch eine Erleichterung. Alles ist wieder gut, dachte Luna glücklich. Natürlich. Wie konnte sie auch nur einen einzigen Gedanken daran verschwenden, ihr Vater würde Genevieve mit Gewalt zurechtweisen. Nicht doch. Earl Edwin mochte vielleicht nicht viel Emotionen zeigen, jedoch besaß er trotzdem ein Herz.

Oder?

Die Sonne schenkte Lumine Wärme und ließ die Federn der Taube neben ihr leuchten. Sie war nicht mehr allein, und noch dazu kam sie sich nicht mehr so anders vor, da sie beide Weiß trugen. Sie lächelte zufrieden. An einem Fluss entlang entdeckten sie eine Feuerstelle, die kurz zuvor noch gebrannt haben musste. Neugierig näherte das Mädchen sich dem verbrannten Haufen. Ihr Gleichgewicht verlor sie, doch kurz bevor sie in die Glut fallen konnte, zog Kuro sie an den Haaren rückwärts in Sicherheit. „Danke, Kuro!", bedankte die Kleine sich mit großen Augen. Fußspuren führten in den Wald vor ihnen. Der einzige Weg, dem sie folgen konnten. Einen anderen gab es nicht. Wie tief der Wald war, wusste sie nicht. Doch einen Grund, Angst zu haben, hatte sie nicht. Solange sie die Taube bei sich hatte, der sie vertraute, so konnte ihr nichts passieren. Ihr bester und einziger Freund auf ewig.

Kapitel 3 – Satan in Menschengestalt

Umgeben von Finsternis. Nichts als Schwärze. Von einer natürlichen Mauer mit Blättern gefangen. Die Orientierung konnte man in solch einer Nacht wie dieser leicht verlieren, würde man nicht zielstrebig dem breiten Pfad folgen, der endlos zu sein schien. Diese Wut, die bereits seit Jahren in ihm brodelte, wollte kein Ende nehmen. Zumindest nicht, bevor er sein Ziel erreicht hatte. Sie zerfraß ihn regelrecht. Sein Rachedurst war nahezu nicht mehr auszuhalten. Das Verlangen nach Vergeltung stieg ins Unermessliche und drohte wie ein Tornado alles erbarmungslos mit sich zu reißen, dabei alles und jeden zerstörend. Jeder, der es wagen würde, sich ihm in den Weg zu stellen, würde dafür büßen müssen. Wer kümmerte sich denn um Außenstehende? Die waren bloß jämmerliche kleine Bauern auf dem Schachbrett, die zu nichts zu gebrauchen waren und die man mit Leichtigkeit aus dem Weg räumen konnte. Zum Falle zu bringen war der König. Der widerliche schwarze König, der ihm hämisch von der anderen Seite aus, sich hinter seiner schwachen Armee versteckend, zulächelte, dessen Grimasse nur so von Spott und Hohn triefte. Exakt. Er würde ihn genießerisch schach- und mattsetzen. Er wollte ihn leiden sehen. Seine Stimmbänder sollten brennen während des Klanges seiner qualvollen Schreie, die das Feuer der Hölle fordern. Dies würde auch seine letzte Gelegenheit sein, gehört zu werden. Er wollte es sehen. Einmal noch. Nur noch ein letztes Mal. Sehen, wie der letzte Hauch seines erbärmlichen Lebens verschwand und seine Seele sich von seinem Körper trennte, um sich danach in Luft aufzulösen. Seine Hände ballte der dunkel Gekleidete zu Fäusten. Nun war er am Zug. Kurz hielt der Mann inne und reckte sein Haupt gen Vollmond wie ein heulender Wolf.

Tief einatmend schloss er seine stechenden Augen. „Monster", flüsterte der große Mantelträger kaum hörbar und verzog seine Lippen zu einem teuflischen Lächeln. So hatten sie ihn früher gerne genannt. Jedoch aus welchen Beweggründen, war ihm ein Rätsel. Weshalb auch? Ab wann erklärte man jemanden zu einem Monster? Wie definierte man ein Monster? Waren denn nicht alle Menschen Monster? Blutrünstige Bestien, die hinterhältig sein konnten. Wie amüsant. Sein erheitertes Gemüt wandelte sich in ein Lachen. Wahrlich amüsant. Das Leben jedes einzelnen war ein Spiel. Sahen die anderen das denn nicht? Bedauerlich. Es kam bloß darauf an, welche Entscheidungen man traf. Und Gregwood hatte offenkundig die falsche Wahl getroffen. Einen entscheidenden Faktor hatte er außer Acht gelassen. Dieser Faktor war seine Wenigkeit. Der Herr wird noch so vieles bereuen. Darauf gab er sein Wort. Wieder verstummt, setzte der Hutträger seinen Weg fort und trat hin und wieder achtlos auf kleine Äste, die unter seinen Schuhen knackten und in einem schuhförmigen Abdruck auf dem feuchten Waldboden hinter sich gelassen wurden. Einige Büsche waren zertreten und wiesen somit eine offensichtliche Spur auf. Er war demnach nicht der Einzige, der sich hier herumtrieb. Wie viele es wohl waren? Nur eine Person oder eine Gruppe? Vor Neugier fletschte die dunkle Gestalt die Zähne und folgte den beschädigten Pflanzen. Vielleicht ergab sich eine Möglichkeit, für einen kurzen Moment die guten Manieren zur Seite legen zu können. Ein kleines, flackerndes Licht war nach einigen Minuten in der Ferne zu erkennen. Nur noch wenige Meter. Stimmen waren zu vernehmen. Gelächter. Die heitere Stimmung würde bald wie das kleine Lagerfeuer ersticken, und eine erdrückende Plane der Stille würde sich über das Lager legen.

Verschmolzen mit der Dunkelheit versteckte der Handschuhträger sich hinter einem Baum, dessen Äste dicker waren als seine beiden Arme zusammen. Das Lager der Gruppe war nicht besonders groß. Lediglich vier kleine Zelte, aus alten Laken gefertigt, dessen Löcher mit alten Lumpen gestopft wurden, haben sie aufgestellt. Daneben an einem Baum angebunden befand sich ein Esel mit Zügel. Waren diese Maden etwa Händler oder Zigeuner? Wie auch immer. Beides wertlose Gesellen. Um das Feuer herum saßen fünf Männer. Der Auffälligste von allen: ein wesentlich älterer und rundlicher Herr mit ergrautem Haarwuchs. Der Rest war noch ziemlich jung. Ein Blondschopf mit Locken, zwei mit einer braunen, kurz geschnittenen Mähne, und der Letzte besaß rabenschwarzes Haar.

Anerkennend klopfte der Blondschopf seinem schwarzhaarigen Freund auf die Schulter. Ein Feuer mit durchnässtem Holz zu entfachen war bei Weitem nicht einfach. Dank ihm konnte sich ihre Zigeunergruppe aufwärmen und ebenfalls den freundlichen Händler vor der Kälte entziehen. „Ich möchte mich aufrichtig bei euch dafür bedanken, dass ihr mir kurzzeitig Obdach bietet und mir geholfen habt, meinen Wagen aus dem Schlamm zu ziehen!", sagte der Bärtige, nachdem er sich erhoben und seine Mütze vom Kopf gezogen hatte. Das plötzliche Unwetter ließ den Pfad dermaßen erweichen, dass die Räder nicht weiter vom Fleck kamen, sondern stattdessen leicht einsanken und tiefe Spuren hinterließen. Die Räder mussten ersetzt werden. Sie waren mittlerweile zu morsch und brüchig. Lange würden sie nicht mehr standhalten können. Zum Leidwesen des Händlers. Die Güter werden verspätet ankommen und der Zaster spärlich ausfallen. „Kein Problem!", lächelte der junge Mann mit schwarzen Haaren verschmitzt und wollte dem Älteren eine Flasche alkoholischer Flüssigkeit reichen. Allerdings lehnte er dankend ab und meinte: „Ich muss bei Sonnenaufgang wieder bei vollständigen Kräften sein. Und außerdem habe ich euch schon genug zu verdanken!" Daraufhin setzte er sich wieder auf einen der Baumstämme. Erneut widmete sich die Gruppe einem heiteren Gespräch, das so vielfältige Themen beinhaltete, wie der Regenbogen Farben hatte. Aber schon bald tauchten unheimliche, dicke, fast schwarze Wolken auf, die den Regenbogen verschwinden ließen. Plötzlich kehrte Stille ein. Sie war bedrückend und schnürte jedem die Luft ab. Keiner wusste ein Wort zu wechseln.

Nur eine Sache ließ dem alten Mann keine Ruhe. Seine Frage brannte ihm förmlich auf der Zunge und war nicht mehr auszuhalten. Er konnte sich nicht erklären, weshalb so junge Leute sich ziellos durch das Land bewegten. Unangenehme und zwielichtige Gestalten schienen sie nicht zu sein. Waren sie etwa Waisenkinder? Oder hatten sie tatsächlich etwas verbrochen und waren nun auf der Flucht? Er musste es wissen. Ein gutes Mittel, um das Eis zu brechen, dachte er sich. Leider war denken nicht immer seine Stärke gewesen.

„Ohne die Absicht, euch zu nahe treten zu wollen, möchte ich eine Frage stellen. Und zwar: Was genau veranlasst euch dazu, ziellos durch das Land zu reisen ohne ein festes Zuhause?" Seine Stimme klang voller Neugier und leichter Faszination. Es war ungewöhnlich. Mutig oder einfach nur dumm? Die Stimmung war nun noch betretener als zuvor. Die jungen Herrschaften schienen sich zu versteifen, und ihre Mimik wirkte betrübt. Definitiv. Es war mehr als nur unangebracht gewesen. Offenbar hat er eine alte Wunde erneut aufgerissen, die zuvor schon viele Male geeitert und sich entzündet hatte. Vermutlich drohte diese Verletzung sie sogar mit in den hoffentlich erlösenden Tod zu reißen. „Verzeiht mir. Ich wollte auf keinen Fall mit der Tür ins Haus fallen. Bitte entschuldigt!", äußerte sich der Händler beschämt mit schlechtem Gewissen. Der Blondschopf winkte grinsend ab: „Nicht der Rede wert!" Was für ein ungehobelter und taktloser Trottel er doch war. Für so was hätte er sich selber am liebsten eine Backpfeife verpasst. Seit 59 Jahren existent und kein Stück schlauer. Der Braunhaarige mit der schwarzen Weste zögerte noch, kurz bevor auch er sich zu Wort meldete: „Wir gehören nirgendwo hin. Wir sind sozusagen Gespenster. Als Seelen ohne Hüllen könnte man uns bezeichnen!"

„Wo wir uns doch schon über mysteriöse Gestalten unterhalten. Ist euch der Fluch der schneeweißen Hexe eigentlich bekannt?", lenkte der Größte von ihnen ein. Verwundert zog der Grauhaarige seine Stirn kraus. Wie bitte? Ein Fluch? Das war doch lächerlich. Allerdings kam ihm die Bezeichnung bekannt vor, als hätte er davon schon einmal gehört. Von ihr. Die schneeweiße Hexe. Angeblich sollen in jeder Stadt und jedem Dorf mindestens eine bestialisch zugerichtete Leiche aufgefunden worden sein, in der sie zuvor gesichtet wurde. Die leblosen Körper waren nicht mehr identifizierbar, und an jedem Hals wurde ein Seil zu einer fest zu schnürenden Schleife gebunden. Die riesigen Pfützen aus rotem Lebenssaft tränkten die zerrissene Kleidung und färbten den Boden. Und mysteriöserweise fand man an jenen Tatorten schwarze Federn eines Raben.

„Was faselst du denn nun wieder für einen Nonsens?“, seufzte sein Gefährte neben ihm kopfschüttelnd und strich sich mit seiner von Narben gezeichneter Hand durch sein kurzes, dunkelbraunes Haar. „Es scheint was dran zu sein. Jedoch bezweifle ich, dass ein Fluch und eine Hexe dahinterstecken!“ Nachdenklich kratzte der Anführer mit schwarzen Haaren sich am stoppeligen Kinn. Ein kühler Luftzug spielte mit der lodernden Flamme und ließ sie sich winden. Die Büsche raschelten, und Blätter wischten dem Boden entlang. Zu solch schrecklichen und unmenschlichen Schandtaten konnte doch keine Frau fähig sein. Oder? Dafür war sie von viel zu zierlicher Statur, wenn man den Beschreibungen Glauben schenken konnte. Noch niemand stand ihr von Angesicht zu Angesicht persönlich gegenüber. Jedenfalls niemand, der lebend zurückkehrte. Außerdem wurde die schneeweiße Hexe angeblich nur nachts gesichtet. Ihre Haut sowie ihre Haare und ihr Kleid waren weiß wie Schnee, und ihre Augen hatten die Farbe Rot des Blutes aller Lebewesen. Die Augen des Teufels, so behaupteten viele. Man nahm an, dass die einst verstorbene Tochter der Familie De Menciums diejenige war, die wiederauferstand, um sich möglicherweise zu rächen. Es wurde gesagt, sie verstarb infolge einer Erkrankung an einer Lungenentzündung. Wie man auf den Verdacht kam? Vor wenigen Wochen brannte das komplette Anwesen ihrer Familie nieder. Unter dem Schutt und der

Asche wurde gefunden, was von den Körpern noch übrig geblieben war. Eine irreparable Theorie. Nur ein Narr mochte dieser Erzählung einer Wiederauferstehung glauben. Ein rachsüchtiger Leichnam. Wie naiv. Vielleicht diente aber ihre Erscheinung als Omen, um die Menschen zu warnen. Oder aber es steckte ein psychopathischer Mörder dahinter, der sich diese Figur nur ausgedacht hatte.

„Vielleicht wurde Lady Luna einst weggesperrt aufgrund eines fatalen Fehlers, den sich ihresgleichen niemals hätte erlauben dürfen, und nun, nach ihrer Befreiung, zog der betörende Duft nach Rache sie in den Bann!", sprach der Jungspund mit einem gespielt bedauernden Unterton. Sein blonder Freund lachte und fügte theatralisch gestikulierend hinzu: „Sie liebte wohl einen der Butler, und ihr dunkles Geheimnis kam irgendwann ans Tageslicht. Und als Bestrafung dafür, einen Unwürdigen geliebt zu haben." Abrupt verstummte er, da die Gruppe vor Schreck zusammenfuhr. Des Händlers Maultier gab plötzlich panische Laute von sich. Es zog wie wild am Seil, als wollte es fliehen. Aber vor was? Außer ihnen war doch niemand hier. Der alte Mann war der Erste, der sich aus seiner Starre löste, und er trat mit Bedacht und Vorsicht an das Tier heran, dabei versucht, es zu beruhigen. Alarmiert ließen die Zigeuner ihren suchenden Blick durch die Natur schweifen. „Sind wir etwa nicht allein?", flüsterte der Blonde angespannt. „Ich könnte mir auf keine andere Weise erklären, weshalb sein tierischer Gefährte ansonsten in Panik verfallen würde", sagte sein Gruppenführer und Freund und nickte in die Richtung des Tieres. Eine finstere Präsenz schien sich in unmittelbarer Nähe zu befinden.

Perfekt. Sie waren die Auserwählten, die er sich nehmen würde, um das Verlangen, seine lodernde Flamme der Wut zu entfachen, zu stillen. Vorerst.

Stets angetrieben von seinem Überlebensinstinkt, versuchte das Maultier, sich loszureißen. Die Zügel schnitten mittlerweile in die Haut und hinterließen leichte Einschnitte. Noch. Der Gesang der Angst und des Schmerzes nahm an Lautstärke zu. Es wollte weg. Weit weg. Egal wohin. Bloß weg. In Sicherheit sein vor dieser diabolischen Aura, die nur Leid und Tod im Sinne hatte.

„So beruhige dich doch!" Der ältere Mann hob seine Hände. Was war nur in ihn gefahren?

Die Stimmung nahm an Spannung zu. Ein Kloß im Halse der Reisenden bildete sich. Eigenartig und äußerst furchteinflößend. So was hatten die jungen Leute noch nie zuvor verspürt. Sie fühlten sich aus einem unerklärlichen Grund wie gefangen in einer Falle.
    Vollkommen berechtigt.

„Nun ist aber gut!" Dem Größten der Gruppe riss allmählich der Geduldsfaden. In einem raschen Tempo näherte er sich der tierischen Sirene und wollte es endgültig zum Schweigen bringen. „Halt. Bleib lieber weg von ihm!", riet der Schwarzhaarige hastig und wollte seinen Freund noch am Arm festhalten, verfehlte ihn jedoch. Plötzlich traf der Huf den Brünetten am Kopf. Die Wucht des Schlages warf seinen Körper so dermaßen stark zurück, dass sein Schädel ein zweites Mal ungehemmt abprallte. In diesem Falle auf den Boden. Eine Blutspur rann an seiner linken Schläfe hinab. Tja, wer nicht hören wollte, musste fühlen, falls er jemals wieder sein Bewusstsein erlangen würde. Dummer Bauer.

Die Gruppe behandelte den Verletzten, so gut es ging, und sie legten ihn in eines ihrer Zelte, das näher am Lagerfeuer aufgebaut war. Der Esel hatte sich wieder beruhigt. Welch ein Glück. Außerdem verflog die Anspannung, die zuvor noch in der Luft gelegen hatte.

Wie erfreulich.

Der Rest der Mannschaft, bis auf den Händler, begab sich letztendlich ins ersehnte Land der Träume. Gemütlich verschanzte man sich unter der löcherigen Decke, dabei die Beine angezogen und das Haupt auf den Armen oder Händen gebettet, um Insekten im Gehörgang zu vermeiden.

Etwas hielt den älteren Herrn davon ab, zu entspannen und veranlasste ihn dazu, sich die Beine zu vertreten, bevor auch er sich ausruhen würde. Sein Weg führte ihn ziellos gerade- aus zur Rechten des Rastplatzes. Der Baum, an dem der Bärtige sich kurzzeitig abstützte, fühlte sich noch sehr feucht an. Ein unangenehmes Kitzeln im Rachen ließ den Mann einen Moment lang herzhaft husten. Dann richtete sich intuitiv seine Aufmerksamkeit auf den Sternenhimmel, der noch nie schöner war.

Es war Ruhe im Lager eingekehrt, zumindest für diesen Moment. Denn bekanntlich hielt nichts für ewig. So naiv vermochte hoffentlich niemand zu sein.

Deren letztes Stündlein hatte geschlagen, und der Spielspaß war eröffnet.

Schließlich hatten diese Menschen es nicht besser verdient.

Der dunkle Baron der Nacht breitete seine Arme aus und knurrte vorfreudig:

„Laßt die Spiele beginnen!“

Wie bedauerlich. Dabei war seine Person früher doch so tierlieb gewesen, zumindest als er noch ein Mensch war. Aber den vierbeinigen Hahn nicht umzulegen, da kam er nicht drum herum. War überraschenderweise ziemlich anstrengend, die Klinge zieltreffend hineinzu- rammen. Zu seinen Gunsten war das Vieh nicht mehr dazu in der Lage, allzu hörbare Geräusche von sich zu geben. Nun lag es tot, immer noch angebunden, auf dem nassen Waldboden. In ein paar Tagen würden die Fliegen damit beginnen, ihre Larven in den Kadaver zu setzen. Langsam würden die Maden das Fleisch so dermaßen zerfressen, bis nicht mehr viel davon übrig bleiben würde. Eine große Blutlache tränkte das Gras, und die Flammen des klagenden Feuers schimmerten in der pechschwarzen Pfütze. Seine Waffe drehte er desinteressiert in seiner Hand und wischte die rote Flüssigkeit am Fell des Esels ab. Nun glänzte sie wieder schön. Seine Augen spiegelten sich im Metall wider. Vereinzelte Bluttropfen fanden ihren Platz auf seinem Gesicht. Mit seiner linken Hand machte er sich daran, diese langsam wegzuwischen, bevor er sich erhob.

Selbst wenn ein Lebewesen weniger nun präsent war, minderte dies sein Verlangen nicht. Es war nicht dasselbe, als wenn er einem Menschen den Gnadenstoß versetzte. Nicht so süß.

Er begann zu grinsen und näherte sich dem Zelt, in dem sich der vorzeitig Totgeweihte befand. Hoffentlich erlag er noch nicht seinen Verletzungen. Und falls er Schmerzen verspüren sollte, brauchte er sich nicht weiter zu sorgen. Bald würde er von seinem Leid erlöst werden.

Der amateurhaft bandagierte Kopf des Brünetten lag auf einem mit Gras gepolstertem Sack gebettet. Seine Haut hatte bereits an jeglicher gesunder Farbe verloren. Jedoch verstorben war er nicht. Sein Brustkorb hob und senkte sich noch.

Der Geruch von Blut stieg dem Mantelträger in die Nase. Kurz hielt er noch inne, um den betörenden Duft in Mischung mit dem Geruch des Waldes zu inhalieren.

Die Klinge schwebte nur wenige Zentimeter über die entblößte Kehle des jungen Mannes. Sicherheitshalber fand seine freie Hand auf dem Mund seines Opfers Platz, bevor sein Instrument waagerecht den Hals entlangstrich, wie der Bogen einer Geige, dessen erklungener Ton einem Röcheln entsprach.

Voller Vorfreude verlagerte der Hutträger sein ganzes Gewicht des Körpers auf seine Arme, um stärkeren Nachdruck zu erzeugen. Vorzugsweise hätte er ihn am liebsten enthauptet. Aber man konnte nicht immer alles haben.

Der Tod war mittlerweile zu einem ständigen Begleiter geworden. Beinah hätte der Schwarzgekleidete ihn als Freund bezeichnen können. Aus ihm noch unbekannten Gründen jedoch nur beinah. Dieser betörende Rausch, für einen kurzen Moment die nahezu zerfleischende Wut betäubt zu haben, war viel zu stark. Aber dagegen ankämpfen wollte der Mann nicht. Nein. Gewisse Menschen hatten wahrlich nichts Besseres verdient. Davon war er überzeugt.

Das Lagerfeuer, das für eine kurze Zeit erlosch, wurde von der ominösen Gestalt neu entfacht. Mittlerweile lagen drei seiner vier Spielzeuge mit durchgeschnittenen Kehlen leblos vor dem flackernden Licht. Es galt, den Letzten zu entsorgen. Einen Körper nach dem anderen warf er ins Feuer und ließ somit deren leeren Hüllen brennen. Seine rechte, behandschuhte Hand griff zu einem der fackelnden Stöcke und entzündete zunächst die Säcke voller Güter und die leeren, halb ineinanderfallenden Zelte. Es musste brennen. Diesen kompletten Schandfleck galt es zu verbrennen. Deren Raststätte wurde von gelborangem Licht erhellt, und der Geruch des Verbranntem verteilte sich in der Luft. Gemütlich näherte er sich dem letzten Häuschen, das aus nichts anderem als einer zerfetzten Stoffplane bestand.

Die ganze Zeit über hatte sich der schwarzhaarige junge Mann unruhig im Schlaf gewälzt. Ihn ließ ein gewisses Gefühl nicht los, dem er mit Sicherheit mehr Beachtung hätte schenken sollen. Zu spät. Die Bilder seines Traumes wurden verzerrt und verschwammen letztendlich im einem grellen, orangenen Licht. Schweißperlen liefen an seiner Stirn hinab. Sein Körper nahm eine unfassbare Wärme wahr. Verschlafen öffneten sich seine Augen, nur um dann vor Schreck weit aufgerissen zu werden. Sein Zelt brannte. Sofort raus hier, dachte er sich instinktiv und sprang heraus, dessen ungeachtet, dass die Öffnung seines Unterschlupfs ein buchstäblicher Feuerring war. Seine veraltete Jacke fing Feuer, und der überaus heiße Schmerz ließ ihn schreien. Ohne seine Umgebung richtig wahrzunehmen, schmiss er sich zu Boden und wälzte sich im Dreck wie ein Schwein, um den Brand zu löschen. War es etwa schon wieder Morgen? Es war so hell. Oder befand er sich in der Hölle?

Ihm wurde schwindlig und schlecht zugleich. Seine Kameraden. Er musste sie warnen. Sein Puls beschleunigte sich, sowie seine Atemzufuhr. Angespannt rief er ihre Namen, seine Augen schweiften angespannt zwischen den anderen Zelten hin und her. Waren sie etwa schon verstorben? Alles brannte lichterloh. Egal wo er hinsah, der ganze Platz war betroffen. Und nicht nur deren Wertgegenstände. Fassungslos fasste der Zigeuner sich an den Kopf und sank auf die Knie, als er den mit Abstand schrecklichsten Fund seines Lebens machte.

Dumpf erklangen die Worte einer tiefen Stimme in seinen Ohren. Im Augenwinkel erkannte er eine dunkle Gestalt, die sich vor ihn positionierte und demonstrierend die Arme breit ausstreckte. Offensichtlich war dieser Herr für das Chaos verantwortlich, vermutete der Jüngere zumindest. Seine Worte konnten seine schalldichte Aura nicht durchdringen. Zu betäubt war er, und es scherte es ihn auch einen Dreck, was dieses Biest zu faseln hatte.

Missbilligend starrte dieses kleine wertlose Schwein, das ohnehin in wenigen Minuten geschlachtet sein würde, dem mit einer Klinge bewaffneten Hutträger in die Augen. Gelassenheit traf auf Hass. Unendlicher Hass. Interessant.

„Nun sind wir schon zwei, Herr Zigeuner!“
Stille.

„Ihnen hat es wohl die Sprache verschlagen, wie mir scheint!“, kicherte der Mörder, und seine Linke umklammerte den Griff der Waffe ein Stück intensiver.

„Sie …“, hauchte der Zigeuner atemlos. Seine Hände verkrampften sich schmerzhaft zu Fäusten.

„Ich bedaure, ich verstehe Sie schlecht!“ Seine Stimme klang monoton. Langsam wurde es ihm zu langweilig. Wie enttäuschend. Dabei hatte er sich erhofft, solch eine Szenerie würde unterhaltender werden. Möglich. Allerdings nicht mit jemandem, der die Ausstattung eines miserablen Rückgrats besaß.

„Sie haben meine Freunde ermordet, Sie widerliches Monster!“, schrie der Zigeuner aus vollem Halse, sodass sein Rachen zu brennen begann.

„Offensichtlich. Wollen Sie mir noch was mitteilen, was ich möglicherweise nicht weiß, wie beispielsweise, dass es hier brennt?“, zischte sein Gegenüber. Von hoher Intelligenz gepriesen schien er nicht zu sein. Da waren selbst Kakerlaken bei Weitem höher gebildet.

„Wie konnten Sie nur?“

„Nicht doch, wie konnte ich nicht!“ Ein Seufzen seinerseits.

„Wie kann ein Mensch nur zu so was in der Lage sein?“, knurrte der junge Mann und erhob sich langsam. Seine Glieder zitterten vor Adrenalin, welches geradezu danach schrie, entladen zu werden. Verachtend verengten sich seine Augen zu Schlitzen.

Für Trauer fand sich momentan kein Platz.

„Ihrer Spezies gehöre ich seit bereits langer Zeit nicht mehr an. Seien Sie doch froh. Oder würden Sie es bevorzugen, ich würde mich dazuzählen, ein sogenannter Mensch zu sein?“

Irritation zeichnete sich im Gesicht des Jüngeren wieder. Wovon sprach dieser Mann?

„Genug der Worte!" In einem erstaunlich schnellen Tempo schoss der Hutträger auf den Zigeuner zu, der nur knapp ausweichen konnte. Der Jüngere stolperte zu Boden, fing sich zu seinem Glück schnell wieder und versuchte, Abstand zwischen sich und ihm zu gewinnen. Außer Frage stand: Er war absolut im Nachteil. Alle waren fort. Für immer. Warum? Warum musste ihre Gruppe so ein Schicksal ereilen? Er besaß nichts. Er war ein Nichts. Ein Hieb nach dem anderen folgte. Jeder hatte sein Ziel bisher verfehlt, jedoch nicht ohne Grund. Ihm wurde von einer Wand, bestehend aus Flammen, der Weg abgeschnitten. Die Möglichkeit, nach einem anderen Ausweg zu suchen, wurde ihm verwehrt, da ihn der letzte und kraftvollste Hieb fast durchbohrte. Er spürte, wie die messerscharfe Klinge in das Fleisch seines Bauches eindrang und seine lebenswichtigen Organe beschädigte. Blut quoll aus seinem Mund. Hechelnd sackte er in sich zusammen, dabei seine Hände nutzlos auf die Wunde pressend, in der Hoffnung, die Blutung stoppen zu können. Dieser metallene Geschmack im Mund widerte ihn an. Hilflos wie eine Schildkröte lag der Schwarzhaarige auf dem Rücken, in das lächelnde Gesicht des Wahnsinnigen blickend. Die Sicht um ihn herum begann zu verschwimmen. Das war's. Er war ihm ausgeliefert, umgeben von einem Meer aus Flammen. Die blutverschmierte Waffe schwebte wenige Zentimeter über der Nase des Sterbenden.

Und noch bevor die dunkle Gestalt auch diesem minderwertigen Geschöpf die Stimmbänder mitsamt der Kehle zerschnitt, röchelte es folgende letzte Worte: „Sie sind kein Mensch. Sie sind Satan in Menschengestalt!"

Vor Schock gelähmt, beobachtete der Händler die Szenerie, als er von seinem kurzen Spaziergang zurückkehrte. Die Schreie des jungen Mannes und das helle Licht, gepaart mit emporsteigendem Rauch, veranlassten ihn dazu, kehrtzumachen. Allerdings zu spät. Heilige Mutter Gottes. Was war bloß geschehen? Hinter einem Busch hielt der Ältere sich versteckt. Er musste fliehen. Zu seinem Bedauern ohne sein Maultier, da dieses ebenfalls nicht mehr atmete. Wie konnte man nur eine schreckliche Tat wie diese vollbringen? Etwa aus Zeitvertreib? Widerwärtig und außerordentlich beängstigend zugleich. Wenn nicht sogar herausragend verstörend. Sein Leib zitterte, und der Mund wurde trocken. Regungslos stand der Mann für einige Minuten am Tatort, bevor er dann wieder in den Wald lief und mit der Dunkelheit verschmolz. Dem alten Herrn wurde mulmig zumute. So schnell wie es ihm möglich war, setzte er seinen vorgesehenen Weg fort. Dabei murmelte er leise immer wieder: „Um Gottes willen. Um Gottes willen!“ Diese schrecklichen Bilder. Die ohrenbetäubenden Geräusche. Die ekelhaften Gerüche. Alles würde sein Leben lang in seinem Gedächtnis verankert bleiben. Innerlich dankte er dem Himmel, dass es ihn verschont hatte. Welch ein Glück. Seine Geschwindigkeit nahm, aufgrund seiner schweren Stiefel, die bei jedem Schritt in den nassen Matsch leicht einsanken, etwas ab. Als er sich kurzzeitig auf seinen Beinen abstützte, um zu verschnaufen, erblickte er weiter vorne eine Kutsche, die abseits des breiten Waldweges stand. Was für eine glückliche Fügung. Vielleicht besaßen die Besitzer die Güte, ihn für eine kurze Strecke mitzunehmen. Dies würde ihm die Reise erleichtern und ihn schnell und so weit wie möglich von diesem Wald wegbringen.

Erleichtert erhob er seine Faust und wollte auf sich aufmerksam machen, indem er an das Fenster klopfte. Aber als er ins Innere des Fahrzeuges blickte, erstarrte er zu Eis. Aus seinem Gesicht wich jede Farbe, und er fiel rückwärts auf seinen Hintern. Rücklings krabbelte er zurück, bevor er wieder aufstand, um ein zweites Mal zu fliehen. Nein. Das durfte nicht wahr sein. Das konnte doch nicht wahr sein. Sie war es. Die Hexe. Sie hatte die Zigeuner verflucht und dazu verdammt, in deren Verderben zu stürzen. „Gott verschone mich", flüsterte der Bärtige verzweifelt und außer Atem. Seine Füße und Beine brannten. Die Müdigkeit setzte ein. Aber nein. Er musste weg. Weg. Weg. Weit weg. Er wollte nicht verflucht werden. Die schneeweiße Hexe und ihr Monster durften ihn nicht kriegen. Bitte nicht. Er hätte alles dafür getan.

Nach ein paar weiteren hundert Metern fühlten sich seine erschöpften Glieder an wie Brei. Vor einer Wegverzweigung kniete er sich, um Atem ringend, hin. Seiner Kleidung sah man die Flucht nahezu an. Kratzer und Risse waren zu erkennen. Und nicht zu vergessen der feuchte Dreck, der an ihm klebte. Zitternd nahm er eine betende Haltung ein und flüsterte Unverständliches vor sich hin.

Kurz legte er eine Pause ein. Dann, als der ältere Herr sich wieder gefangen hatte, rief er flehend zum Himmel: „Ich flehe um Erhörung. Rettet England vor den Dämonen!"

Von sehr traurigen Bäumen waren die zwei umgeben. Alt und schwach sahen sie aus. Nicht mal das helle Licht konnte das Holz retten. Lumine, beeinflusst von der Umwelt, fühlte sich betrübt. Die Taube nahm Platz auf ihrer Schulter, pickte leicht den Schnabel in ihre rechte Wange. Es kitzelte. Sie kamen einem kleinen Häuschen näher. Vor der Tür blieb sie stehen.
Eine liebe Hexe trat heraus und warnte sie vor der Nacht im Walde.
„Passt auf im Dunkeln und verliert nie den Weg aus den Augen, ihr könntet euch verlaufen!“
Sie gab ihnen zwei Geschenke mit. Einen grauen Umhang mit Kapuze, den Lumine sich sofort anzog, und eine Rose.
„Damit du nicht frieren wirst, und die Blume wird dir helfen, wenn die Sonne untergeht!“

Kapitel 4 – Die von Finsternis zerfressene Seele

Eine warme Morgendämmerung erstreckte sich am Himmel. Die Luft roch frisch nach Regen, und man hörte die Vögel zwitschern. Das durch die Blätter der Bäume gefilterte Licht, das dem eingenickten Butler ins Gesicht schien, ließ ihn erwachen. Gänsehaut durchfuhr seinen Körper. Seine feuchte Kleidung fühlte sich kalt an und klebte regelrecht an seinem unterkühlten Leib. Sein Rücken, der während seiner Erholungsphase unbequem an der hölzernen Lehne angelehnt war, schmerzte. Gräuliche Schatten konnte man unter seinen blauen Augen erkennen. Das Laub, gemischt aus roten, braunen und gelben Farben, raschelte unter seinen Lederschuhen, die eigentlich eine Pflege gewohnt waren, die weit mehr an Sorgfalt verlangten und alles andere dafür als geeignet waren, als mit ihnen durch den Wald zu wandern. Jedoch die Umstände blieben umstritten, und sie hatten keine andere Wahl. Vorerst. Allerdings würde sich bald wieder alles zum Besseren wenden. Da war er der festen Überzeugung. Es bedurfte nur einer gewisser Zeit. So lange, wie sie brauchte.

Noch etwas geblendet, verschaffte der Butler sich einen Überblick und beäugte seine Umgebung kritisch. Einen halben Meter auf dem Pfad von der Kutsche entfernt entdeckte er tiefe Fußspuren von schweren Stiefeln. Offensichtlich musste ein Mann ihren Weg gekreuzt haben. Seine Augen verengten sich zu Schlitzen, und er eilte zur Tür des Transportmittels, um sich nach dem Wohlaufsein seiner Vorgesetzten zu erkundigen. Den

Spuren zufolge hatte der Fremde sich ziemlich nahe an das Fenster herangewagt. Zu seiner Erleichterung aber war sie wohlauf. Immer noch schlief sie, wenn auch unruhig. Wie sie es seit langer Zeit gewohnt war. So leise wie möglich öffnete er die Kutschentür und beobachtete ihre flimmernden Augenlider. Ihre Schleife, die sie als Halsschmuck zu tragen pflegte, war etwas verrutscht und entblößte ein Stück ihrer Verletzung. Ihr Kopf war leicht nach rechts geneigt, und ihre weißen Haare fielen ihr über die schmalen Schultern.

Die wohlgeformten Lippen begannen zu beben. Er wollte sich nicht vorstellen, was für Bilder immer wieder Nacht für Nacht in ihren Träumen auftauchten. Ihr Leiden stand ihr wahrlich ins bleiche Gesicht geschrieben. So leicht wie eine Feder nahm er neben Luna Platz und hob seine Hand, um sie so sanft wie nur möglich zu wecken. Aber noch bevor seine umhüllten Finger ihre Wange berührten, schlug die junge Frau ihre weinroten Augen auf und ergriff instinktiv das Gelenk des Mannes neben ihr. Der Blick, den sie ihm zuwarf, bestand aus einer Mischung von Verschlafenheit und Nervosität. Jedoch entspannte sich ihre Miene schnell und spiegelte pure Erleichterung wider, als würde sie ihm damit mitteilen wollen, wie dankbar sie ihm doch war, dass er es war, den sie neben sich sah.

Sein Handgelenk fühlte sich an, als wäre es eingeschlafen. Mechanisch wie in Zeitlupe befreite er sich aus dem Griff der jungen Frau, ohne auch nur eine Sekunde lang den Augenkontakt zu unterbrechen, und zur selben Zeit ließ sich feststellen, dass das prickelnde Gefühl langsam verebbte und er es auf die Berührung seitens der Adelstochter zurückführen konnte.

„Guten Morgen." Es war nicht mehr als ein raues Flüstern.

Den Gruß erwidernd, lächelte Luna ihren Gefährten an. Am liebsten hätte auch sie ihre Stimme erhoben. Was hätte sie nur alles dafür getan, um wieder sprechen zu können. Viel zu lange war es schon her, seit jenem Tag. Jenem Ereignis. Und trotz allem blieb ihr der wahre Grund, der solch eine Maßnahme hätte rechtfertigen sollen, ein Rätsel. Warum?

Die kurzzeitige Rast war vorbei, und das Pferd galoppierte den Waldweg entlang, dabei das elegante Verkehrsmittel hinter sich herziehend. Die von Regentropfen bedeckten Büsche zogen an ihnen vorbei. Gedankenverloren starrte Luna in die farbenfrohe Umgebung. Es fühlte sich so befreiend an, sich endlich wieder an der frischen Luft aufhalten und ganz besonders einen neuen Teil der Welt entdecken zu können. Allerdings hoffte sie inständig, dass ihre Eltern zumindest einen Hauch von Nachsicht zeigen werden, nach ihrer Rückkehr. Eine ziemlich naive Denkweise, wenn man behaupten konnte, dieses vornehme Ehepaar zu kennen. Von „kennen" konnte man allerdings gewiss nicht sprechen.

Ihre Entscheidung, wortlos zu verschwinden, traf sie doch bloß, um für eine kurze Zeit ihr Leben zu genießen und lebendig zu verbringen, ohne die scheuernden Eisenketten an ihren Gelenken. Zumal der Einfall nicht von ihr kam. Die ihr gereichte Hand gehörte niemand Geringerem als ihrem Butler. Noch kurz vor der Morgendämmerung hatten sie das Gelände unbemerkt verlassen. Zu Beginn war ihr nicht ganz wohl dabei, was ihr Vorhaben betraf. Jedoch verflog das beklemmende Gefühl so rapide, wie es aufgetaucht war, nachdem er ihr vermittelte, dass er ihren Eltern einen Brief hinterlassen hatte. Ihre Sehnsucht nach Freiheit überdeckte jegliche Bedenken und ihr Gewissen. Jeder andere Angestellte einer adligen Familie hätte um seine Arbeitsstelle gebangt. Ihm fehlte jede Spur an Reue, und er schien in keiner Weise besorgt zu sein. Er schien sich ziemlich sicher. Interessant und Neugier erweckend, wie sie fand.

Vor einer Wegverzweigung kamen die vier Räder für kurze Zeit zum Stehen. Keine der beiden Richtungen mochte versprechen, den Ausweg aus den Wäldern zu beschleunigen. Die Schilder, die das Ziel des jeweiligen Pfades verrieten, wurden dermaßen beschädigt, dass ein Großteil an Buchstaben nicht mal ansatzweise entziffert werden konnte.

Wer besaß denn einen vielversprechenden Grund zu solch einer Tat? Als wollte man die Reisenden in die Irre führen, sie abschrecken, vertreiben, wenn nicht sogar in eine Falle führen? Die Entscheidung stand 50 zu 50. Rechts oder links. Da sie kein bestimmtes Ziel verfolgten, hatte die Richtung, solange sie nur weg von zu Hause führte, keine besonders große Bedeutung. Vorräte besaßen sie glücklicherweise genug, und Finanzen hatten sie ebenfalls zur Genüge dabei. Bloß ein winziges Detail irritierte den natürlichen, durchweichten Boden und beeinflusste minimal die Wahl des Mannes mit den Zügeln in den Händen. Kurz räusperte sich der schlanke Butler, ehe er die rechte Richtung einschlug.

Die Waldfläche wurde mit jedem Meter zunehmend ebener, und der zuvor noch feuchte Grund trocknete im mattem Strahl der Sonne. Eine leichte Steigung konnte man spüren. Entspannt hatte Luna ihre Augen geschlossen und konzentrierte sich auf jede Reaktion. Sei es ein winziges Ausweichmanöver, das zu- oder abnehmende Tempo der Kutsche oder der Wind, der sich durch die Fensteröffnung zog.

Leicht verzog die Adelstochter ihr Gesicht. Ihre Beine fühlten sich verrostet und steif an. Bereits seit einer Weile hatte sie sich nicht mehr erhoben. Hoffentlich würde sich bald eine Gelegenheit ergeben, dem lähmendem Gefühl entgegenzutreten.

Innerhalb einer Ruine eines einstigen kleinen Dorfes fanden sie sich wieder.

Die natürlichen, blättrigen Säulen umgaben den unbewohnten Ort, die an einen Zaun erinnerten.

Passend zur bedrückenden Atmosphäre tauchten graue Wolken auf, die aussahen, als würde es jeden Moment beginnen, Ruß zu regnen, und sie verbargen den Licht schenkenden Feuerball. Nachdem Luna sich aus dem Fahrzeug wagte, setzte sie jeden ihrer Schritte mit Bedacht. Ihre vor Freude erhobenen Mundwinkel sanken in wenigen Sekunden wieder, als sie sich umsah und die angeschwärzten, teilweise mit Moos bedeckten und zerstörten Steinbrocken, die einst Häuser bildeten, erblickte. Ein Gemisch aus Asche und Blätter bedeckte den Boden.

Mitfühlend hob sie ihre beiden gekreuzten Hände mittig auf ihren Brustkorb. Selbst ein Blinder kam zu dem Schluss, dass sich hier vor einiger Zeit was Fürchterliches ereignet haben musste. Ein schmerzhafter Knoten bildete sich in ihrem Magen, der alles in sich zusammenzog und ein dezentes Gefühl an Übelkeit hervorrief. Auch wenn sie nichts lieber getan hätte, als umzukehren und diesen

Platz des Elends zu verlassen, sie konnte es nicht. Magisch wurde sie tiefer in die Ruinen gezogen.

„Ich bitte Euch, seid vorsichtig!", erklang Benedicts Stimme, der dicht hinter ihr herlief. Auch ihm war nicht besonders wohl. Irgendwas lag in der Luft, was geradezu zu schreien schien: „Verschwindet und wagt es nie mehr, hierher zurückzukehren!"

Hypnotisiert schlurfte Lady Luna den bröckeligen Gang der Kirche entlang, von der nicht mehr als abgebrochene Gesteine ohne Dach übrig waren. Aus den zerborstenen Holzplatten, die ausgiebig Splitter verteilen konnten, mussten die Sitzbänke konstruiert worden sein. Asche fegte entlang. Ein merkwürdiger Altar störte das traditionelle Bild. Geschmückt mit Kerzen, die zur Hälfte abgebrannt waren.

Der treue Butler sträubte sich und verharrte vor den Trümmern der Türen. Sich zu überwinden, über die Schwelle zu treten, war ihm nicht möglich. Seine Muskeln, jede Faser spannte sich an. Irritierende Vertrautheit verspürte der Mann. Unverständliches Murmeln ertönte in der Tiefe seines Verstandes. Ein schmerzhaftes Stechen spürte er in seiner rechten Schläfe, und es konnte dem Gefühl eines einhämmernden, stumpfen Nagels Konkurrenz bieten. Mit einem verzerrten Gesicht griff er sich mit der Hand auf die schmerzende Stelle, dabei ein Zischen unterdrückend. Angestrengt nahm sein Körper wieder eine gerade Haltung an, und er beobachtete die junge Lady in Weiß, versuchte, die Stimmen zu ignorieren.

Sie hatte genug gesehen von diesem Ort. Der Anblick war bis aufs Äußerste bedrückend, herzzerreißend und beängstigend. Mit solchen Bildern der Welt hatte sie auf ihrer Reise nicht gerechnet, was wieder die naive Seite ihrer Persönlichkeit bestätigte. Zwischen Dummheit und Naivität bestand ein bedeutender Unterschied, den man beachten musste. Denn einen Mangel an Intelligenz wies Luna keineswegs auf. Lediglich ihre Unschuld mochte sie verletzen. In ihrer drehenden Bewegung fiel ihr allerdings etwas ins Auge, was sie dazu veranlasste, auf den Gegenstand zuzugehen und ihn aufzuheben. Gespannt warf Luna einen Blick auf den angebrannten Fetzen Papier, auf dem man noch einen kleinen Teil des Textes lesen konnte. Allerdings: Die Bedeutung der Worte waren ihr fremd. Fragend runzelte sie die Stirn. Die Schrift wurde in einer alten Sprache verfasst, womöglich Latein.

Während sie auf Benedict zuging, blieben ihre Augen stets auf die Buchstaben gerichtet und versuchten, damit irgendetwas anzufangen. Beinahe wäre sie mit dem großen Mann zusammengestoßen, hätte er sie nicht sanft angehalten.

Auf die Frage seinerseits, was sie denn gefunden hatte, reichte sie ihm ihre Errungenschaft und wartete gespannt auf seine Reaktion. Möglicherweise wusste der Schwarzhaarige eher was damit anzufangen, selbst wenn man davon ausgehen konnte, dass mehr dagegensprach als dafür. Jedoch sollte man niemanden unterschätzen. Wirklich niemanden. Schließlich könnte sich jederzeit eine neue Falltür öffnen und Tatsachen offenbaren, mit denen nie jemals einer gerechnet hätte. Seien sie noch so erschreckend oder beeindruckend gewesen.

Sein Blick las den abgehackten Satz mit einer angestrengten Sorgfalt. Immer und immer wieder schweiften seine Augen von links nach rechts. Aber eine nennenswerte Reaktion blieb zu Lunas Verwunderung aus. So schien es jedenfalls.

Woher? Woher kannte er diese Zeile? Eine Zeile? Ja. Sie war ein Stück eines ganz besonderen literarischen Werkes, das jeden ein Leben lang verfolgte. Aber wo und wie?

Welch unglücklicher Zufall. Seine Hand verkrampfte sich jedes Mal etwas mehr, je öfter er die Worte überflog.

„… anima vestra a tenebris comedi absque spe …“

(… *die Seele deiner zerfressen von Finsternis ohne Hoffnung …*)

Ein innerer Kampf um die Beherrschung wurde in den Tiefen seiner Selbst geführt. Seine Hand begann leicht zu zittern und zerknitterten mit intensiverem Druck ein wenig den Fetzen. Die Stimmen kehrten zurück, noch lauter als zuvor. Qualvoll dröhnte es in den Ohren. Es wurde immer lauter und lauter. Wild schrien sie durcheinander, ohne einen erkennbaren logischen Zusammenhang. Blitze tauchten auf. Dann ein Bild. Gitterstäbe.

Benedict schien ziemlich weit weg zu sein. Ob es ihm gut ging? Was mochte seine Gedanken gerade beherrschen? Seine versteifte Haltung ließ ihn wie eine leblose Statue erscheinen. Ihrer Meinung nach besorgniserregend. Um sich seine Aufmerksamkeit zu beschaffen, wedelte Luna mit ihrer Hand vor seinem Gesicht. Nichts. Sie schnipste. Keine Reaktion.

Was war nur los mit ihm? Sie mochte seine undurchdringbare Fassade nicht, selbst wenn genau dies eine Intereße erweckende Eigenschaft an ihm war. Eher strapazierte es die Geduld und ab und an ebenfalls die Nerven. Konnte er nicht einmal seine Maske fallen lassen?

Nur einmal. Das war ihr sehnlichster Wunsch. Sie wollte ihn verstehen. Ihn *wirklich* kennenlernen, bevor es zu spät war. Liebend gerne hätte sie die Fähigkeit besessen, hinter seine eisenschweren Tore mit sieben Siegeln blicken zu können.

Aber wollte sie dies denn auch wirklich? Schließlich gab es nicht umsonst Dinge, die verborgen bleiben sollten. Nun, möglicherweise befand sich auch nicht mehr besonders viel dahinter. Wie bitte? Nicht doch. Wie kam man denn darauf? Innerlich seufzte Luna.

Sie verschwendete mal wieder zu viel Energie an belanglose Spekulationen, die ihr womöglich bis an ihr Lebensende ein Rätsel bleiben werden.

Ein letzter Versuch von ihrer Seite. Mit Ungewissheit bezüglich seiner darauffolgenden Reaktion ergriff Luna sanft sein verkrampftes Handgelenk. Eine erschreckende Kälte ging von seinem Leib aus. Die Berührung zeigte Wirkung. Schlagartig entfiel ihm das Schriftstück, als hätte er sich, wie an einem Feuer, verbrannt. Die Windbrise trug das Papier fort ins unbekannte Nichts der weiten Welt und hinterließ wie bereits vor vielen Jahren ein großes schwarzes Loch, das stätig wuchs ohne Halt. Der Schmerz, der früher noch tief gesessen hatte, war kaum mehr spürbar als ein Zahnstocher. Zu viel an lähmender Betäubung wurde jenen Opfern injiziert.

Kaum hörbar räusperte sich der schlanke Mann, bevor er seine tiefe Stimme erklingen ließ: „Ich halte es für besser, wenn wir uns bemühen würden, diesen unheilvollen

Ort wieder zu verlassen. Zumal es uns an einer geeigneten Raststätte fehlt. Findet Ihr nicht auch?"

Dann drehte er sich um und hielt ihr die Kutschentür auf.

Was war denn das eben? Eigenartig. Ausnahmsweise entging ihr eine Sache nicht, und genau das machte Luna stutzig. Zu Bens Missfallen. Woher dieser mutige Trotz stammte, konnte sie nicht sagen. Selbst sie zeigte sich aufgrund dessen äußerst überrascht und leicht ehrfürchtig. Vor der Öffnung hielt der Albino inne und suchte Augenkontakt, den sie zuvor hatte missen müssen mit ihrem langjährigen Butler.

Fragend hob der Angestellte eine Augenbraue. Ist ihm ein unangebrachter Fehler unterlaufen?

Stille. Eine minimal angespannte Stimmung herrschte, geprägt von kindischer Sturheit.

Die Augen. Man nannte sie auch der Spiegel der Seele. Ein wunderschöner und faszinierender Teil des Körpers, von denen die Weißhaarige sich nur zu gerne verzaubern ließ. Es gab sie in Blau, was sie an das Meer und den Himmel erinnerte. Braun wie die Erde oder das Fell eines Rehs. Grün wie das saftige Gras. Grau wie Wolken, die kurz vor einem Sturm den Himmel bedeckten. Und in ihrem Fall Rot. Rot wie Blut. In ihnen zeichneten sich haufenweise Emotionen, die das Verhalten beeinflussen konnten. Es war ablesbar. Widergespiegelte Gefühle. Es gab nichts Menschlicheres als Emotionen.

Erkennbare Emotionen. Jedoch ließ sich manchmal bedauerlicherweise feststellen, dass dieser eine einzigartige Spiegel bei manchen Menschen außerordentlich verdreckt und verstaubt zu sein schien, wenn man die unmögliche Vermutung verwarf, die daraus schloss, dass in ihnen vermutlich keine Seele aufzuweisen war. Eine erschreckende Annahme. Dennoch wollte man sich der Überzeugung widmen, dass jeder ein unsichtbares Wesen, das seiner Selbst entsprach, besaß.

Im schlimmsten Falle aber mochte der Spiegel zerbrochen worden sein, und jeder, der es zu versuchen pflegte, in diesem Scherbenhaufen etwas erkennen zu wollen, würde sich an den scharfen Stücken schneiden und als Vergeltung sein Blut vergießen müssen.

Sie hätte es lassen sollen.

Nach lang gezogenen Minuten, die mühsam verstrichen, begann der Einzige der beiden, der dazu in der Lage war, zu sprechen.

„Verzeiht mir, aber ist mir ein Fehler, welcher euch gravierend zu missfallen scheint, unterlaufen, oder wie darf ich Eure Aktion deuten?"

Nun war es Lunas Augenbraue, die überrascht in die Höhe stieg. Irrte sie sich etwa?

Oder hörte sie schlecht? Seine Stimme klang reserviert. Mehr als zuvor gewohnt.

Auch glaubte sie, dass vorhin, für den Bruchteil einer Sekunde, seine Fassade zu bröckeln begann. In dem Moment, als sein Augenmerk sich auf das Papier gerichtet hatte. Aus seinem Gesicht und aus seinen Augen konnte sie allerdings nichts herauslesen.

Und genau *das* war es.

Die Trübheit eines eigentlich für gewöhnlich farbenfrohen Spiegels.

Eines kam ihr leider nicht in den Sinn. Ein Grab brauchte man nicht erneut aufzugraben.

Ein schön hergerichtetes Grab, bepflanzt mit Rosen und einem geschliffenen Grabstein mit einem Namen in Schnörkelschrift geschrieben, sollte man ruhen lassen.

Geschrieben stand:

anima mea
19. November 1873

Ruhe in Frieden.

In beiden Händen hielt das Mädchen den winzigen Topf mit der Rose umklammert. Es war so schön. Kuro flog voraus und setzte sich auf den Baumstamm, der mitten auf dem Pfad lag. Der Stamm war hoch. Mit aller Mühe streckte sich Lumine, um die Rose auf dem Baum abzustellen. Sie sprang aus aller Kraft, die sie noch hatte, hoch. Ein Ast half ihr, das große Hindernis zu überwinden. Ihr Fuß streifte den Topf. Hart auf dem Boden gelandet, hielt sie die Pflanze wohlbehütet in ihren Händen. Die Knie brannten. Erleichtert atmete sie aus und erhob sich. Ihr Zeigefinger schmerzte auch. Sie blutete. An den Dornen der Rose hatte sie sich verletzt. Daraufhin stürzte die Taube sich auf die Rose und entriss ihr ein Blütenblatt.

„Nein, nicht!" Die Kleine seufzte. „Warum hast du das nur getan?"

Eine Antwort bekam Lumine nicht.

Kapitel 5 – Das Verwelken der scharlachroten Blume

Die Pflanzenwelt war ein wundervolles Geschenk der Mutter Natur. Unendlich weit erstreckte sich die Flora auf der ganzen Welt. Und so wunderschön wie sie war, so sehr brauchte man sie.

Wohlbehütet und endlich einigermaßen aufgewärmt, befanden sich die beiden Reisegefährten in einem bescheidenen, aber gemütlich eingerichteten Raum einer versteckten Gaststätte, am Eingang der Stadt. Die Kutsche stand dicht in der Nähe des Gebäudes, jederzeit schnellstens erreichbar und dennoch unauffällig platziert. Sie hatten nicht vor, lange hier zu verweilen. Der schlanke Butler, der sich zuvor seines Mantels ausnahmsweise entledigt hatte, stand, Luna den Rücken zugewandt, vor dem Fenster. Dabei entging ihr sein angestrengt starrender und suchender Blick, den er über die Häuser und durch die Straßen schweifen ließ. Selbst die Dächer wurden überprüft. Jedes einzelne kleine Detail galt es präzise zu analysieren. Kontrolliert atmete der Schwarzhaarige ein und wieder aus.

Zuvor beschäftigte die Adelstochter sich damit, Löcher in sein Rückgrat zu starren, die ihn dazu hätten bringen sollen, sich umzudrehen. Ohne Erfolg. Dies gab sie dann schlussendlich auf und fokussierte stattdessen ihre Aufmerksamkeit auf die mit – teilweise verwelkten – Rosen bestückte Vase, deren Silber verblichen war. Rosen waren ihre Lieblingsblumen. Sie liebte alles an ihnen. Selbst die stacheligen Dornen trugen zu deren

Schönheit bei. Langsam zog der Sog der Nostalgie die Weißhaarige immer mehr in den Bann. Das Klopfen an der Tür nahm die junge Frau lediglich als ein dumpfes Dröhnen im Hintergrund wahr. Benedict wagte sich, sie zu öffnen, schloss sie dann nach nur wenigen gewechselten Worten wieder und kehrte zu seinem Posten zurück, wobei er im Vorbeigehen Luna einen flüchtigen Seitenblick zuwarf.

Der dezente Windhauch der kürzlich geschlossenen Tür streifte die atmende Dekoration und ließ drei Blüten, wie in Zeitlupe, auf den Holztisch fallen. Sie begannen zu sterben. Sie verwelkten. So wie einst ihre eigenen, die Luna mit Herz pflegte – so lange, bis auch die ihren Glanz und ihre Energie verloren hatten und schließlich eingingen, mit nicht mehr als Stiele als Hinterlassenschaft. Träumend legte sie den Kopf in den Nacken und schloss leicht zögerlich die Augen und schwelgte in einer ihrer womöglich weniger unangenehmen Erinnerungen. Normalerweise hütete Luna sich davor zurückzudenken. Jedoch seit sie gemeinsam auf Reisen waren, konnte sie nicht anders. Es war beinah unerklärlich. Als wäre dies die folgende Reaktion eines angeblich abgeschlossenen Kapitels, auf das sie nie wieder zurückblättern konnte. Als wurde ein Schlussstrich gezogen. Von irgendetwas. Oder irgendjemandem. Auf welche Art und Weise, blieb im Verborgenem. Dies war nicht von großer Bedeutung. Noch nicht. Bitte lat ihr noch Zeit.

Der Winter, dessen Intensität an Kälte er seit Jahren nicht mehr besessen hatte, war endlich vorüber. Jeder noch so kleine Luftzug hatte tief in den Leib gebissen und nagte schon fast an den Knochen, wie ein Hund. Aber er war vorbei. Welch ein Glück. Die Wolken zogen vorbei, und die Sonne stand hoch am Himmel, taute das restlich Gefrorene auf. Die Vögel begannen wieder fröhlich zu zwitschern und flogen wild durch die Baumkronen. Tief inhalierte das dreizehnjährige Kind, das im Vorhof auf dem Treppenabsatz stand, die Luft, dessen betörender Geruch das Gemüt erfrischen konnte. Die Natur erwachte wieder zum Leben. Das grüne Herz schlug im gleichmäßigen Takt, um den Wachstum anzutreiben. Außerdem war es Luna von nun an wieder möglich, dem Gefängnis ihrer eigenen vier Wände zu entfliehen. Jedes Jahr kurz vor Ende November pflegte ihr Vater stets den gleichen Satz ausdrücklich zu rezitieren, mittlerweile schon so oft, dass es einer Tradition entsprach.

„In den nächsten drei Monaten wirst du dein Zimmer nur zu gewöhnlichen Tätigkeiten verlassen und keinen einzigen Fuß außerhalb des Anwesens setzen, schon gar nicht daran denken. Nicht zu vergessen: Du betrittst nur die Bereiche des Hauses, die dir bekannt sind!"

Ansonsten wirst du oder jemand anderes mit Konsequenzen rechnen müssen.

Diesen Satz hatte er ihr gegenüber nie geäußert. Er brauchte das schließlich nicht zu tun. Der Gesichtsausdruck allein reichte, um der Kleinen das verständlich zu machen. Gut genug konnte Luna sich noch an den Vorfall vergangenen Jahres erinnern, und das hatte ihr bei

Weitem genügt. Besonders auch ihrer Mutter, der es immer schlechter zu gehen schien. Jedoch versuchte sie es zu verstecken. Auch plagten die Weißhaarige seit jener Nacht Schuldgefühle, die wie Flut und Ebbe kamen und gingen. Eine Woche später war Genevieve verschwunden. Für immer. Sie wurde entlassen. Niemand wusste wohin und niemand vermisste sie auch nur ansatzweise. Stattdessen heuerte der Earl einen neuen Butler an, der nie, wirklich nie von seiner Seite gewichen war, außer, um Luna im Auge zu behalten. Sein Name lautete Vincent. Vincent Gregwood. Anfang dreißig und sehr loyal dem Earl gegenüber. Er war freundlich und charmant. Sie mochte ihn sogar anfangs. Er besaß Rücksicht. Ein Wort, das im Wortschatz ihres Vaters offenbar fehlte. Bedauerlicherweise. Empathie verlieh einer Person doch gerade die Menschlichkeit. Aber nicht jeder hatte das Glück, es zu besitzen, oder anders betrachtet: Nicht jeder hatte das Glück, nicht in Ketten gelegt worden zu sein. Das Eisen schnitt immer tiefer ein und fing an, grässliche Narben zu hinterlassen. Ob es dazu einen Schlüssel gab? Wenn ja, wo? Und wann würde sie diesen finden? Wann würde er auftauchen und sie endlich befreien?

Die ihr sehr kurz geschenkte Zeit, sich im Freien zu bewegen, nutzte Luna, um sich in den hinteren Teil des Grundstücks zu begeben. In den Garten. Zu den Blumenbeeten. Wie zu erwarten fand sie den Gärtner, Dalton, des Hauses dort auf, der bereits fleißig die kahlen Stellen neu bepflanzte und die erfrorenen Blumen, die den außerordentlich niedrigen Temperaturen nicht standhalten konnten, entfernte. Zu ihrem Bedauern hatten auch die Rosen, die ihre Mutter letztes Jahr einsetzen ließ, nicht überlebt. Zu Beginn erstrahlten sie in voller Blüte, begannen aber immer mehr einzugehen. Seit Gregwood aufgetaucht war.

Der Kampf war verloren.

„Oh nein, nicht doch“, flüsterte Luna enttäuscht und krallte sich in den Samt ihres beigen Kleides. Der ältere Dalton erhob sich mit seinem Hut in der Hand und platzierte sanft seine andere auf ihre Schulter. „Ihr mögt recht behalten, kleine Lady. Es ist wirklich bedauerlich. Aber alles Schöne muss eines Tages sein Ende finden. Selbst mein einst kastanienbraunes Haar verliert allmählich seinen Glanz und beginnt zu ergrauen!“ Aufmunternd lächelte er Luna an, wobei kleine Lachfalten in seinem Gesicht zu erkennen waren. Sie stimmte ihm nickend zu. Ein leicht grauer Ansatz zierte seine Mähne. Er war ein herzenslieber Mensch und schon seit Jahren bei ihnen tätig. Sein Daumen, wahrlich grün. Giftgrün. Eine tolle Gabe und ein wundervolles Talent.

„Ich hatte gehofft, die Rosen ein bisschen länger betrachten zu können!“ Wieder richtete sie ihr Augenmerk auf den Haufen aus Stielen und geschrumpelten Blüten. Ihr Gesprächspartner räusperte sich.

„Ich werde Euch selbstverständlich Neue pflanzen. Solche, die länger halten werden und viel schöner blühen mögen als die Alten. Was meint Ihr?“

Das Trübe in ihrer Iris klärte sich, und strahlend erwiderte sie: „Das wäre wundervoll.

Vielen Dank, Dalton!“ Das war sein Versprechen an ihr, das sie zutiefst glücklich und vorfreudig stimmte. Luna konnte es kaum erwarten, von diesem Anblick überwältigt zu werden. Es hieß nur, sich in Geduld zu wiegen. Und um die Zeit ein kleines Stück zu überbrücken, bestand die Adelstochter darauf, ihm bei seiner Arbeit, dabei ganz besonders auf die Pflege der Rosen bezogen, zu assistieren. Sie wollte daran teilhaben und helfen, ein blickfangendes Gewächs zu pflegen. Es wurde ihr aber verwehrt.

„Gartenarbeit gehört nicht zu den Pflichten einer Tochter, die des Adels entstammt. Man setzt keine vornehme junge Dame körperlichen Anstrengungen aus. Außerdem heißen Eure Eltern dies alles andere als gut, und bedenkt Eure Gesundheit. Pollen und der Staub der Blüten können ziemlich lästig und hartnäckig sein!"

Wiederwillig würde Luna sich daran halten. Aber die Blumen gießen durfte sie.

Wenigstens das.

Ein neuer Tag brach an. Bereits vor Morgendämmerung war Luna hellwach. An Träume aus ihrem Schlaf konnte sie sich nicht erinnern. Wenn sie es versuchte, tauchten nicht mehr als verschwommene Farbtupfer auf, die sich bewegend ineinander vermischten, und nicht mal einen minimalen Umriss konnte man darin erkennen. Schon früh herrschte im Hause dezenter Aufruhr unter den Bediensteten. Womöglich hielten sich die Geduld und die Nerven ihrer Eltern in Grenzen. Oder nur die des Oberhauptes. Hatte sie was nicht mitbekommen?

Was war denn der Anlass? Wie vom Feuer gejagte Mäuse huschten und flitzten die Mädchen und Butler an ihr vorbei, wild durch die großen Gänge, vom einen ins nächste Zimmer und wieder zurück. In der Küche, wo die Weißhaarige gelegentlich gerne vorbeischaute, fluchte der Koch vor sich hin, dessen Bedeutung der Worte sie nur teilweise verstand, aber sie genügten, um hinter sich leise die Tür wieder zu schließen und das Weite zu suchen. Es schien einiges an Missgeschicken geschehen zu sein. Nach dem Verzehr des Frühstücks stellte sich heraus, dass es viel mehr als gewöhnlich zu tun gab und alle Arbeiten noch vor Eintreffen der Gäste, die sie an diesem Tag erwarteten, beendet sein mussten. Anscheinend Gäste von größter Wichtigkeit, dessen Schein sich in Grenzen gehalten hätte, wenn Bedienstete im stillen Hintergrund ihren Pflichten nachgingen, die ohnehin hauptsächlich das Bedienen der Anwesenden beinhalteten. Und Butler besaßen sie zur Genüge.

Noch zwei Stunden bis zum Empfang. Für den Frühlingsanfang herrschten ziemlich warme Temperaturen. Ein paar Fenster wurden zugunsten der Arbeitenden geöffnet. Schweißperlen glitten ihren Gesichtern entlang. Der Albino hatte Mitleid. Ungeachtet des regen Treibens prallte sie mit einem der sprintenden Pinguine zusammen. Das Tafelsilber in seinen Händen, die in weißen Handschuhen steckten, klirrte und rasselte deutlich hörbar.

Erschrocken wich Luna zur Seite und stammelte: „Verzeihung!"

„Meine Schuld, bitte verzeiht, habe zu tun …"

Gemurmelte Sätze, von denen man nur Bruchstücke verstehen konnte, nieselten auf sie nieder. Und schon verschwand er in den Tiefen des häuslichen Labyrinths. Seine hastenden Schritte hallten wider, während der Klang immerzu abnahm. Die Angespanntheit, die unter den Angestellten herrschte, löste in Luna ein Gefühl des Unwohlseins aus, was sie dazu veranlasste, sich in den Garten zu schleichen. Immer wenn sich die Gelegenheit bot, begab sie sich für wenige Minuten heimlich zu den Beeten. Besonders viel hatte sich noch nicht getan. Dennoch konnte man kleine Knospen erkennen. Sie wusste es. Sie war sich sicher. Diese Rosen werden in einer ganz anderen Intensität wachsen, gedeihen und blühen. Sie würden strahlen. Ganz bestimmt. Die Vorfreude stieg ins Unermessliche.

Eingesperrt. Ihre Wenigkeit wurde tatsächlich eingesperrt. In ihrem Zimmer. Zimmer. Mittlerweile verband die Weißhaarige solch negative Gefühle mit ihren vier Wänden, dass sie das Wort „Zimmer" als die falsche Bezeichnung betrachtete. Es war auch kein wirklicher Rückzugsort mehr. Sie war stets ausgeliefert. Dass sie darin noch Ruhe fand, entsprach einem Wunder. Es verschlug dem Mädchen die Sprache, als ihm mitgeteilt wurde, dass es an dem Treffen nicht teilhaben durfte. Zwar bevorzugte Luna es, einem langweiligen Abend entgehen zu können, der Gespräche beinhaltete, die entweder gefüllt von Politik, Wirtschaft oder dem eigenen Ruhm und Reichtum waren und nur so vor Arroganz und Narzissmus strotzten. Dennoch verletzte sie die Tatsache, dass ihre Eltern sie nicht dabeihaben wollten.

War sie solch eine Enttäuschung? War sie peinlich? Hatte sie was falsch gemacht?

Lag es nur an ihr? Wer waren eigentlich die erwarteten Gäste? Sehr wahrscheinlich kannte sie diese Personen nicht. Vielleicht auch gut so. Es saß tatsächlich. Tiefer als gedacht. Gedankenverloren saß Luna auf ihrem Bett und strich sanft über ihr liebstes Buch. Besonders, wenn die Traurigkeit sie beherrschte, las sie darin. Sie liebte die Erzählung. Lumine war mehr als nur ein fiktiver Charakter, der in einer Geschichte existierte. Sie fühlte sich mit ihr verbunden, wie mit einer Freundin, einer vertrauten Persönlichkeit. Sie war nicht allein in diesem unendlich scheinenden Tunnel, der ein ewiger Kreis der Verzweiflung zu bilden schien. Es gab einen Lichtstrahl und somit auch einen Ausweg.

Es klopfte an der Tür. Das Geräusch ließ die Dreizehnjährige aufschauen und zog sie rettend aus dem Meer ihrer Gedankenwelt. Aber die hölzerne Barriere blieb nach wie vor geschlossen. Die goldene Klinke regte sich kein Stück. Seufzend schloss Luna die Augen.

Am liebsten wäre sie ungestört für sich alleine geblieben, wenn sie schon dazu verdonnert worden war.

„Verzeiht mir die Störung, Lady Luna. Aber würdet Ihr mir bitte Einlass gewähren?", ertönte es von der anderen Seite. Verwundert hob die Adelstochter ihre Augenbraue.

Was Vincent wohl von ihr wollte?

Einen Moment überlegte sie noch, bevor sie ihm die Erlaubnis gab einzutreten. Nichts sprach überwiegend dagegen. Also weshalb nicht? Immerhin hatte er mit Sicherheit nicht vor, lange zu bleiben. Und vielleicht würde sich dennoch eine interessante Unterhaltung ergeben, zumal ihr kein plausibler Grund einfiel, der seinen Besuch begründen konnte. Abwartend schaute sie ihm in die Augen, nachdem die Tür zurück ins Schloss gefallen war und er sich ihr gegenüber vor der Bettkante positionierte. Giftgrün traf auf Blutrot.

Sie konnte ihn nicht besonders gut einschätzen. Je länger sie ihn beobachtete, desto mehr kam es ihr so vor, als dienten sein Charme und seine Freundlichkeit einer trügerischen Verschleierung. Ihre einstige Sympathie ihm gegenüber wandelte sich langsam in Misstrauen, und es betraf nicht nur ihn. Zwar stand er seit knapp einem Jahr im Dienste des Hauses, aber viele Worte hatte Luna mit ihm noch nicht getauscht. Besonders störte sie sich auch nicht daran. Da ihr Vater nahezu mehr Zeit mit Gregwood verbrachte als mit ihrer Mutter, schloss sie daraus, dass auch seine Wenigkeit sich möglicherweise als weniger angenehm herausstellen würde.

„Was führt dich zu mir? Hat dich mein Vater beauftragt?", fragte die Weißhaarige.

Vincent war ziemlich wortgewandt. Er wusste, was für Sätze er zu formulieren hatte. Und aus einem unerklärlichen Grund missfiel ihr sein Lächeln, welches er an diesem Tag aufsetzte.

„Nicht ganz. Euer Vater zog es in Betracht, nach Euch sehen zu lassen, allerdings war es kein ausdrücklicher Befehl. Ich dachte mir, Ihr würdet Euch an Gesellschaft erfreuen, selbst wenn es jemand wäre, wie ich es bin!"

Eine leichte Spur an Ironie tropfte von seinen Lippen. Wie theatralisch.

„Wie aufmerksam. Vielen Dank, aber …!" Sie setzte an, ihn darüber in Kenntnis zu setzen, dass sie es vorgezogen hätte, alleine zu verweilen. Er fiel ihr aber ins Wort mit einer Frage, die sie überrumpelte. Ungläubig blinzelte sie mehrmals in seine Richtung.

„Gestattet Ihr es mir, Euch kennenlernen zu dürfen?" Gregwood war davon überzeugt, in seinem Gefühl richtig zu liegen, dass die Adelstochter ihm nicht besonders über den Weg traute, und dies musste er ändern. Menschen, die unter demselben Dach lebten, sollte man nicht misstrauen. Wo käme man denn da hin? Ein Versuch musste es wert sein.

„Ergibt sich so was nicht von selbst unter passenden Umständen?" Sie wich aus, wollte ihn wieder loswerden. Verständlich. Mit niemandem der Bediensteten konnte sie wirklich warm werden. Es ergaben sich nie mehr als gelegentliche kurze Gespräche ohne Tiefgründigkeit, die auch nur einen Hauch von Interesse versprühten, ihre Person näher kennenlernen zu wollen. Sie waren alle freundlich und höflich zueinander. Mehr aber auch nicht. Versucht hatte Luna es zuletzt bei Genevieve. Jeder erdenkliche Fortschritt prallte an ihr ab wie ein Stein an einer Hausfassade und kam unglücklicherweise zurückgeflogen, woraufhin jedes Mal ihr Brustkorb zu schmerzen begann.

„Nun!" Er räusperte sich. „Die meinen sind zu meinem Leidwesen begrenzt!" Er fuhr sich durch sein Haar und stellte fest, dass es kein Durchdringen zu ihr gab. Zumindest heute. Eine unsichtbare Kuppel hüllte sie ein. Freiwillig würde sie sich davon keinesfalls lösen wollen.

Gregwood sollte verschwinden. Mehr wollte Luna nicht. Bloß weg aus ihrem Blickfeld. Das kurze Gespräch hatte sie erschreckend viel Energie gekostet. Der Körper fühlte sich so schwer wie ein Sack, gefüllt mit Backsteinen, an. Die Stimme erklang meilenweit von ihr weg. „Entschuldigt bitte die Störung!" Nachdem Vincent sich verbeugt hatte, entfernte er sich und verschwand über die Schwelle. Endlich.

Wie auf Knopfdruck fielen Lunas schwere Lider zu, und Dunkelheit umgab sie.

Ihre Kraft wurde absorbiert. Mit jedem Tag ein bisschen mehr. Luna musste sich eingestehen, dass sie etwas zu schwächeln begann. Die Gliedmaßen begannen sich schlapp anzufühlen. Gewichte hingen an ihren Schultern und zogen sie zu Boden. Immer noch zerbrach sie sich den Kopf über die rechte Hand des Earls. Seit wann zeigte überhaupt jemand an ihr Interesse? Ein Teil dieses mise-

rablen Theaterstücks, wo ihr Vater Regie führte, wollte
sie nicht sein. Die Mahlzeit lag schwer im Magen, und
das Korsett saß enger geschnürt als gewöhnlich. Plötzlich schlug alles wie ein Blitz auf sie ein. Der blenden-
de Strahl aller angestauten Eindrücke und Gefühle ent-
lud sich auf einmal. Erschütterte sie bis ins tiefste Innere,
der Schmerz floss in jede Faser ein und ging durch Mark
und Bein. Einsamkeit. Da war sie wieder. Dem Geigen-
unterricht konnte Luna unglücklicherweise nicht folgen
geschweige denn nur ansatzweise an Konzentration gewinnen. Nachsichtig, wie ihr Lehrer war, zeigte er Verständnis und entließ sie. Hoffentlich würde er ihren Eltern nichts davon erzählen. Höhnisch rümpfte Luna die
Nase über ihre naiven Gedanken. Natürlich würden sie
davon erfahren.

Ihr Weg führte sie nach draußen in den Garten zu den
Beeten. Sehnsucht trieb sie an, sich aufzuraffen und nach
ihren geliebten Rosen zu sehen. Automatisch erhellte
sich die Miene des Mädchens, als es den wunderschönen
und atemberaubenden Haufen an Rosen erblickte. Lächelnd kreuzte Luna ihre schneeweißen Finger ineinander und beobachtete die Blumen, wie sie sich im Hauche
des leichten Windes tanzend regten. Stramme, mit spit-
zen, dunklen Dornen bestückte Stiele ragten aus der Erde,
mit zauberhaften Blüten, dessen Farbe noch im Dunkeln
leuchteten. Sie zählte insgesamt 35 Rosen. Eine von ihnen stach ihr besonders ins Auge. Es war die mit Abstand
Schönste von ihnen. Sie besaß eine bei weitem intensi-
vere Farbe als ein gewöhnliches Rot. Weder Zinnober-
rot noch Purpurrot.
	Auch nicht Blutrot. Nein.

Es war Scharlachrot. Scharlach. Das klang so majestätisch. Die grünen Blätter waren saftiger und ihre Dornen eine Stufe dunkler. Einfach wunderschön.

Fasziniert und geblendet von der Schönheit, nahm Luna sanft einen der grünen Anhänger zwischen Daumen- und Zeigefinger und strich über die erstaunlich rauen Rillenlinien. Die Berührung fühlte sich magisch an. Es beschlich sie das Gefühl, ein Stück ihrer verlorenen Energie wieder zurückerlangt zu haben. Als wären diese Blumen eine Quelle ihrer Stärke.

Ein eigenartiger Einfall. So absurd. Aber sie beschloss, daran festzuhalten. So lange, bis sie von alleine Kraft schöpfen konnte. Vermutlich war dies nur eine Phase, die bald vorüber sein würde. Ganz bestimmt. Hoffentlich.

Mit geschlossenen Augen lauschte Luna dem Wind und summte die Melodie ihres liebsten Geigenstücks. Besonders in solchen Momenten half es ihr, sich sammeln und beruhigen zu können. Ewig hielt dieser überaus beruhigende und therapierende Augenblick jedoch leider nicht an. Die Sonne stand noch hoch am Himmel. Noch. Schweren Herzens löste Luna den Kontakt auf und trat zurück. Für wenige zusätzliche Sekunden hielt das Gefühl der Berührung an.

Sie wünschte sich, dass diese Rosen, ihre Rosen, noch für eine sehr lange Zeit leben würden.

Sie sollten leben. Ewig leben und niemals eingehen. Nicht sterben. Niemals.

Sie wurde ausgesaugt.

Gierig tranken die pflanzlichen Schönheiten das gegossene Wasser, nach dem sie so dürsteten im heißen Scheine des Feuerballs. Die erlösende Feuchtigkeit ließ die Blumen aufatmen. Wären sie menschliche Wesen gewesen, hätten sie vor Dankbarkeit auf ihren Knien verweilt und die Arme gen Himmel erhoben. Es tat so gut.

Zu jenem Bedauern herrschte ein pikanter Gegensatz. Wie Yin und Yang. Je wärmer es mit der Jahreszeit wurde, desto mehr kühlte die Stimmung innerhalb des Anwesens ab.

Selbst wenn der Winter zu Ende war, mochte dies noch lange nicht bedeuten, dass er auch im Hause im Keim erstickte. Allerdings hatte die zuvor lähmende Kälte, die im Raum stand, ein wenig abgenommen, und die Eisbrocken, die üblicherweise auf dem Boden verteilt lagen, schmolzen minimal dahin. Vermutlich dank der Blumen. Oder es war naive Einbildung.

Luna vermied es, sich in der Nähe des Büros ihres Vaters aufzuhalten. Dies war das Beste und womöglich auch Klügste, was sie tun konnte. Er wollte bestimmt nicht, dass seine Kleine auch nur einem Bruchteil seiner Geschäfte und Gespräche folgen konnte. Es gab keinen Grund zur Sorge, zumal sie sich keineswegs dafür interessierte. Ihre Meinung würde sich aber noch ändern, mit Folgen. Eine Möglichkeit, seinen Arbeitsraum zu betreten, gab es nicht, da die Tür neuerdings sogar verriegelt wurde. Ungewöhnlich und ziemlich merkwürdig. Aber man sollte nie zu viele Fragen stellen.

Nach ihrem Französischunterricht hing ihr ein für sie ganz besonderes Gedicht nach, welches sie womöglich niemals wieder vergessen würde:

Un éclair, puis la nuit – fugitive beauté
Dont le regard m'a fait soudainement renaitre,
Ne te verrai-je plus que dans l'eternité ?
Ailleurs, bien loin d'ici! Trop tard!
Jamais peut-être
Car j'ignore où tu fuis, tu ne sais où je vais,
O toi que j'eusse aimée, ô toi que le savais!
Titel: A une passante
von: Charles Baudelaire (1821–1867)

Die Zeilen berichteten von dem plötzlichen Auftauchen und Verschwinden einer Frau, das mit einem Blitzeinschlag vergleichbar war. Phantasievoll, wie Luna war, hing sie ihre persönliche Interpretation mit an und schmückte die Geschichte noch ein bisschen aus. Es war eine besondere Frau, die für gewöhnlich in den Menschenmengen der Stadt untergehen konnte, doch jemand hatte sie entdeckt. Ein Mann mit aufrichtigen Gefühlen, die er in seinem tiefsten Inneren zu verstecken pflegte. Für ihn strahlte sie regelrecht wie im Scheinwerferlicht auf der Bühne eines Theaters. Mit einer gleichzeitig schüchternen als auch elegant erscheinenden Haltung schweifte ihr Blick durch das Publikum und traf den seinen in der hintersten Reihe. Vollen Mutes erhob er sich und trat zu ihr hinauf, um mit ihr zu tanzen. Doch bevor er auch nur ansatzweise ihre Hand ergreifen konnte, erlosch der Lichtkegel, und Dunkelheit füllte den Raum. Sie war verschwunden. Für immer. Durch die Menschenmassen hindurch und in eine Kutsche nach nirgendwo. Auf ewig.

Die Lyrik gefiel ihr außerordentlich. Sie besaß einen gewissen Tiefgang, der sie berührte. Die wenigen Zeilen sprachen Bände, die von Tausenden von Emotionen trieften. Sie liebte es.

Daran konnte Luna sich aufheitern. Außerdem neigte sie zur Romantik, wie sich herausstellte.

Nach einer Inspizierung im Garten und dem kurzen Gespräch mit Dalton begab sich die Adelstochter zurück in die Gemäuer, aufgrund der Aufforderung des Älteren, die wie folgt lautete: „Bei allem Respekt, kleine Lady, aber es wäre mir lieber, wenn Ihr Euch zurück nach drinnen begeben würdet. Ihr seht erschreckend erschöpft aus!"

„Ist alles in Ordnung?", fragte er mit besorgter Stimme, dessen Tonlage sie nicht nachvollziehen konnte. Noch nicht.

Nach Lunas Empfinden ging es ihr besser, seit die Blumen so fröhlich blühten. Solange die Rosen existent waren, konnte die Weißhaarige stets neue Kraft schöpfen. Daltons Sorgen waren unbegründet, dachte sie zumindest.

Und da stand Lady Valanice de Mencium, ihre Mutter, in der Eingangshalle mit einem starren und toten Gesichtsausdruck. Ihre Hand verkrampfte sich am hölzernen Geländer, so sehr, dass ihre Fingerknöchel weiß hervorstachen. Sie wirkte wie eine Schaufensterpuppe. Missmutigen Schrittes näherte das Mädchen sich der Blondine, um sich nach ihr zu erkundigen. Ein ungutes Gefühl erstreckte sich in ihrer Magengegend. Dieser bildnerische Gegensatz, den man zu Gesicht bekam: eine wunderschöne Frau dessen Ausstrahlung in diesem Moment mit der einer Leiche vergleichbar war. Verzweifelt, beinahe schon verstört schaute sie hinaus in ein atemberaubendes, wundervolles und schönes Wetter. Die Sonne lachte ihr entgegen, doch alles, was zurückkam, bestand aus einem stummen Schrei ohne jegliche Muskelregung. War was vorgefallen? Falls dem so war, ließe sich darüber der Kopf zerbrechen, um was es genau ging. Man hatte Luna nichts gesagt. Niemand verlor auch nur ein Wort darüber. Es wurde totgeschwiegen. Bis zuletzt.

Zu ihrer Überraschung zitterte ihr unsichtbares Instrument, als sie zu sprechen begann:

„Ist mit dir alles in Ordnung, Mutter?" Keine Reaktion. Ihre verbalen Silben prallten an einer dicken Stahlmauer ab und verklangen in der Ferne des weiten Nichts. Sorge keimte auf. Etwas ganz Bestimmtes lag in der Luft, dessen Stein bereits vor langer Zeit ins Rollen gebracht wurde, der sich als ihr aller Elend entpuppen und sie in den tiefen Abgrund stürzen würde.

Luna rezitierte ihre Aussage. Noch mal und noch einmal. Die Verbindung zwischen ihnen schien durchtrennt worden zu sein. Ihre kleine Tochter hatte keine Ahnung von dieser grausamen und herzlosen Welt. Es wäre das Beste gewesen, wenn sie aus dieser betäubenden und enttäuschenden Traumwelt befreit worden wäre. Jedoch war es zu spät. Tat es ihr leid? Vielleicht. Sie wusste es nicht. Machte sie dies zu einem herzlosen Monster? Darüber konnte man sich streiten. Aber es war ihr egal. Sie kannte genug Bestien, die sich als Menschen ausgaben. Sie war nicht stark genug. Lange würde sie es nicht mehr aushalten können. Als die Lady ihrem Kind endlich ihr Haupt zuwandte, fuhr Luna augenblicklich zusammen. Seelenspiegel ohne Seele dahinter starrten sie an. Ausdruckslos.

Möglicherweise aber hatte sie das alles bloß geträumt. Um real zu sein, wirkte alles viel zu eigenartig. Bestimmt war es bloß ein Traum, der ihrer Fantasie entsprach.

31 rote Rosen

Neuerdings hörte Luna jeden Abend zur späten Stunde, wie der Schlüssel im Schlüsselloch ihrer Tür gedreht wurde, um den einzigen Ausgang des Zimmers zu verriegeln. Immer die gleichen Schritte. Somit auch immer die gleiche Person. Ihr Verdacht galt Gregwood.

Hitze breitete sich in den vier Wänden aus. Und nicht nur in ihrem Raum. Das komplette Anwesen war betroffen. Der Geruch von Rauch weckte sie und ließ sie sich in ihrem Bett kerzengerade aufrichten. Die Sinne, angetrieben vom Überlebensinstinkt, verschärften sich, und das Herz begann zu rasen. Feuer. Panisch sprang die Adelstochter zur Tür. Sie war nach wie vor verschlossen. Verzweifelt zerrte sie am Türknauf und begann so zu schreien, wie es ihre Lungen ihr noch ermöglichten. Jeder Atemzug brannte höllisch in ihren Organen. Luna begann zu husten und ließ blitzschnell vom plötzlich erhitzten Knauf ab, an dem sie sich verbrannt hatte. Ihre erhobenen Fäuste schlugen gegen die Holzbarriere, ehe sie es aufgab. Kraftlos lehnte ihre Stirn an der Tür. Tränen rannen ihren geröteten Wangen hinab.

„Bist du dazu in der Lage, den entscheidenden Unterschied zwischen Gut und Böse zu unterscheiden, kleine Luna?" Sie wandte sich um. Kein geringerer als Earl Edwin saß auf der Kante ihres Bettes, dabei sie mit kalten und wachsamen Augen fixierend. Die Tatsache, dass ihr Heim lichterloh brannte, störte ihn nicht im Geringsten. Wie war er hier reingekommen? Seine Frage ignorierend, hastete das Mädchen auf den Mann zu, um seine Hand zu ergreifen und zu versuchen, ihn mitzuziehen.

„Schnell, wir müssen hier raus!" Mit größten Bemühungen verlagerte Luna ihr Gewicht nach hinten, um ihn zu bewegen. Jedoch blieb er felsenfest standhaft. Sein zuvor unerwiderter Griff intensivierte sich, schmerzte leicht. Er tut mir weh, dachte Luna still und erwiderte ehrfürchtig den Augenkontakt.

„Bitte Vater, hilf mir. Wir müssen hier raus!", flehte sie hustend. Mit Leichtigkeit entzog er sich ihrer lästigen Berührung und stieß sie von sich, wobei sie zu Boden fiel. Keinen auch nur minimalen Ansatz an Mitleid verspürte er. Weshalb denn? Sie war eine Enttäuschung und zu nichts zu gebrauchen. Eine Schande. Dummes Kind. Und seine Frage hatte sie noch immer nicht beantwortet.

„Beantworte meine Frage!", forderte er bestimmend. Wie konnte er in solch einer lebensgefährlichen Situation an so was denken? Besaß dies solch eine Wichtigkeit? Wichtiger als deren eigenes Leben? Irrsinn. Was sollte sie darauf antworten? Einen klaren Gedanken konnte sie nicht fassen. Ihr Kopf rauchte wie ihr Zuhause selbst. Sie kannte noch viel zu wenig von der Welt, um von sich behaupten zu können, den Unterschied zu kennen. Auch wenn er meist offensichtlich erschien, so durfte man sich trotzdem nicht täuschen lassen. Ideenlos schüttelte Luna ihr Haupt. Die Miene des Earls verfinsterte sich zunehmend.

„Ich weiß es nicht!", jammerte sie. Ihr Vater erhob sich und ging vor ihr in die Knie. Er seufzte mit gespieltem Verständnis. „Natürlich weißt du es nicht. Natürlich nicht, weil keine Differenz existiert. Verstehst du, Liebes? Es gibt keine. Alles basiert bloß auf einer jämmerlichen Illusion. So war es schon immer, und daran wird sich auch nichts ändern!" Eine kurze Pause entstand. „Menschen sind sonderbare Wesen, nicht wahr?!" Sein Lachen klang teuflisch und spöttisch zugleich.

Bestialisch fletschte er die Zähne und streckte seine Hand nach Luna aus, die aber verängstigt zurückwich. In Rauschschwaden schwer zu erkennen, befand sich auf einmal eine Silhouette vor dem Fenster. Das Gefühl von Erleichterung war zu verspüren. Die schwarze Gestalt streckte ihr ihren Arm entgegen.

„Wage es nicht. Glaube mir, du wirst dies noch bereuen, und zwar noch viel mehr als alle anderen Entscheidungen!", hörte sie die Stimme ihres Vaters. Sie hörte nicht.

Mit letzter Kraft und auf wackeligen Beinen näherte die Weißhaarige sich der Person. Voller Hoffnung hielt sie die Hand des Unbekannten, und schlagartig gaben ihre Gliedmaßen nach. Energielos weilte sie auf ihren Knien. „Du törichtes Gör!", schrie der Earl nun. Dann hörte man ein Röcheln, gefolgt von einem Aufprall, und bis auf die lodernden Flammen wurde es still. Zitternd drehte Luna sich um und erstarrte aufgrund des Anblicks. Die Handschuhe des Mannes in Schwarz waren blutdurchtränkt, und am Halse des Earls klaffte ein tiefer, sauberer Schnitt. Tote Augen blickten ihr entgegen. Luna wollte schreien, aber sie konnte es nicht. Die Stimme des Teufels vor ihr erhob sich: „Nun seid Ihr in Sicherheit, meine Liebste!" Wer war er? Würde er sie ebenfalls umbringen? Bitte nicht. Sie flehte um Gnade. In Zeitlupe drehte er sich zu ihr um. Doch bevor sie sein Gesicht sehen konnte, wachte sie auf. Bloß jene Worte schwirrten ihr noch im Kopf herum: „Ich liebe Euch!"

Das Mädchen badete regelrecht im Schweiß. Hektisch atmend wischte es sich die Tropfen von der Stirn und verharrte in seiner Bewegung, als seine Privatsphäre gestört wurde. Das Schloss wurde innerhalb von wenigen Sekunden entriegelt, und dann stand er im Türrahmen. Die letzte Person, die sie hätte sehen wollen. Gregwood.

„Lady Luna, Ihr habt geschrien. Was ist vorgefallen?" Die geträumten Ereignisse waren viel zu frisch, als dass sie davon hätte berichten können. Nur Ruhe wollte sie.

Das einseitige Gespräch des Butlers ignorierte Luna. Benommenheit beherrschte sie in diesem Moment viel zu sehr. Wie gebannt richtete die Adelstochter ihre Aufmerksamkeit auf den Türrahmen. Und da wurde ihr etwas Entscheidendes bewusst. Die Tür war offen.

Eine leise Stimme in ihr schrie: „Lauf!" Aber wohin? „Egal. Lauf einfach!" Weshalb?

Naives Kind. Armes Kind. Dummes Kind. Bald ein totes Kind. Dieser Mann in Schwarz kam ihr komischerweise ziemlich vertraut vor, als wäre er schon seit einer Ewigkeit in ihrem Leben präsent, wie ihr eigener Schatten. Ja, genau. Er war ein Schatten. Jedoch wirklich ihr Schatten? Nein. Oder? Sie hoffte inständig nicht. Noch nie zuvor hatten sie Albträume geplagt. Doch jetzt tauchten sie plötzlich auf. Unerwartet. Plötzlich. Überraschend. Wie ein Blitz, *un éclaire*. Und es waren bei Weitem nicht die Letzten gewesen. Es würden noch viele weitere folgen, die sie überaus entkräften werden und nicht zuletzt in Angst und Schrecken versetzen würden. Stechende Kopfschmerzen machten sich bemerkbar. Die Augen zusammenkneifend, rieb die Weißhaarige sich die Schläfen. Die rechte Hand ihres Vaters war verschwunden. Offensichtlich hatte er es aufgegeben und hatte auf dem Absatz kehrtgemacht. Endlich. Wenige Stunden des Schlafes blieben ihr vergönnt. Aber um ehrlich zu sein: Sie wollte nicht wieder einschlafen. Weder traute sie sich noch wollte sie erneut solch ein erdrückendes Gefühl, geprägt von Schmerz, verspüren. Was dies betraf, wurde sie immerzu enttäuscht. Und als Luna glaubte, dieses verletzende Gefühl in ihren Schläfen endlich losgeworden zu sein, brauchte sie lediglich sich zu ihrem Blumenbeet zu begeben, und schon folgte ein weiterer Schlag, der ihre Emotionen durch den Wind wirbelte. Wie eine Nadel stach es in ihrem Herz. Vier tote Rosen mit schwarz gewordenen Blüten.

April – 29 rote Rosen

Verstörende Bilder ließen sich nur schwer wieder vergessen. Wenn überhaupt dies einem gelingen mochte. Ihr zumindest nicht. Seit jenem Albtraum vermied Luna es, ihrem Vater in die Augen zu sehen. Bei jeder Begegnung, die sich ergab, was allerdings glücklicherweise immer seltener der Fall war, fixierte sie irgendeinen nicht existenten Punkt, der weit an ihm vorbeiführte. Womöglich fiel es ihm nicht einmal auf. Aber damit lag sie falsch. Ihm entging nichts. Es kam bloß auf die Stabilität seines Geduldfadens an, der im Laufe seiner Jahre oft genug kurz davor stand, zu reißen, er aber dennoch stets Widerstandsfähigkeit bewiesen hatte und somit immer dazu in der Lage gewesen war, die tonnenschweren Gewichte, welche daran hingen, zu entfernen. In seinem Fachgebiet konnte er, Earl Edwin De Mencium, es sich nicht leisten, ungeduldig zu sein. Und wie man so schön sagte, war Geduld bekanntlich eine Tugend. Zu seinen Gunsten wohl bemerkt. Er war kein Amateur. Er war ein Genie. Ein einzigartiges Genie. Und man hoffte, die Überzeugung nicht zu verlieren, dass nur einer seinesgleichen auf Erden wandelte. Das Oberhaupt des Hauses würde seine Kleine zum rechten Zeitpunkt zur Rede stellen. Aber zunächst musste er sich wichtigeren Dingen widmen. Seine Geschäfte waren von größter Wichtigkeit. Unbemerkt entfernte er sich aus dem Musiksaal, so, wie er ihn auch betreten hatte, und verschwand daraufhin in seinem Büro. Die Luft im Raum wurde leichter, und die Haltung des Mädchens entspannte sich ein Stück. Um den Kopf frei zu kriegen, hatte es sich dazu entschlossen, mal wieder auf seinem geliebten Instrument zu spielen. Zu Beginn hatte Luna noch gezögert und zaghaft über die Saiten mit ihren Fingern gestrichen, als fürchtete sie, den Gegenstand zu beschädigen, um dann gedankenverloren aus dem Panoramafenster zu blicken. *Lauf!* Da hörte sie es wieder. *Spring hinaus in die Freiheit!* Ihre feine Nase rümpfte sich. Aus diesem Fenster zu fliehen, hätte eine immense Verletzungsgefahr mit sich gebracht. Oder bevorzugte ihr Unterbewusstsein etwa mittlerweile das endgültige Ende? Wurde sie verrückt? Verneinend schüttelte die Weißhaarige ihren schneeweißen Schopf und fegte die albernen Bedenken hinfort, wie ein Besen den Schmutz. Lästiger Schmutz, der sich nur mühsam zusammenkehren ließ und so manches Körnchen dabei vergessen werden konnte, und dieses eine Überbleibsel brachte neuen Ärger mit sich. Er vermehrte sich und kehrte zurück. Ein erneuter Versuch, gefolgt von einem weiteren Fehlschlag. Es sollte kein Ende nehmen. Es wollte kein Ende nehmen. Niemals. Niemals würde es aufhören. *Dummes Kind! Törichtes Kind!* Erschrocken wagte Luna es, hinter sich zu blicken. Nichts. Niemand. Aber diese Stimme. Sie kam ihr bekannt vor. Eine weibliche, raue Stimme. Halt. Genug. Konzentriert hielt Luna ihre Geige und den dazugehörigen Bogen bereit und setzte an. Nanometer trennten die Saiten voneinander. Stille. Sie verharrte ohne Grund. Ihr Körper fühlte sich versteinert an, wohl eher eingefroren. Die üblichen Bewegungen sahen verrostet aus. Ihr gewöhnlicher Mechanismus versteifte immer mehr bis zur beinahe kompletten Verharrung. Sie musste geölt werden. Man konnte es förmlich quietschen hören. Außerdem begann es nach ersteiftem Blei zu riechen. Luna ergab sich. Dieser Tag war nicht der Richtige. Enttäuscht legte sie ihren geliebten Gegenstand zurück und verließ die vier Wände, um sich in ihre eigenen zu begeben. Der passende Zeitpunkt würde hoffentlich bald noch folgen. Warten lautete das Zauberwort. Eine möglichlicherweise reife und weise Entscheidung. Jedoch in diesem Falle eine dumme Wahl. Lebensmüde. Fast schon dem Tode geweiht. *Bald ein totes Mädchen!*

Erneut zählte Luna weniger Rosen als noch vor ein paar Wochen. Bedauern überkam sie. Ein leicht stechender Schmerz in der Region ihres Körpers, wo die menschliche Anatomie das Herz wiederfand. Je weniger Rosen blühten, desto mehr Nadeln bohrten sich in ihr Organ. Um genau zu sein neun. Neun Nadeln. Und es mochten noch viele mehr werden. Ihr blutpumpendes Instrument wurde als Nadelkissen missbraucht. Aber von wem? Den Gemütszustand der Adelstochter bezeichnete man als den Zwilling eines gewaltigen und intensiven Regenschauers, der Tage angedauert hätte, was allerdings nicht bedeutete, dass sie Regen nicht mochte. Keineswegs. Sie liebte es, den prasselnden Tropfen zu lauschen, um dann entspannt in den Schlaf zu gleiten. Schönes Wetter herrschte. Die Temperaturen schwankten kaum. Der leichte Wind war warm. Davon genießen konnte der Albino jedoch nichts. Unglücklicherweise saß sie in einem Käfig mit dem König aller Raubkatzen. Er sah hungrig aus. Wann würde er über sein Opfer herfallen und es fressen? Die Gitterstäbe waren dicht platziert. Der Schlüssel blieb verschwunden. Es gab kein Entkommen. Versucht, die stechenden Augen zu ignorieren, richtete sie ihr Augenmerk hinaus aus dem Fenster der Kutsche, dabei den vorbeiziehenden Weg, der ihre Eltern und sie zu den Snootfields führte, fixierend. Penetrant hatte er die Pupillen seiner Tochter genauestens in Beschlag genommen. Diese sonst so kleinen schwarzen Punkte hatten sich aufgrund seines Anblickes geweitet. Ein vermutliches Zeichen von Furcht. Furcht vor ihm. Auch seine Gattin würdigte ihn keines Blickes. Zwischen ihnen hatte sich eine himmelhohe

Steinmauer aufgebaut, seit seine *Liebste* eines seiner vielen Geheimnisse erfahren hatte. Blankes Entsetzen konnte er in ihrem ebenen Gesicht, wobei so manch normaler Mensch ein Synonym für schön verwendet hätte, um ihre äußerliche Erscheinung zu beschreiben, erkennen. Jedoch brauchte der Earl sich um nichts zu sorgen. Sie würde schon nichts verraten, da sie selbst viel zu tief mit drinsteckte. Mit einer gewaltigen Schmach wie dieser wollte niemand sein Leben fristen müssen. Zumindest diejenigen, die über ein Gewissen verfügten und Emotionen. *Gewissen. Emotionen.* Gewöhnliche Worte mit einer widerwärtigen Bedeutung. Abscheu war das Einzige, was dieser Mann einigermaßen fühlen konnte. Liebe gab es in seinem Vokabular nicht. Anders bei seiner Frau, die ihm gegenüber saß und mit angespannter Haltung die Augen geschlossen hielt. Ob sie es nun bereute, sich von ihrem Gemüt beeinflusst haben zu lassen? Sich in ihn verliebt zu haben? Ihn geheiratet zu haben? Ihn geliebt zu haben? Darin bestand kein Zweifel. Sie hatte ihn geliebt. Sehr. Mit Leib und Seele hatte sie sich nach ihm verzehrt, sich nach ihm gesehnt. Keine Sekunde mehr wollte sie ohne diesen Mann sein. Diesen charmanten, höflichen, wortgewandten und erfolgreichen Herrn. Für sie hatte er gestrahlt wie ein Ritter in seiner glänzenden Rüstung. Die Blondine hatte sich in ihrer eigenen Dummheit hinreißen lassen. Ihr Traum, ein Leben wie im Märchen zu führen, wurde jäh zerstört. Die finstere Rauchschwade, die ihn Zeit seines Lebens umgab, hatte sie zu ihrem Leidwesen übersehen. Welch ein Pech. So konnte man sich täuschen. *Oh cherie.*

Abgrundtiefe Enttäuschung und Trauer rissen ihr mit immenser Wucht ihre Brust entzwei. Ein Wunder, dass die Lady noch Luft zum Atmen fand. Der Earl begann zu lächeln. Er liebte es, den Menschen das Fürchten zu lehren. Alles befand sich unter seiner Kontrolle. Er war der unberechenbare Puppenspieler, der die messerscharfen Schnüre in den Händen hielt, um seine süßen kleinen Püppchen tanzen zu lassen, so wie er es wollte und es von-nöten war. Die Aufführung hatte erst begonnen, und der Vorhang verschwand geschmeidig zur Seite.

Der Empfang entsprach der höflichen und vornehmen Etikette, wie es sich gehörte unter den Wohlhabenden. Oder wie Lunas Vater die Bezeichnung, die besseren Geschöpfe der Erde, bevorzugte. Bei solchen Worten wurde ihr schlecht, und es fiel ihr außerordentlich schwer, den Brechreiz, der die Galle jederzeit herausspeien laßen konnte, zu unterdrücken. Nach dem obligatorischen Kaffeekränzchen, bei dem die Minuten sich wie Stunden anfühlten, führte Lawrence sie mit zu den Ställen. Ausnahmsweise wurde ihr ein Ausritt bei dem angemessenen Wetter gestattet. In den Kabinen standen vier majestätische Pferde, dessen Erscheinung eine Art der Bewunderung in der Weißhaarigen erweckte. Der 15-jährige Brünette stolzierte mit erhobenem Arm an den Tieren sachte vorbei, während er so frei war, die Vierbeiner beim Namen zu nennen. „Gestatten, Lady Luna, wenn ich Euch miteinander bekannt machen darf. Das sind Duvalle, Roland, Fionne und …!" Schüchtern zögerte er, kurz bevor er sich überwand und fortfuhr: „Und Luna!" Unverzüglich schlich sich ein geschmeicheltes Lächeln in ihr Gesicht. „Wer hat sie alle benannt?", wollte sie in Erfahrung bringen und ihren Verdacht bestätigen lassen. Lawrence unterbrach die Streicheleinheit, die er seinem weißen

Liebling eben noch beschert hatte, und wagte es, sich umzudrehen. Aufgrund leichter Unbeholfenheit vergrub sich seine Hand im Nacken. Sie blieb geduldig und ließ ihm noch Zeit. Ihr Lächeln blieb bestehen und wuchs stattdessen. Er hatte wohl doch tatsächlich das weiße Pferd nach ihr benannt. Sie empfand dies als süß und nahm das Kompliment allzu gerne an. Hinreißend. „Die Namen haben sie mir zu verdanken!“, gab der Ältere kleinlaut zu. „Das habe ich mir fast schon gedacht!“ Sie lachte, er lächelte. Der Sattel wurde montiert, die Zügel befanden sich im festen Griff, und schon ritten die beiden gemeinsam fort. Lawrence auf dem schwarzen Duvalle, und Luna saß auf der braunen Fionne. Nicht weit entfernt von dem Anwesen der Snootfields fanden sie sich in einem kleinen Waldgebiet wieder. Es war herrlich. Die Sonnenstrahlen schimmerten durch die dichten Baumkronen hindurch und erhellten die braune Erde. Alles Negative wurde in diesem Moment vergessen. Eine friedliche und angenehme, nahezu befreiende Stille herrschte. Neugierig verschaffte sie sich während der Durchquerung einen Überblick ihrer Umgebung. Die Natur war wahrlich etwas Wundervolles. Schöne und kräftige Baumstämme trugen ihre saftige blättrige Pracht mit hocherhobenem Stolz. Manche Wurzeln ragten aus dem Waldboden so weit heraus, dass sie zusammen mit ein klein wenig Fantasie ein künstlerisches Muster ergaben. Büsche und Sträucher mit Blumen. Vögel flogen über ihren Köpfen hinweg. Von dieser Schönheit überwältigt und gerührt, legte das Mädchen den Kopf leicht in den Nacken, und für einen kurzen Moment auskostend, fielen seine Lider zu. Luna fühlte sich, als würde sie schweben. Sie war leicht wie eine Feder, die im Winde tanzte. Das Tempo ihres Gefährten verlangsamte sich so, bis sie beide auf gleichem Schritt ritten. Stumm musterte er Luna von der Seite. Allein ihre Existenz in solch einer äußeren Erscheinung empfand er als surreal. Wie konnte so jemand auf dieser Erde wandeln? Sie war so anders. Sie war besonders. Sein Interesse wurde seit ihrer ersten Begegnung geweckt. Faszination dominierte ihn in der Gegenwart Lunas. Ja. Das musste Law sich eingestehen. Leugnen konnte er es nicht, und er wollte es auch nicht. Die gemeinsame Zeit, die ihnen geschenkt wurde, mussten sie nutzen. Endlich konnte sie sich wieder mit jemandem unterhalten, der wenigstens beinahe gleichen Alters war. Es tat gut. Die Einsamkeit verflog größtenteils.

„Möchtest du meinen Lieblingsplatz des Waldes sehen?" Der Albino erwachte wieder zum Leben und sah den Jungen, der soeben seine Stimme erhoben hatte, an. „Liebend gern!"

Derweil saßen die Erwachsenen nach wie vor zu Tisch im Vorgarten der Gastgeber. Eine unbestimmte Zeit lang legte sich Schweigen über sie. Jeder legte großen Wert darauf, nichts Falsches zu äußern, nichts Unangebrachtes, was den einen oder anderen in Verlegenheit bringen konnte. Um eben solch mögliche, unangenehme Vorkommnisse zu vermeiden, wurde es vorgezogen, den Mund zu halten. Manchmal entsprach es sogar einer weisen Wahl. Reden war bekanntlich Silber. Aber Schweigen war das begehrte Gold. *So seiet still!* Leute, die ihre Zunge im Zaum halten konnten, gehörten geächtet. Jedoch über diese Meinung ließ sich streiten, wenn man diese Äußerung denn als *Meinung* bezeichnen wollte. Lady Valanice versuchte, möglichst unauffällig ihre Verkrampfung und schmerzende sowie atemraubende Anspannung zu überspielen. Den

Rücken hielt sie kerzengerade, wie es sich schickte, und ihre Schulterblätter zog sie leicht nach hinten. Ihr Blickwinkel ließ sie das Tafelsilber betrachten. Die halb gefüllten, verzierten Porzellantassen, gefüllt mit duftendem Earl-Grey-Tee, der ihr immer gemundet hatte, dampften noch minimal. In ihrem geliebten Getränk spiegelte sich ihr Abbild. Ihre wohlgeformten Lippen bildeten einen schmalen Strich. Es klirrte leicht, was sie dazu animierte, ihre Mimik ein Stück aufzuhellen. Miss Snoothfield, die ihr gegenübersaß, genehmigte sich einen weiteren Schluck und ließ sich Zeit, ihre Tasse wieder sinken zu lassen. Irgendwas musste getan oder besser gesagt werden. Ansonsten wäre sie noch verrückt geworden. Diese Stille war unerträglich. Sie wusste, dass jeder es ihr ansah, ihr Unwohlsein, der zerfressende Kummer, insbesondere ihr Gatte. Er durchschaute alles. Alles und jeden. Nur sie. Sie konnte bei Weitem nichts, auch nur im Entferntesten, aus seinem Gesicht entziffern. Nie. All die Jahre blieben ihr jegliche seiner Gefühlsregungen verborgen. Besaß er denn welche? Keine Ahnung. Sie dachte, sie kannte ihn. Aber da hatte sie sich so dermaßen gewaltig geirrt, dass es sich, als sie diese solch scheußliche Tatsache erfuhr, anfühlte, als hätte man ihr den gesamten Boden unter den Füßen weggezogen. Ihr gesamtes, hart und jahrelang erbautes Häuschen ihrer Träume wurde zum Einsturz gebracht mit nur einem einzigen Satz. Die Silben fielen dem Mann so leicht von den Lippen, wie heiße Butter auf einer Scheibe Brot zerlief. Vorzugsweise wäre sie geflohen oder hätte ihn verraten. Jedoch wusste sie ganz genau, dass weder das eine noch das andere ansatzweise Erfolg erzielt hätte, da er sie ohnehin aufgespürt hätte und sie ebenfalls nicht ganz unschuldig war. Oh, Gütiger! Hätte sie es doch bloß geahnt. Niemals hätte sie mit Maßnahmen dieser Art gerechnet. Pure Aussichtslosigkeit.

Ihr Tod wurde besiegelt. Ihr Ende würde kommen. Überraschenderweise aber später als gedacht. Valanice malte sich ihre Begräbniszeremonie aus. Ihr über alles geliebtes bordeaux- rotes Kleid wollte sie tragen, und es sollten weiße Rosen ihren Leichnam umgeben. Und als Sahnehäupchen obendrauf sollte Geigenmusik erklingen, so lange, bis die hölzerne Kiste am Boden angelangt und das Loch vollständig zugedeckt war. Daraufhin konnte sie friedlich in der sogenannten Hölle schmoren. Auf ewig. Sie konnte es regelrecht spüren, wie der Teufel höchstpersönlich mit seiner Klaue ihren Arm ergriff und versuchte, sie vom Stuhl auf den Boden bis unter die Erde zu zerren. Der Phantomschmerz brannte höllisch, und es verlangte ihr eine Menge an Selbstbeherrschung ab, nicht panisch loszuschreien. Alles nur Einbildung. *Wage es nicht, auch nur einen Laut von dir zu geben, Weib!*

Earl Snootfield versuchte sich zu erkundigen: „Bei allem Respekt, Lady Valanice, geht es Euch gut?" Ihm war es nicht entgangen. *Dummes Weib! Du hast dich verraten!* Mechanisch wandte sie ihr Haupt in seine Richtung und setzte mit einem gequälten Lächeln zur Antwort an. „Ihr erging es wahrlich nie besser. Möglicherweise hat die holprige Reise sie bloß ein wenig mitgenommen. Ist es nicht so, Liebste?", sprang Earl Edwin De Mencium für sie, und seine Worte besaßen einen äußerst leicht überhörbaren, warnenden Unterton, der so viel bedeuten mochte wie: *Wenn du auch nur ein falsches Wort äußerst, wirst du es bereuen!* „So ist es. Verzeiht mir die Sorge, die ich Euch bereitet haben mochte. Dies entsprach nicht meiner Absicht!“ Lachen. Gekünsteltes Lachen. Die Situation musste überspielt und vertuscht werden. Was wäre dafür denn am besten geeignet? Das Thema kam wie gerufen.

„Erstrecken sich neuerdings irgendwelche durchzuführenden Pläne in der Weite Eures Horizontes?“ Earl Snootfield schwenkte den Kopf, um beide seiner verehrten Gäste anzuschauen. Neugierig hoben sich seine dunklen Augenbrauen. Pläne besaß Edwin genug. Zuhauf. Ob diese moralisch vertretbar waren, war eine andere Frage. Aber dies interessierte ihn nicht im Geringsten. Um seine Ziele zu erreichen, war er bereit, alles zu tun. Das war seine Weise, diese unerträgliche Langeweile, die ihn Zeit seines Lebens wie ein treuer Gefährte begleitete, für einen Augenblick ausblenden zu können. *Pläne.* Da fiel der blonden Lady ein wichtiges Stichwort ein, was sie schon vor längerer Zeit hätte ansprechen wollen. *Hochzeit!*

„Da gäbe es durchaus etwas, was noch im Raum steht!“ Sie machte kurz zögernd eine Pause. Aller Aufmerksamkeit richtete sich auf die Blondine. Edwin nahm eine härtere Haltung ein. Innerlich schluckte die wohlhabende Frau. „Nun, unsere Tochter wird wohl wissend bald ihr heiratsfähiges Alter erreichen. Allerdings fehlte uns bis eben ein geeigneter Lebenspartner, mit dem sich die Feier zelebrieren lassen würde!“ Offensichtlich wusste jedermann, worauf Valanice hinaus wollte. „Lawrence und Luna scheinen sich hervorragend zu verstehen, und da Eure Familie uns am Nächsten steht, würden wir uns geehrt fühlen, wenn wir unsere Tochter unter der Obhut Ihres Sohnes wissen lassen könnten!“ Nachdenkendes Schweigen. Unsicherheit trat ein, und Nervosität kam auf. Die Snootfields überlegten mit Bedacht. Ein intensiver Blickaustausch war die Reaktion. „Dem scheint doch nichts im Wege zu stehen. Oder liege ich mit meiner Annahme falsch?“, setzte sie unsicher fort. *Sehr dünnes Eis, meine Liebste!* Die Augenhöhlen ihres Gatten speihten Feuer. Das Oberhaupt der Snootfields räusperte sich.

„Wir fühlen uns außerordentlich geehrt, dass Eure entscheidende Wahl auf uns fiel. Dies gilt es zu schätzen, und wir sprechen unseren herzlichsten Dank Euch gegenüber aus!“ Pause.

Edwin empfand dies plötzlich als interessant. Es folgten keine sofortigen Anstalten fortzufahren.

„Jedoch …“, warf er plötzlich unhöflich forschend mit ein, um seinen Gastgeber zu animieren weiterzusprechen. Er spürte sein Unbehagen, sich zu überwinden. Langsam erhob Earl Edwin sich und blieb hinter dem Stuhl seiner Frau stehen. Er wollte ein Spiel spielen. Seine starken Hände positionierte er auf ihren Schultern. Seine stechenden Augen bohrten sich in die des Herrn ihm gegenüber. „Nun“, versuchte der Gastgeber weiter- zusprechen. Einschüchterung hielt ihn davon ab. Weshalb war Edwin aufgestanden und betrachtete ihn nun wie ein tollwütiger Wolf, der jeden Moment über ihn herfallen würde? Valanice verspürte Druck, der auf ihre Schultern ausgeübt wurde.

Mit ruhiger Stimme erhob ihr Mann das Wort: „Mag es sein, dass Ihr unsere liebe Tochter Luna nicht als gut genug betrachtet?“ Mehr intensiver Druck. Leichten Schmerz begann die Lady zu verspüren. Selbst wenn der vermögende Herr die eben gesprochenen Worte geäußert hatte, so bedeutete dies noch lange nicht, dass er die Hochzeit gutheißen würde.

Ganz im Gegenteil.

„Nicht doch. So meinen wir das keineswegs!“, beschwichtigte Lady Snoothfield.

„Doch, das tut Ihr!“, beharrte Earl Edwin. Valanice biss sich auf die Zähne. Seine Finger bohrten sich wie harte Nägel in ihre Haut. Seine Stimme klang härter.

„Ich bitte Euch, Edwin. Schenkt uns lediglich noch ein wenig Bedenkzeit. Ich versichere Euch …“

„Nein. Verzeiht. Ihr scheint mich nicht ganz verstanden zu haben. Was, bitte schön, gäbe es da noch zu bedenken?“ Er steigerte sich etwas zu sehr hinein. Eine Wutader pochte auf seiner Stirn. Trotz allem aber blieb seine Stimmlage beherrscht. Er wollte verflucht noch mal wissen weshalb. „Sagt schon!“, rief er überraschend impulsiv, und seine Pranken verkrampften sich noch mehr in die Schultern von Valanice. Ein schmerzerfüllter Laut entkam aus ihrer trockenen Kehle, und sie versuchte, sich aus seinem Griff zu winden.

Lady Snootfield meinte: „Um Gottes willen. Ihr bereitet ihr Schmerzen!“

Er ignorierte sie. „Sagt schon. Ich höre!“ Seine Stimmlage hatte sich von 180 wieder vollkommen beruhigt. Was war das denn eben? War dieser Mann noch bei Sinnen? Genug.

„Verzeiht mir meine Unhöflichkeit, wenn ich sage, dass ich es als unvorteilhaft betrachte, meinen Sohn in eine Familie einheiraten zu lassen, in der ein Familienmitglied sich dazu entschieden hatte, sein Leben mit eigenen Händen zu beenden. Selbst wenn dies der Öffentlichkeit verborgen ist, meine Wenigkeit weiß Bescheid. Und das genügt!“

Der Gatte der Blondine, der sich zuvor noch vorgebeugt hatte, lehnte sich wieder zurück, um sich gerade aufzurichten. „Ah. So ist das also!“

„Ja!“ Earl Snootfield legte die Serviette, die er die ganze Zeit über mit aller Kraft seiner linken Hand zerknüllt hatte, zur Seite.

„Tja. Die Welt ist natürlich auch von unglücklichen Zufällen betroffen. Da kann man nichts dagegen ausrichten. Vielen Dank für Eure Einladung. Wir freuen uns auf weitere zukünftige Besuche, falls Ihr es denn noch in Betracht ziehen solltet, uns einzuladen!“ Gespielt sanft verhalf er seiner verstörten Frau, sich zu erheben und trat mit ihr zurück zur Kutsche.

Wohlstand hin oder her. Welche Person aus hoher Gesellschaft hätte sich dazu bereit erklärt, ein Teil einer Familie zu werden, in der jemand Suizid begangen hatte? Eine Schande. Ein grässlicher Schandfleck, der stätig zu wachsen vermochte, wie Schimmel an der Wand. Nein danke. Darauf konnte man liebend gerne verzichten. Wie wollte man denn die Ursache, die Begründung erklären? Es gab mit Sicherheit einen gravierenden wunden Punkt in dieser Geschichte. Welcher dieser war, galt es herauszufinden. Aber wer verschwendete seine wertvolle Zeit damit, über längst Vergangenes nachzudenken? Die ihnen geschenkte und zur Verfügung gestellte Zeit war viel zu kurz. Außerdem war in der Welt der ihren Zeit bekanntlich Geld. Earl Snootfield bereute seine Worte. Dennoch spürte er innere Erleichterung über das Verschwinden seiner Gäste. Wahrlich sonderbar. So kannte er seinen Freund nicht. Hatte ihn noch nie zuvor so erlebt. Menschen steckten tatsächlich voller Überraschungen. Würde seine Ablehnung Konsequenzen mit sich tragen? Er bereute es.

Hätte er doch besser geschwiegen. *Seid still verflucht noch eins!*

Je näher die Jugendlichen Lawrence´ vermeintlichem Lieblingsort kamen, desto dichter und düsterer wurde das Waldgebiet. Luna wurde leicht unbehaglich. Der Brünette versuchte sie zu besänftigen, mit der Erklärung, im tieferen Inneren ständen die Bäume nicht mehr so dicht. Es fiel ihr schwer, seinem Gesagten Glauben zu schenken.

„Wollen wir nicht lieber wieder umkehren?" Die beunruhigende Aura, die sie verspürte, wollte sie schnellstmöglich loswerden. Entging ihm dies?

„Du vertraust mir also nicht?", fragte er verwundert und lugte über seine Schulter. Doch. Selbstverständlich vertraute sie ihm. Schon häufig hatte sie mit ihm einen ihrer tiefgängigen Gedanken geteilt oder ihre Meinung kundgegeben, bei der sie nicht bei jedem sicher-gehen konnte, dass derjenige es zu akzeptieren oder respektieren vermochte. Woher aber stammte die Anschuldigung auf einmal? Sie wollte es nicht verstehen.

„Das tu ich doch. Das weißt du ganz genau!", klang ihre Stimme dezent betrübt. Die Abschirmung der dichten Baumkronen von der Sonne schlugen wie ein Eisenhammer auf das Gemüt. Emotionale Instabilität. Alles stand auf der Kippe.

„Was spricht denn dagegen?" Die Geschwindigkeit des Tieres verlangsamte sich wieder ein Stück. Nun waren beide gleichauf. Zurückhaltend und versucht, seine bevorstehende Reaktion auf ihre Antwort vorauszuahnen, schwieg sie für einen Augenblick. Stumm trafen sich ihre Augen. Würde er sie auslachen? Oder sich verärgert zeigen aufgrund der Tatsache, dass Luna sich eher auf ihr Bauchgefühl verließ als auf ihren Kindheitsfreund? Schwachsinn.

„Mein Gefühl“, hauchte sie gedankenverloren und starrte zwischen den braun-schwarzen Baumstämmen hindurch. Jegliche Befürchtung blieb unbegründet. Sanft entgegnete er: „Sei unbesorgt. Wenn es drauf ankommen sollte, werde ich dich beschützen!“ Anschließend verzog er seine Lippen zu einem amüsierten Grinsen, um womöglich zu überspielen, dass er selbst in seiner Aussage keinen wirklichen Wert erkannte. Nicht in dem Sinne, weil er sie im Falle eines Falles zurückgelassen hätte. Nein. Es lag daran, dass offensichtlich ein noch schmächtiger 15-Jähriger wohl kaum auch nur einen Kratzer einem potenziellen Angreifer hätte zufügen geschweige denn auch nur irgendwas hätte bezwecken können. Ein erwachsener und kräftiger Mann hätte ihn mit bloßen Händen ohne Mühe hochgehoben und durch den kompletten Wald geschleudert wie ein Kieselstein. Lieb, dachte Luna. Beruhigen konnte er sie damit jedoch nicht. Die Tiere des Waldes schienen den dichten Teil des Gebietes zu meiden. Bis auf das Getrabe war nichts weiter zu hören. Während Luna stur geradeaus Löcher ins Nichts starrte, biss sich Lawrence auf die Lippen. Nun spürte der Junge es auch. Lediglich dezent, aber dennoch ausreichend wahrnehmbar. So viele Male hatte er diesen Pfad durchquert, und nie zuvor hatte ihn ein so betäubendes Gefühl beschlichen. Die Präsenz gewann an Breite und streckte sich weiter aus. Hätte es sie in menschlicher Gestalt gegeben, dann mit ausgebreiteten Armen. Von hinten wurde Lawrence von den Gliedmaßen umschlungen. Ein leises Flüstern säuselte ihm wohlwollend ins Ohr. Nicht mehr als Bruchstücke konnte er verstehen. Stichworte verblieben in seinem Gedächtnis. Angst. Bereuen. Böse. Hexe. Ein starker Hustenanfall seinerseits ließ die Weißhaarige sich nach ihm erkundigen. „Alles in Ordnung?“ Er winkte ab. Gänsehaut durchfuhr ihn. Sollten sie doch nicht lieber umkehren? Nein. Er blieb stur. Eine negative Eigenschaft. Luna musste dieses atemberaubende Plätzchen sehen. Um jeden Preis. Wieviel konnte man denn bieten? Kurz vor Ende des pflanzlichen Labyrinths fand man eine stille und ebene Wiesenfläche vor, worauf die Sonne wie im Scheinwerferlicht hinabfiel. In der Mitte stand ein Baum, umgeben von duftenden Blumen. Einige Äste waren dick genug, um sich draufzusetzen. *Schön.*

Wälder waren für so manche Praktiken wie geschaffen. Niemand bekam etwas mit. Die einzigen Zeugen waren die Bäume, die stumm und regungslos dahinvegetierten, und so manches Getier, das schnellstens wieder das Weite suchte, wenn eines sich überhaupt mal traute, in dieses Gebiet einzudringen. Tiere konnten zugegeben faszinieren. Zwar blieb ihnen die Fähigkeit zu sprechen verwehrt, dafür aber nahmen sie weitaus mehr Eindrücke wahr, als ein Mensch es je gekonnt hätte. Jeden noch so winzigen Blutstropfen konnte ein Hund erschnüffeln. Selbst Furcht besaß für die Vierbeiner einen Geruch. Wirklich faszinierend. Eine Gruppe aus sieben Männern bildeten ein Oval. Alle in Schwarz gekleidet. Einer von ihnen trat einen Schritt nach vorn, um sich dem am dunklen Boden liegenden Körper zu nähern. „Atmet der Narr noch?“, fragte einer der anderen sechs. Seine Stimme klang so rau wie die eines Kettenrauchers. „Nahezu bedauerlich. Was musste er es auch wagen, seine Stimme zu erheben?“, sprach der Nachbar. Der Hervorgetretene spuckte der Leiche verachtend ins Gesicht und schnaufte abfällig. Der eiskalte Ausdruck in seinen

Pupillen konnte selbst Stahl durchtrennen. Herzlos und unberechenbar.

„All die Mühe um nichts. Sieh nur, was du uns alles gekostet hast, du Schabe!", richtete er ein letztes Mal das Wort an das Opfer, bevor er sich umdrehte und ihre Blicke sich kreuzten. Seine raubkatzartige Iris erschoss die Weißhaarige, die mit Lawrence 20 Meter von ihnen entfernt den Pfad entlanggeritten war. Neugierig hatten die beiden angehalten, um dem Geschehen folgen zu können. Eine miserable Entscheidung. Aus Gewohnheit ergriff der Mann seine Waffe und erhob sie in ihre Richtung. Niemand verfügte über das Recht, ihn und seine Verbündeten bei seiner Arbeit zu stören. Deren beider Herzschlag setzte für eine Sekunde aus, und noch nie zuvor war ihnen bewusst gewesen, wie es sich anfühlte, um sein Leben zu bangen. Im rasanten Galopp kehrten die Jugendlichen um. Der Puls stets erhöht. Das Herz hämmerte schmerzhaft in der Brust. Dieser Blick. Abgrundtief böse und abscheulich. Solch ein boshafter Ausdruck füllte seine Augen. Wusste Lawrence von diesen ominösen Gestalten? Kamen sie öfter hierher, in den dicht verwurzelten und finsteren Teil des Waldes? Was hatten sie dort zu suchen? Eines versprach sie sich selbst, und zwar, dass sie niemals wieder auch nur einen Schritt entlang dieses Weges setzen würde. Das metallene Tötungsrelikt, welches auf sie gerichtet wurde, hätte innerhalb von Millisekunden ihr Leben beenden können. Irritierenderweise wurde der Abzug jedoch nicht gedrückt. Aber Reue oder ein Zögern seitens dieses Mannes konnte es bei bestem Willen nicht gewesen sein. Ein Mensch mit solch einem Ausdruck kannte keinen Skrupel. Wenn, dann hatte der Herr es nur nicht getan, weil er es nicht vollends beabsichtigte und er es nicht für besonders notwendig gehalten hatte, zwei Kinder aus dem Weg zu räumen, die keinen erdenklichen Anhaltspunkt erkannten, um überhaupt irgendwas daraus schließen zu können. Immer noch verstört, traten sie näher zu den Erwachsenen, die sich nahezu feindselig musterten. Die Luft war erdrückend. Der gefühlskalte und plötzliche Abschied ließ der Tochter einen Schauer über den Rücken laufen. Ein Zufall. Ganz bestimmt. Natürlich. Woher hätte Law von den Leuten wissen können? Das Erlebnis galt es vorerst zu verarbeiten. Sie bezweifelte, dass sie innerhalb kurzer Zeit zurückkehren würde. Auch wenn sie ihn womöglich vermissen würde – es war wirklich ihr letzter Besuch.

Juni – 19 rote Rosen

Die Wochen verstrichen langsam und schleppend wie ein humpelnder Hund. Die Tage waren geprägt von Langeweile und in die Tiefe ziehende Gedankengänge. Sieben Rosen weniger. Dafür aber sieben Nadeln mehr. Gab Dalton den Pflanzen etwa zu wenig Wasser? An so heißen Tagen wie die Letzten sollte man besonders aufmerksam sein. Nicht, dass die Blumen verdorrten. Oder lag es an Luna selbst? War die Adelstochter eine schlechte Gärtnerin? Nicht mal dazu imstande, sich um ein paar Rosen zu kümmern? Ermüdet zerbrach Luna sich den Kopf. Die Heimfahrt wurde als viel unangenehmer empfunden als die Hinfahrt zu den Snootlfields. Irgendwas mochte wohl vorgefallen sein. Keiner hatte ein Wort gesagt. Ihr Vater hatte mit verschränkten Armen auf seinem Platz ihr gegenüber gesessen und durch sie hindurchgeschaut, als wär sie nicht existent, ein Geist. Ihre Mutter hatte bereits Schwierigkeiten einzusteigen. Sie war blass, wie eine Tote. Als wären sie mit einer Leiche nach Hause zurückgekehrt. Gar nicht abwegig bezüglich der Zukunft. Dies aber wusste die Kleine noch nicht. Nichts wusste sie von all den schrecklichen Intrigen, Machenschaften und Geschäften. Wahrlich zu vielem, vielleicht sogar allem gab es einen teuflischen Gegensatz. Beispielsweise die Religion. Luna vermutete und war sich sogar ziemlich sicher, dass Earl Edwin keineswegs religiös war. Das Einzige, was sie über ihn wusste. Gläubig konnte er bei höchster Wahrscheinlichkeit ebenfalls nicht sein. Niemals. Und falls doch, dann aber widmete er sich dem, bei dem er sich nicht zu beugen brauchte, wie ein Sklave. Er selbst war es, der über andere richten würde und nicht umgekehrt. Da fielen ihr bestimmte Begriffe ein: Okkultismus, Sekten und Satanismus. Die teuflischen Gegensätze. Wie kam sie denn eigentlich zu dem Schluss? Praktisch nichts wusste sie über ihren Vater. Er war kalt, distanziert und undurchschaubar.Kannte man ihn immer so? Auch als die Weißhaarige noch ein Kleinkind gewesen war? Wie hatte er sich um sie gekümmert? Möglicherweise überhaupt nicht. Unzählige Hausmädchen nahmen sie in ihre Obhut. Mit Sicherheit. Trotz aller negativen Aspekte, die die Einzigen waren, die ihr zu dem Oberhaupt des Hauses einfielen, wollte sie jegliche erschütternden und beunruhigen Verdachte wegschieben und vergessen. Verbannen. Sie sollten in Vergessenheit geraten. Was auch immer vorgefallen war, es würde sich klären. Alles würde wieder gut werden, und Erleichterung würde selbst ihn überkommen, und vielleicht, eines Tages, würde sie ihn sogar lächeln sehen können. Trauriger Optimismus. Anderes blieb ihr allerdings nicht übrig. Immer mehr driftete Luna ab und versank in ihrem Meer der Gedanken. Auf dem Kanapee in der Bibliothek des Anwesens hatte das Mädchen es sich gemütlich gemacht und zuvor noch versucht, sich in eine der zahlreichen Lektüren zu verlieren. In die Geschichte einzutauchen gelang ihr leider nicht. Jedes Mal, wenn sie auf das bedruckte Blatt schaute und die Zeilen zu lesen begann, war alles, was sie registrierte, nicht die Sätze mit erzählendem Inhalt, sondern die vereinzelten Worte und deren Bedeutung, die für sie, in diesem Moment auf diese Weise, keinen logischen Zusammenhang bildeten. Müde rieb sie sich die Augen, nachdem sie das Buch auf die rotbräunliche Armlehne gelegt hatte. Allmählich begann es zu dämmern. Der Himmel kam einem bunt gemischten Farbtopf gleich. Eine Kombination aus Violett, Rot und Orange. Traumhaft. In letzter Zeit kam ihr vieles als ziemlich nervenaufreibend vor. Wie ein ausgehungerter Nager nagte es an ihren Knochen.

Ein Gähnen entfleuchte ihrem Mund. Eigenartig. Als wäre alles von ihren geliebten Rosen abhängig gewesen. Je weniger verblieben, desto mehr Unheil erfolgte. Wie märchenhaft. Ein tragisches, wenn nicht sogar noch finster werdendes Märchen. Was die Zukunft mit sich brachte, verblieb vor dem Geschehen bekanntlich immerzu im Verborgenen. Still versteckt in der dunkelsten Ecke, die jede Aufmerksame übersah. Auf wackligen Beinen stand Luna auf und schritt zu einem der Regale näher heran, um das Buch zurückzustellen. Mitten in der Bewegung begann sie, die Melodie ihres liebsten Geigenstücks zu summen. Ihre schmalen Finger verharrten auf dem Rücken des Buches und strichen sanft waagerecht entlang und berührten die anderen Lektüren flüchtig, sie spürte ihren Einband. Von rau zu glatt. Mal breit, mal schmal. Die hölzernen Möbel waren hoch. Ihre Bibliothek bot auch sehr viel Platz. Zwei große Kanapees wurden einander gegenüber platziert. Zwischen ihnen ein schöner flacher Tisch aus Eichenholz. In zwei leeren Ecken verteilt noch zwei sehr komfortable Sessel in Weinrot. Große Fenster hatte man, wie in beinahe jedem Zimmer, eingebaut, die mit dunkelgrünen Vorhängen bestückt waren. Eine Treppe führte mit Schwung eine Etage höher, wo noch weitere Gestelle, gefüllt mit literarischen Werken, standen. Luna begann zu lächeln. Ihr angenehmes Summen hallte melodiös wider und erfüllte die vier Wände. In den Bann wurde sie gezogen. Dieses Musikstück, ihr Lied, hatte eine magische und zauberhafte Wirkung auf sie. Immerzu half es ihr, die Stimmung zu heben. Die Töne ihrer Geige hörte sie in ihrem Inneren. Graziös senkte die Weißhaarige ihren Arm und trat ein paar Schritte zurück, um in der Mitte des Raumes zu verweilen. Wärme erfüllte ihren Körper. Verträumt schloss sie die Augen und begann, sich elegant im Kreise und im Takt der Melodie, zu drehen, als würde sie tanzen. Das Gefühl der Freiheit konnte sie in diesem, ihr geschenkten Augenblick beinahe greifen. Sie schwebte. Schwerelosigkeit erfüllte sie. Unbeschwertheit. Alles wurde ausgeblendet. Weder Schwarz noch Weiß waren vorhanden. Es tat ihr gut. Mehr als das. Wie in dem Gedicht sah Luna sich auf der Bühne im Scheinwerferlicht tanzen. Überraschenderweise war sie nicht allein. Sie wurde geführt. Von wem, konnte die Tochter nicht erkennen. Sein Gesicht blieb unerkennbar. Alles, was ihr an ihm auffiel, war:

dass er schwarz gekleidet war. Schlicht und elegant. Irrtum. Die Farben waren dennoch existent. Der Tanz der Gegensätze. Schwarz traf auf Weiß. Dann ging das Licht aus, und sie verschwand aus seinen Armen. Langsam kam das Mädchen zum Stehen und schlug daraufhin augenblicklich seine Lider auf. Musik war für ihre Wenigkeit etwas so Besonderes. Lieder waren nicht lediglich irgendwelche Töne. Nein. Sie waren Gefühle, wiedergegebene und zum Ausdruck gebrachte, intensive Emotionen. Nicht ohne Grund verspürt unser Gehirn große Freude daran, verschiedenste Klänge zu erkennen und diese bestimmten Stimmungslagen zuzuordnen. Musik berührte Luna. Ja. Jemand näherte sich dem Mädchen, wie es hörte. Klammernd versuchte sie, die hallenden Schritte zu überhören. Viel zu früh. Luna wollte sich noch nicht von ihrem Tagtraum trennen. Hoffnungsvoll verharrte sie in ihrer Haltung und wagte es nicht, in die Richtung der Geräusche den Kopf zu drehen. Wer auch immer dies war, er oder sie sollte gehen. Bitte. Dann hörte sie seine Stimme zu ihrer Linken: „Wie ein Schwan!", waren Gregwoods Worte. Offensichtlich hatte er sie gesehen.

„Noch nie zuvor war es mir vergönnt gewesen, Euch lächeln zu sehen. Wirklich bezaubernd!"

Noch nie? Das war ihr nicht bewusst. Er klang bewundernd und erleichtert, gar froh. Ob es der Echtheit entsprach, konnte Luna nur ahnen. Weshalb musste er auftauchen? Nicht, dass dem Mädchen seine Anwesenheit missfiel, aber es blieben ihr nicht besonders viele Kraftreserven, um sich mit ihm an einem Gespräch zu beteiligen. Sie bemängelte keineswegs seine Mühe, sich mit ihr vertraut zu machen. Sie neigte aus Erfahrung einfach zur Vorsicht.

„Kann es etwa sein, dass es an mir liegt?", hörte die Adelstochter sich selber sagen. Ihre Stimmlage triefte vor Unsicherheit und Bedauern. Nervös auf die Antwort seitens des älteren Gärtners wartend, knetete Luna ihre Finger. Wie konnte es denn sein, daß von Zeit zu Zeit immer mehr ihrer Blumen verstarben? An zu geringer Feuchtigkeit lag es nicht, so versicherte ihr Dalton. Die Erde war gesund, frisch, und kein schädliches Ungeziefer hatte die Pflanzen befallen. Also weshalb? Selbst der herzliche Mann vor ihr kannte keine plausible Erklärung. Es widersprach jeglicher Logik und benötigte Wissen, das außerhalb seines Fachgebietes bestand. Bedauerlicherweise konnte er ihr nicht helfen. Mitfühlend zog er seinen Hut vom Kopf und erhob seine gedämpfte Stimme: „Macht Euch nichts draus, kleine Lady. Es sollte wohl einfach nicht sein. Mutter Natur kann man dabei nicht widersprechen!" Tröstend legte er seine behandschuhte Hand sanft auf die Schulter des weißhaarigen Mädchens. Mehr Nadeln stachen in ihr Blut pumpendes Organ. „Ich möchte niemandem widersprechen, sondern bloß wissen warum", flüsterte sie betroffen. Für Außenstehende mochten Blumen nur Blumen sein. Für Luna allerdings waren die Rosen von weitaus größerer Bedeutung. Es mochte komisch klingen, und Fremde, die davon hörten, hätten womöglich an ihrem Verstand gezweifelt, aber sie fühlte eine gewisse Verbundenheit zu ihnen. Aus diesen roten Schönheiten schöpfte sie ihre Kraft, die ihr dazu verhalfen, schwierige Tage zu überstehen. Sie waren überlebenswichtig. Wenn man es zusätzlich aus einer anderen Perspektive betrachtete, konnte man vage vermuten, dass sie, statt ihr zu helfen, belastende Dinge zu verarbeiten, eher die Ursache und der Auslöser dazu waren. Eben der Grund, weshalb sie überhaupt schon angeschlagen war und zu schwächeln begann. Aufgefallen war es Luna noch nicht. Eine gewisse und womöglich ungesunde Abhängigkeit hatte sie entwickelt. Blöderweise. Schnellstmöglich musste sie sich davon lösen. Ansonsten würde sie daran eines Tages zerbrechen, wie eine alte Porzellanskulptur, dessen Pose zuvor pure Verzweiflung dem Betrachter vermittelte, wie sie, hilflos im Laufen, nach oben zu den Sternen griff, den Mund zum Ruf geöffnet. Aber Skulpturen sprachen nicht. Verstaubte Bruchstücke lagen verstreut herum, die unverzüglich zusammengekehrt und schließlich entsorgt wurden. Den Versuch, das Kunstwerk wieder zusammenzuflicken, nahm niemand auf. Zu welchem Zweck? Dessen makellose Erscheinung war ohne Frage dahin. Gut zu erkennen, hätte man all die Risse gesehen.

Nachdem das Mädchen sich von dem Hausangestellten verabschiedet hatte, ging es zurück ins Haus, dabei versucht, unbemerkt zu bleiben, zumal es ihm wieder einmal verboten worden war, sich nach draußen zu begeben, aufgrund der folternden Hitze. Das Risiko, die schneeweiße Haut zu verbrennen oder einen Hitschlag zu erleiden, war zu hoch nach Meinung ihrer Mutter. Als sie mit ihrem Kind verbal interagierte, mied Lady Valanice jeglichen Blickkontakt. Und falls doch, dann hielt die Verbindung nicht länger als zwei mickrige Sekunden. Seit dem Besuch kam es Luna so vor, als ob die Blondine sich noch weitaus schweigsamer verhielte. Oft genug hatte sie abgewogen, ob sie ihre Mutter darauf mit genug Rücksicht und Ein-

fühlungsvermögen hätte ansprechen sollen. Eine familiäre Autoritätsperson so traumatisiert und hilflos zu sehen,
empfand sie als äußerst belastend und beunruhigend. Gar
verstörend. Selbst die Diener und Hausmädchen begannen zu hinterfragen. Kurz gesagt: Sie hielten Lady Valanice de Mencium für verrückt, als stünde sie am Rande
des Wahnsinns. Doch wer war derjenige, der tatsächlich
drohte, die Grenze der Vernunft zu überschreiten? Strapazität konnte dem einer Tyrannei gleichgestellt werden.
Schrecklich.

8 rote Rosen

Ein ihr bisher unbekanntes Gesicht tauchte eines Tages
auf. Der neue Koch des Hauses. Verwundert hob Luna
ihre Augenbrauen an, als sie den fremden Mann erblickte, nachdem sie sich nach langer Zeit wieder dazu entschlossen hatte, in der Küche vorbeizuschauen. Was war
Carltons Grund, dem Dienste ihrer Eltern zu entfliehen?
Fliehen. Ein gutes Wort. Im Gegensatz zu ihm beschrieb
Luna den Neuen als etwas rundlicher als sein Vorgänger,
mit rot-braunen Haaren und ebenso braunen Augen. Koteletten zierten seine Seiten. Sein Charakter wurde wirklich sehr oft von der Sonne geküsst. Interessantes Paradoxon. Es war bewundernswert. Stets im Stress, der Schweiß
floss wie ein Sturzbach seine Schläfen hinab, diese unerträgliche Hitze und diese beängstigende Ausstrahlung des
Earls schienen Vik in keiner Weise aus der Ruhe bringen
zu können oder ihm die Laune zu versauen. Was tat er
sich durch seine Anwesenheit hier bloß an? Ihrer Mei

nung nach besaß Vik eine überaus sympathische Persönlichkeit. Sich an ihn gewöhnen wollte Luna jedoch nicht, da sie, wie bei jedem Neuankömmling, stets im Hinterkopf behielt, dass deren Aufenthalt und Dienste bestimmt nicht von langer Dauer sein würden. Wenn der Fakt sie besonders mitnahm, dann schätzte sie betreten die Zeit ein, wie lange es ungefähr gedauert hätte, bis die Person sich umentschied oder entlassen wurde. Genau wie Genevieve. Ihr Verschwinden bedauerte die Adelstochter allerdings nicht. Trotzdem war es ihr immer unangenehm gewesen.

„Guten Tag, Lady Luna. Ich hoffe doch zutiefst, dass Euch die letzten Mahlzeiten besonders gemundet haben. Falls dem nicht so sein sollte, bin ich stets für Vorschläge und jegliche Art von Kritik offen!", sprach er, nachdem er sie im Türrahmen registriert, sich kurz darauf umgedreht hatte und sich leicht verbeugte. Sein Lächeln war ansteckend. Amüsiert hoben sich die Mundwinkel des Mädchens.

„Es gibt keinerlei Grund zur Sorge. Das Essen war delicieuse!", kicherte Luna erheitert am Ende ihres Satzes.

„Fabelhaft. Ich danke Euch. Ihr müsst wissen, für mich gibt es nichts, was mir auch nur annähernd so viel Freude bereitet, wie Mitmenschen köstliche Mahle zu bereiten!"

Ihr Lächeln wurde noch eine Spur größer. Sie war gerührt von seiner Aufrichtigkeit.

„Freut mich zu hören, dass du deine Leidenschaft für dich entdeckt hast!" Entspannt lehnte Luna sich an den Türrahmen und kreuzte ihre dünnen Arme ineinander. Vik hob seine Hand auf die Stelle seines Herzens und erwiderte: „Da habt Ihr recht. Ja. Ich verspüre tiefste Dankbarkeit und erhoffe mir, bis Ende meines Lebens meiner

Leidenschaft nachgehen zu können!" Dann fügte er neugierig hinzu: „Was ist mit Euch?" Sie zögerte kurz. Leicht überrumpelt kam sie sich vor. „Nun …!" Sie wusste auf die Schnelle keine Antwort.

Beschwichtigend kam er ihr zuvor: „Macht Euch da keine allzu großen Sorgen. Was es auch sein mag, es wird sich Euch bestimmt noch offenbaren und Euch Freude sowie Unbeschwertheit bereiten. Glaubt mir!" Eine Träne verließ ihre Augenhöhle. *Drei Monate.*

Oktober – 3 rote Rosen

Noch drei Rosen sind verblieben. Ihre Sicht verschwamm, und ein Knoten bildete sich in ihrer Brust. Es wurde allmählich wieder kälter, und die Blätter der Bäume hatten begonnen, an Halt zu verlieren, woraufhin sie zu Boden glitten in den verschiedensten Farben. Wenigstens blieb Luna bis zuletzt ihre liebste Rose erhalten. Es setzte ihr weitaus mehr zu, als sie sich eingestehen vermochte. Die Spannung unter ihrer Familie hatte sich mit jedem folgenden Tag weiter zugespitzt. Verdrängt hatte das Mädchen all die bedrückenden Empfindungen, dass es ihm entgangen war, wie es um seinen psychischen Zustand stand. Luna hatte sich viel zu sehr mitreißen lassen. Aufgrund von Pflanzen an einer Krankheit leiden, die das Denkvermögen beeinträchtigte. Wie erbärmlich. Lediglich daran konnte es aber doch nicht liegen. Zumindest hoffte sie das. Oder wurde sie ebenfalls verrückt wie ihre Mutter? War sie denn überhaupt verrückt? Nein. Was war verrückt? Gab es eine korrekte Definition, an der man durch aufgezählte Merkmale auf eine Diagnose schließen konnte? Sie war verrückt. Sie war krank. Ende. Anmerken durfte Luna es sich jedoch nicht.

Nur schwer kam sie aus dem Bett. Pure Antriebslosigkeit beherrschte sie und eine gleichgültige Einstellung gegenüber allem, außer den Rosen wohlbemerkt – und eine zerfressende, innere, betäubende Leere verspürte sie. Wochen waren an ihr vorbeigezogen, seit sie das letzte Mal nach ihrer Geige freiwillig gegriffen hatte, um darauf zu spielen, das verarbeitete Holz zu fühlen, sanft über die Saiten zu streichen und ihre Gefühle zum Ausdruck zu bringen.

Der kühle Wind wehte und spielte mit ihrem Haar. Fröstelnd zog sie ihren Mantel enger und trat näher an das Beet heran. Wie schon einmal streckte sie ihren zitternden Arm aus, um nach einem der rauen grünen Blätter zu greifen. Die flüchtige Berührung hinterließ ein eigenartiges Brennen und brachte Luna dazu, von dem Blatt wieder abzulassen, und kurz darauf beobachtete sie, wie das eben berührte Blättchen plötzlich abgetrennt zur Erde fiel.

„Nein. Bitte nicht", flüsterte sie weinerlich. Ein emotionales Wrack. Was konnte sie schon tun? Nichts. Absolut gar nichts! Macht- und hilflos – diese Eigenschaften beschrieben Luna am besten. Kaum auszuhalten. Es tat so weh. Nicht einmal ihr bevorstehender Geburtstag, den sie jährlich am 13. Oktober wie gewohnt zelebrierte, konnte ihre Stimmung heben. Dieser Tag war seit geraumer Zeit nichts Besonderes mehr. Die einzige Bestätigung, die das Mädchen an dem Tag bekam, war, dass es nun um ein Jahr näher dem Tode gekommen war, dachte Luna bedrückt. Wie bitte? Was war denn in sie gefahren? Erschreckend, wie die Weißhaarige innerhalb weniger Monate sich in eine Pessimistin verwandelt hatte. Das hatte sie dem Werk ihrer Verrücktheit zu verdanken und, wenn nicht, auch ihren Rosen? Nein. Lächerlich. Einen anderen und eigentlichen Strippenzieher gab es nicht. Verneinend schüttelte sie den Kopf. *Lüge!* Sich Dinge einzureden war eine ihrer neuen Freizeitaktivitäten geworden. Wie von einer Biene gestochen rannte Luna hoch in ihr Zimmer, knallte die Tür hinter sich zu und vergrub sich auf dem Bett unter ihrer Decke, dabei die Augen zusammenkneifend. Manche Bedienstete, denen sie über den Weg gelaufen war, folgten ihr für einen winzigen Augenblick mit deren Haupt in ihre Richtung. Allerdings wandten diese sich sogleich schulterzuckend wieder ihren Tätigkeiten zu. Besaßen die Aufgaben doch schließlich höhere Priorität als der Verstand der Adelstochter. So wusste es doch niemand. Es war *geheim.*

November – 1 scharlachrote Rose

Vergangene Nacht herrschte wahrhaftige Finsternis. Komplette Dunkelheit hatte selbst den Vollmond, der sonst immer so atemberaubend zu leuchten pflegte, verschluckt. Luna beschlich eine ungewisse Vorahnung. Eine Veränderung. Urplötzlich auftauchend, wie diese Frau in ihrem französischen Gedicht und der in Schwarz gekleidete Mann in ihrem Albtraum. Beide Gestalten verschwanden jedoch innerhalb eines Wimpernschlages. Doch hoffentlich so nicht auch er. Als sie am Morgen die Stufen der großen Treppe hinabstieg, erhaschte sie in ihrem Blickfeld in der Eingangshalle nicht mehr als einen schwarzen Haarschopf. Earl Edwin persönlich stand dem Fremden gegenüber und versperrte Luna die restliche Sicht. Gänsehaut verteilte sich auf ihrem Körper. Innere Unruhe breitete sich aus. Eigentlich hätte sie es bevorzugt, sich schnellstens wieder zurückzuziehen, aufgrund der Anwesenheit des Earls. Eigentlich. Teilweise wurde sie zu ihrem Widerwillen davon abgehalten, zumal Edwin sie entdeckt und sie mit verstecktem, warnendem Unterton darum bat, sich zu ihnen zu gesellen, da er offensichtlich beabsichtigte, ihr den Mann vorzustellen. Irgendwas zog ihre Wenigkeit an. Die Anspannung blieb trotz allem erhalten. Doch die verpuffte ab dem Moment, als sie vor ihm stand. Die Präsenz ihres Vaters blendete sie vollends aus.

„Luna, das ist einer unserer neuen Butler, Benedict!", hörte sie dumpf zu ihrer Linken. Benedict. Ein wirklich schöner Name. Er hielt ihr seine Hand entgegen. Keinerlei Zögern ihrerseits. Sein Händedruck verfügte über eine angenehme und selbstbewusste Intensität.

„Ich erfreue mich sehr daran, Eure Bekanntschaft machen zu dürfen, Lady Luna!", vernahm die Weißhaarige zum ersten Mal seine angenehme, tiefe Stimme.

„Die Freude ist ganz meinerseits!", gab sie, ihre innere Zerrissenheit überspielend, von sich und zwang sich dazu, ihm ein freundliches Lächeln zu schenken. Seiner Meinung nach war es ihr weitaus mehr schlecht als recht gelungen. Aber Kritik von Bediensteten des Hauses wollte nicht gehört werden. Etwas schien nicht zu stimmen. Kaum merklich schoss eine seiner Brauen nach oben. Wie bereits erwähnt zierte eine rabenschwarze, kurze Mähne seinen Kopf. Seine Haut besaß einen schönen hellen

Teint, und seine Augen, in denen sie sich in diesem Moment verloren hatte, waren blau. Nicht zu vergessen: Ein herausstechendes Merkmal seines Gesichtes waren seine ausgeprägten, scharfen Wangenknochen. Seine schlanke und hohe Statur überragte die ihres Vaters um ungefähr sieben Zentimeter. Ihm fehlte es an einem Bart. Seine Kleidung war in Schwarz gehalten, wie die eines üblichen Butlers. Polierte Schuhe, faltenfreie Hose, ein perfekt sitzendes Jackett mit Krawatte und weiße Handschuhe.

Wenige Tage später nach dem Auftauchen Benedicts hatte das mittlerweile in sich gekehrte Mädchen sich ein weiteres Mal nach draußen in den Garten geschlichen, um sich, mit steigender Nervosität, nach ihren Rosen zu erkundigen. Ihre Lider hielt sie allerdings geschlossen, um die letzten Meter blind, dabei sich auf die übrigen Sinne verlassend, hinter sich zu bringen. Kälte umhüllte sie. Hören konnte man, wie bei jedem weiteren Schritt ihre Stiefel leicht in den noch dünnen Schnee einsanken. Offensichtlich war es längstens an der Zeit gewesen, dass jede Blume sich von ihrem Dasein verabschiedete. Das Areal des sonstigen Pflanzenparadieses kannte sie in- und auswendig. Somit fiel es ihr ganz und gar nicht schwer, an der bestens geeigneten Stelle innezuhalten. Ihren Kopf richtete sie nach unten zu Boden, sodass ihre Haare zum Teil ins Gesicht fielen und leicht an ihren aufgrund der niedrigen Temperaturen geröteten Wangen kitzelten. Flimmernd wagte Luna es, ihre roten Augen zu öffnen und entdeckte vor ihren Füßen etwas.

„Federn?", hauchte sie überrascht. Schwarze Federn eines Raben lagen verstreut vor dem Beet ihrer Rosen. Neun. Sie zählte neun Federn. Sich nach unten beugend,

ergriff sie eine und befreite den tierischen Schmuck von
den Schneeflocken, die innerhalb von Sekunden in ihren Händen schmolzen und ihre Haut ein Stückchen ab-
kühlten. Bewundernd betrachtend drehte sie ihren Fund
in ihren Fingern und strich sanft der Länge nach entlang.
Weich, feucht und kalt.

Erschrocken fuhr die Weißhaarige zusammen, als seine Stimme plötzlich neben ihr erklang: „Solch eine wunderschöne Rose habe ich Zeit meines Lebens noch nicht
erblickt. Atemberaubend, findet Ihr nicht auch?" Benedict hatte sich zu ihr gesellt und stand mit den Händen
hinter seinem Rücken neben ihr, dabei stets die scharlachrote Rose fixierend.

Wie bitte? Die Mimik entglitt ihr, und pure Verblüfftheit konnte man daraus lesen, als sich ihr Augenmerk auf
die letzte verbliebene Rose richtete. Die Feder war ihr
aus der Hand gefallen. Wie? War dies überhaupt möglich?
Unbändige Freude erwärmte Lunas Körper. Ihre aufstei-
gende Euphorie hielt sie mit einer Geste im Zaum, indem sie ihre Hände in einer betenden Position hielt und
ihre Finger ineinander verschränkte. Automatisch zuckten
ihre Mundwinkel nach oben und verharrten auf derselben
Höhe. Dabei vergaß Luna, dass sie soeben angesprochen
worden war. Was hatte Benedict gesagt? Ihr Schreck hatte seine Stimme übertönt und in meilenweiter Ferne erklingen lassen ohne Widerhall. Was auch immer ihn bewegte: Sie war nicht dazu imstande, anstandsgemäß zu
reagieren. Die passenden Worte, um einen grammatika-
lisch richtigen Satz formulieren zu können, fehlten ihr.
Sie verfiel für einen Augenblick der Sprachlosigkeit und
nickte stattdessen, damit sie dem Schwarzhaarigen ihre
Zustimmung dennoch auf eine Weise mitteilen konn-

te. Wenn auch stumm. Trotz allen Respekts wollte Ben sich damit nicht zufriedengeben. Der Grund, weshalb der Mann ihr gefolgt war, bestand aus dem Wunsch, ihre Stimme hören zu können. Ihm war es nicht entgangen, dass Luna sich schon einmal hinausgeschlichen hatte, dabei versucht, unbemerkt zu bleiben.

Eine umfangreiche Konversation hatte zwischen den beiden bisher noch nicht stattgefunden, zumal es sich noch keine geeignete Gelegenheit ergeben hatte. Aber diese kam wie gerufen. Er konnte sich nicht erklären weshalb, jedoch brannte regelrecht in ihm das Verlangen, sich mit der weißhaarigen jungen Schönheit vertraut zu machen und mehr über sie zu erfahren. Eine Premiere, wohl bemerkt. Derartige Regungen blieben all die vorherigen 22 Jahre seines Lebens aus. In diesem Bereich seiner Mentalität herrschte normalerweise Funkstille, wobei zuvor jegliche Morse ignoriert wurden, bis die Verbindung endgültig abgebrochen war und nichts weiter als betretenes Rauschen erklang. Sie allerdings war besonders. Besonders? Ja. Ohne jeden Zweifel.

„Geht es Euch gut?", erkundigte der Butler sich zur Sicherheit, da sie immer noch keinerlei Anstalten machte, mit ihm zu interagieren, ihn gar wahrzunehmen, so kam es ihm vor. Geduld.

Die Überwältigung, die Luna beherrscht hatte, verebbte nun langsam wieder und verschmolz in sanften Wellen, die auf ihren Magen eine solch gut tuende Wirkung zeigten wie eine köstliche, dampfende Tasse Milch mit Honig. Ein wahres Wundermittel. Der einst präsente Knoten im Bauch löste sich, und jede Anspannung fiel wie eine eiserne Rüstung von ihren Schultern.

„Verzeihung. Wie meinen?", meinte sie peinlich berührt und löste ihre Augen von der noch blühenden Schönheit in Scharlach, um den Butler zu betrachten, in dessen Haaren sich vereinzelte Schneeflocken verfangen hatten. Das Szenario entsprach doch tatsächlich einem Märchen, das jedem Kind vor dem Zubettgehen vorgelesen wurde. Luna, wie sie alleine im Garten stand und urplötzlich ein attraktiver junger Mann zu ihr stieß. Beide blickten einander entgegen. Sie mit den Armen um sich geschlungen, da es sie leicht fröstelte, und mit geröteten Wangen. Er hingegen dicht neben ihr stehend mit gerader Haltung, die er aber leicht vernachlässigte, um ihr genauer ins Gesicht schauen zu können, nobel gekleidet und mit Miniatureiskristallen in den Haarsträhnen. Fehlte lediglich die darauffolgende Überwindung, wie er die letzten Zentimeter überbrückte, sich ein weiteres Stück zu ihr heruntergebeugt hätte, um sie zu küssen und dann gemeinsam eng umschlungen unter tanzenden weißen Wolkenresten zu verharren. Die Realität entsprach allerdings nicht einem Märchen. Rücksichtsvoll und mit Verständnis auf ihre zurückhaltende Art und Benommenheit wiederholte der Mann seine Frage. Luna zeigte sich verwundert. Ob es ihr gut ging? Gute Frage. Eine Frage, auf die sie keine befriedigende Antwort wusste. Ihm dies gestehen wollte und konnte das Mädchen nicht. Dafür war seine Person Luna viel zu fremd. Einschätzen ließ er sich ebenfalls sehr schwer. Was mochte der neue Bedienstete ihres Hauses verbergen? Obwohl er in jeder verstrichenen Minute einen gefassten, starken und selbstbewussten Eindruck vermittelte, so kam Luna nicht umher, dennoch manchmal einige Dinge zu hinterfragen, aufgrund einer ihrer waghalsigen Vermutungen. Ebenso konnte sie sich fatal irren. Bildete sie sich dies denn auch wirklich bloß ein? Oder lag es in seiner Absicht, ihr einen Irrglauben aufzutischen? Ihrem Glauben zufolge vermutete die Adelstochter, eine verlorene Persönlichkeit vor sich stehen zu haben. Trotz des lebensfrohen Funkelns in seinen Augen. Lebensfroh? Über diese Wortwahl ließ sich streiten. Wie auch immer. Kümmerte er sich tatsächlich darum, erfahren zu wollen, wie es ihr ging? „Steckt hinter deiner Frage wahres Interesse oder lediglich oberflächliche Höflichkeit, die der trostlosen Etikette entspricht?"

Trostlos? Interessant, dachte sich Ben. „Weder noch – und dennoch teilweise!"

Fehlte es ihr möglicherweise an der nötigen Intelligenz, um einen logischen Schluss daraus ziehen zu können? Ihr Gesichtsausdruck zeigte Irritation.

„Ich beabsichtigte hauptsächlich, in den Genuss Eurer wohlklingenden Stimme zu kommen. Außerdem würde es mich freuen, wenn wir uns eines Tages weitaus vertrauter über den Weg laufen könnten!" Er begann zu lächeln. Erstaunt weiteten sich Lunas Augen. Nun wandte sie ihren ganzen Körper in seine Richtung. Die gesprochenen Silben ließ sie ein weiteres Mal gedanklich Revue passieren. Kurz darauf entfleuchte ihr ein ungläubiges sowie amüsiertes Glucksen, woraufhin sie ihre Hand vor den Mund hielt. Gedämpftes Lachen ihrerseits. Gesagtes verarbeitete Luna mit gemischten Meinungen und Gefühlen. Daraus ergab sich eine Kombination aus Überraschung, Schmeichel, Misstrauen und Unsicherheit.

„Ich bin nicht interessanter als ein veraltetes und verstaubtes Sachbuch, das den Sachverhalt von unterschiedlichen Holzarten erklärt!" Ohne seine Äußerung ins Lächerliche ziehen zu wollen – sie fühlte sich wirklich geschmeichelt. Dennoch blieb sie auf der Hut.

„Das wage ich zu bezweifeln, da ich vor nicht allzu langer Zeit eben eine solche Lektüre verschlungen habe!", grinste er keck. Wie süß. Eigentlich setzte sie zu einem skeptischen Gedankengang an, verwarf ihn sogleich aber wieder. Solange sie nicht den Überblick der Vernunft und Realistik verlor, mochte sie unbesorgt bleiben. Alles Weitere war nicht vonnöten. Schließlich musste wenigstens ein kleiner Teil an Genuss davon- getragen werden. Wo käme man denn ansonsten hin, wenn man alles zu hinterfragen begann?

„Netter Versuch. Aber das kannst du doch besser, so hoffe ich?", kicherte Luna und hob eine prüfende Augenbraue. Prinz Charming mochte es wohl, Witze zu reißen.

„Auf Wunsch zu jeder Zeit!" Er verbeugte sich kurz und verlieh dem Satz mehr Ausdruck. Das Grinsen verwandelte sich zurück in ein freundliches Lächeln. Dann fuhr er fort: „Gibt es Bücher, die Ihr als Eure Liebsten bezeichnet?" Da gab es eines. Lumine, schoss der Name blitzartig in ihr Gedächtnis. Aber es existierte ein bestimmter Faktor, der ihr ziemlich missfiel, um überhaupt fortfahren zu können. Und diesen musste sie zuallererst um jeden Preis aus der Welt schaffen.

„Ich schlage vor, unsere Bekanntschaft auf eine andere Weise auszubauen. Einen besseren Beginn!" „Was schwebt Euch denn vor?" Seine Stimme ließ Neugier erkennen.

„Hör auf, mich zu siezen!", bat sie in ernster Tonlage. Ihr Gegenüber, der es gewohnt war, die Fassung zu behalten, wechselte in den Modus der Verblüfftheit. Das kam äußerst selten vor, dass eine adelige Persönlichkeit darauf bestand, von niederen Angestellten des Hauses geduzt zu werden. So gerne er ihrer Bitte nachgegangen wäre, so musste er sie trotzdem zu deren beider Bedauern enttäuschen. So was kam keineswegs infrage, seiner und der allgemeinen Meinung nach. Jedoch legte er hauptsächlich auf seine Einstellung wert und nicht auf die seiner Mitmenschen. Traurig wäre dies, wenn doch. Vielleicht, eines Tages in ferner Zukunft, würde er sich dazu entschließen, die Förmlichkeit abzulegen und mit ihr gemeinsam auf gleicher Ebene treten. Sie akzeptierte seine Entscheidung. Respekt musste immerhin ebenfalls zum Großteil vorhanden sein. In Ordnung war es allemal, solange auch ein Funken Wahrheit und Ehrlichkeit dahintersteckte. Den Rest konnte man in den Wind schießen.

Voller Leben hatte die scharlachrote Rose noch geblüht. Alles an Kraft gesetzt, um jeden übrig gebliebenen Anteil an Energie ein letztes Mal auszustrahlen. Hätte Luna sich an diesem Tage umentschieden, wäre ihr dieser letzte Anblick entgangen. In der Nacht, es war wieder Vollmond, ging die wunderschöne Blume ein. Die gen Himmel gestreckte Blüte und der einst stramme Stiel beugten sich unter der Totenstille der Dunkelheit, wie erhitztes Metall. Die Blätter lösten sich, und die Dornen verfärbten sich eine Spur mehr. Das Beet war leblos kahl.

Behutsam und sachte, darauf bedacht, Luna nicht zu wecken, hatte Benedict sie auf das kleine Bett gelegt. Ihr Tank der Erschöpfung war maßlos voll. Besonders lange hatte es nicht gedauert, bis sie in den Schlaf glitt und ihre Atmung beruhigend abflachte, um zu verstehen zu geben, dass ihr Körper sich in der Erholungsphase befand. Aufmerksam betrachtete der Schwarzhaarige ihr Profil im Scheine des Kerzenlichts. Friedvoll sah sie aus. Sorglos. Nahezu erlöst von allem. Wenn nicht auch von ihm? Kopfschüttelnd näherte er sich dem Nachttisch, um dann die Licht spendende Flamme zu löschen. Bis auf die Helligkeit des Mondes war es stockfinster. Nicht mehr als schwarze Silhouetten konnte man von ihnen erkennen. So still wie möglich schritt der Butler in Richtung Tür. Er brauchte frische Luft, um einen klaren Kopf zu bewahren. Leicht knarzte der Knauf, als er Hand dran legte und ihn drehte. Im Rahmen wandte der Mann sich nochmals um, einen letzten Blick auf Luna richtend. Ihm war es nicht entgangen, dass ihr dies aufgefallen war. Er hatte sich ein wenig distanziert. Aber nur, um sich zu sammeln. Es gab vieles, was er nur allzu gerne verbarg. Dennoch verspürte seine Wenigkeit ihr gegenüber leichte Reue.

„Verzeiht mir", flüsterte Benedict in die Dunkelheit, in der Hoffnung, die Weißhaarige hätte die Worte gehört. Im eleganten Fluss wurde der Unterkunft der Rücken gekehrt, und der Weg führte ihn in die Schattenwelt der Stadt.

Es wurde Nacht. Erstaunt öffnete sich Lumines Mund. Die Rose, die ihr die Hexe geschenkt hatte, leuchtete, damit sie den Pfad nicht aus den Augen verlieren konnte. Dankbar lächelte das Mädchen mit den Gedanken an die Hexe. Ein kühler Wind wehte und ließ die Büsche tanzen. Jedoch dank des Umhangs blieb ihr warm. Beim Anblick der Rose wurde ihr Herz erwärmt. Der Pfad wurde enger und der Wald dichter. Sie schaute um sich, Kuro war verschwunden. Abrupt blieb sie stehen und rief nach ihm. Ihre Augen trafen die Sterne am Himmel, die plötzlich heller strahlten. Ihren Weg konnte sie nun klarer erkennen. Ein schwarzer Schatten flog von oben herab auf Lumine zu. Aus Angst lief sie davon, ziellos an den Bäumen vorbei. Dabei verlor die Rose die zweite Blüte.

Kapitel 6 – Des Bestiens Päckchen

Was wäre, wenn jemand seinem eigenen Spiegelbild nicht weiter vertraut war? Am nächsten Morgen erwachen, sich ins Badezimmer schleppen, um dann aber überraschenderweise mit gefasster Miene festzustellen, dass das Abbild vor ihm zwar eine menschliche Gestalt besaß, jedoch nicht mal ansatzweise mit einem Menschen identifizierbar war. Das konnte nicht sein. Egal wie oft man sich das Gesicht mit eiskaltem Wasser wusch und man schon leicht zu frieren begann und die gekühlten Finger, die sich allmählich wie Eiszapfen anfühlten, zu zittern begannen, so änderte es nichts daran. Das ehemalige Bild der angeborenen Visage, anhand derer die Leute einen zu erkennen vermochten, verschwand spurlos. Davon betroffen sein konnten viele. Sehr viele. Womöglich mehr, als man vermutete.

In einem nicht besonders weit ausgebreiteten Bekanntenkreis gab es zwei von dieser Sorte. Das 17. Opfer und die Nummer 1. Beide entscheidende, bedeutende und wichtige Personen. Kaputte oder teuflische Charaktere. Wovon einer von ihnen, die sogenannte Nummer 1, bereits das Zeitliche gesegnet hatte. Er hat sich an ihm gerächt, und es hat so gut getan zu sehen, wie dieses abscheuliche Biest, einen letzten Atemzug ziehend, tot zusammensackte, dabei nie wieder Anstalten machend, sich jemals zu regen. Bestie traf auf Bestie. Die Tatnacht war windig. Ein Fenster stand offen, die Vorhänge wurden wild umher-geschleudert, und die Läden schlugen hin und wieder zu. Die Sterne am Himmel funkelten fröhlich, die einzigen Zeugen. Ein kurzer, hasserfüllter Dialog ließ seinen Durst nach Vergeltung höher steigen. Die Worte, die geäußert wurden, schrecklich. Wie vom Blitz getroffen hatte er zugestochen. Die Hand ruhte auf dem Mund des Sterbenden, um jeden Laut zu ersticken. Die Anzahl der Stiche hatte der Mann nicht gezählt. In jener Nacht des Ereignisses war viel Blut geflossen, nicht nur das des Sektenanführers und gleichzeitigen Schwarzmarkthändlers. Die Nummer 1 hinter allem Übel starb durch ihn, durch die Hand des 17. Opfers. Schmerz wurde von dem gewaltigen Empfinden des Hasses übertüncht. Es gab nichts Weiteres. Das Geheimnis lag wie ein Fluch in der Luft, der jedes Mitglied mit einbezog. Die Schlafenden mussten ebenfalls aus dem Weg geräumt werden. Nichts und niemand sollte sie mehr daran erinnern. Eine andere Wahl oder einen alternativen Ausweg gab es nicht. Nein. Und auf eine Art und Weise waren die anderen ebenfalls daran beteiligt und Schuld an dem Leid. Der Herr lachte auf. Neben einer Laterne machte er Halt und betrachtete seine Spiegelung im Schaufenster einer alten Parfümerie. Mit seinen behandschuhten Händen richtete er seinen Hut. All seine Narben, die seelischen sowie die, die seinen Körper aufgrund des traumatisierenden Rituals, welches an ihm durchgeführt wurde, zierten, trugen einiges an seinem Wandel bei. Der endgültige Auslöser. Der Startschuss wurde getätigt. Präziser nahm die dunkle Gestalt sein Gesicht unter die Lupe, ohne eine Miene verziehend. Von den Haaren, die unter dem Kopfschmuck hervorragten, seinen kräftigen Augenbrauen, den stechenden Augen, der Nase, seinen Wangen, den Lippen, bis zum Kinn. Äußerlich ein Mensch. Innerlich ein undefinierbares Wesen, das nichts weiter kannte als pure Grausamkeit und Hass. Wechselhaft war es. Unberechenbar. Kalt. Wie die Nummer 1 es gewesen war. Mit allerdings nur einem Unterschied, der einen minimalen Hoffnungsschimmer bildete, dessen Größe jedoch lediglich dem eines Sandkorns entsprach. Zur Hölle damit. Aussichtslosigkeit war die Antwort. Zorn füllte den Magen des Mannes. Bevor er noch die Scheibe zerschlagen konnte, senkte sich seine Faust, und seine Beine trugen ihn im rasanten Tempo hinfort, tiefer in die Stadt. Aufmerksamkeit konnte ihm erspart bleiben. Trotz später Stunde tummelten sich noch einige Passanten auf den Straßen. Unauffällige Gesichter schweiften an seinem Blickwinkel vorbei, wovon jedes eine eigene Geschichte des persönlichen Lebens besaß und als Handbagage ein einfach gebundenes Päckchen mit sich trug, dessen Größe von Person zu Person variierte. Was sich wohl jeweils darin befand? *Du widerwärtige Seite meiner Selbst, weiche endgültig aus der Welt und gerate für immer in Vergessenheit!* Die Stimme des Teufels, des Monsters in ihm. Hass war seine Energiequelle. Oder? War dem wirklich so? *Hör auf, zu hinterfragen!* Erheitertes Lachen, das aus einer Spelunke erklang, an der der Hutträger vorbeihastete, irritierte für einen kurzen Augenblick seinen Gedankengang. Menschen konnten abscheulich sein. Deren Brutalität kannte nahezu keine Grenzen. Seine Wenigkeit aber war es, die alle übertraf – und der Sektengründer. Verkrampft reckte der Mann seinen Kopf gen Mond, dabei spannte sich sein Unterkiefer schmerzhaft an. Ab da blieben die Bilder seiner Umgebung und des Weges vor seinen Augen verborgen. Das Bewusstsein war nicht dazu in der Lage, zu realisieren, wohin es ihn führte. Ihm war es nicht bewusst. Er war seine eigene Geisel, sein Gefangener und Sklave. *Schweig!*

Den Verlauf der Kindheit konnte man als den Trommelwirbel betrachten, dessen Lautstärke sich mit jedem Jahr mehr intensivierte. Gespannt hätte ein potenzielles Publikum in der Halle, wo pompöse Kronleuchter von der Decke gehangen hätten, gelauscht, darauf aus, überwältigt zu werden. Nur die Besten wurden mit dem Besten gepriesen. Man mochte aufgeregt bleiben. Außenstehende würden nicht enttäuscht werden. Schlagworte konnten dem Inhalt einer Erzählung weitaus mehr Aussagekraft verleihen. Kurze Stichworte.

Vierköpfige Familie. Bescheidenes Einkommen. Durchschnittliche Bildung. Liebevolle Eltern. Jüngere Schwester. Das Ungeheuer. Was davon passte nicht in die Reihe? Für den Bruchteil einer Sekunde erschien der Gestalt ein verschwommenes Bild, aus dem ein Uneingeschränkter schließen konnte, wo er sich aufgehalten hätte. Zu kurz war die ihm dargebotene Chance. Ein unbeschreiblich ekelhaftes Gefühl breitete sich in seinem gesamten Körper aus und nistete sich in jede noch so kleine Faser seiner Nerven ein, wie ein Parasit.

Diese Empfindung so unerträglich, wie die chronische Langeweile, die er seit seinen jüngsten Jahren verspürte. Wie konnte man das ausblenden? Es sättigen? Als Kind saß er oft draußen am Rande der Straßen und beobachtete das rege Treiben, das sich vor ihm abspielte. Seine Bücher, die er abermals wieder und immer wieder gelesen hatte, bis er sie auswendig kannte, verstaubten in dem Regal, das in seinem spärlich eingerichteten Zimmer stand. Seine Schwester hatte sich einst ein einziges Mal zu ihm gesellt, um sein Tun nachvollziehen zu können. Das erste und letzte Mal. Dass der Hutträger eine Schwester besaß, verwunderte ihn. Es kam ihm so vor, als hätte er sie aus seinem Gedächtnis gelöscht. Als hätte es sie nie gegeben. Nur an eine ganz bestimmte Person brauchte er sich zu erinnern, und nur ein Gesicht musste er aufspüren. Dann ein Schnitt. Der kleine Junge, der ihn darstellte mit bis über den Bauch hochgezogenen Hosen, einem Pullover und einer Jacke mit angenähten Knöpfen, wovon einer fehlte, stand hinter einer Hausfassade und stocherte mit dem Stock, den er zuvor aufgehoben hatte, in der tierischen Leiche herum. Identifizieren, was es gewesen war, konnte man nicht mehr. Dafür war es zu spät. Wie für manches andere auch. An dem Luft verpestenden Geruch störte sich das Kind zu aller Überraschung nicht. Ein Häufchen Mist lag vor seinen Füßen. Mehr nicht. Angetrieben von Faszination, pulte der Hosenscheißer in jede Öffnung, die er ausmachen konnte. Die Maden wurden nicht verschont. Woran das Vieh krepiert war? Die Frage hätte sich leichter beantworten lassen, wenn ersichtlich gewesen wäre, um was für eine Tierart es sich handelte. Wie lange es schon da lag? Vermutlich lange genug. Der natürliche Lauf der Dinge. So hieß es doch. Aber konnte man von natürlich sprechen, wenn gewisse Details dagegen sprachen? Freude hatte es ihm bereitet, und seine Langeweile wurde in dieser Zeit ausgeblendet. Ein vertrautes Gefühl. Und speziell dieser Platz kam ihm ebenfalls plötzlich wieder bekannt vor, als hätte er sich hier bereits einmal aufgehalten. Womöglich stimmte dies auch. Erinnern konnte er sich jedoch nicht. Ebenso wenig, dass für gewöhnlich Katzen sich in diesen

Ecken verkrochen und herumstreunten. Falsch. Es war nur eine gewesen. Ein Kater so schwarz wie die Nacht. Nur tauchte der Vierbeiner irgendwann nie mehr auf. Die hölzerne Waffe, die zuvor hoch erhoben wurde, schnellte zurück nach unten, brach aufgrund des Aufpralls entzwei und wurde desinteressiert von dem Neunjährigen losgelassen. Vielleicht, aber lediglich vielleicht wusste er den Grund, weshalb die Miniraubkatze nicht mehr aufgetaucht war. Womöglich selbst, was die Ursache gewesen war. Oder? Ein Spaß zu seinen Gunsten auf Kosten eines Lebewesens, dem niemand etwas zuleide getan hatte. Irrtum. Katzen töteten auch Mäuse, um zu überleben. Um jeden Preis war ein Vergleich es wert. Denn welches Individuum konnte über das Wissen verfügen, dass es für ihn nicht auch überlebenswichtig war? Wen es als Nächstes hätte treffen können, wusste man nie. Ob es ihn selbst oder jemand anderen betraf, müsste man ergründen, was sich allerdings als lästige Zeitverschwendung herausgestellt hätte, da man die Absichten einer diabolischen Brut nicht erklären konnte.

Trotz allem war es noch ein Kind. Ein gewöhnliches Kind. *Gewöhnlich.* Ein falsch verwendetes Wort, das man in diesem Falle nicht hätte missbrauchen sollen.

Das Keuchen des Mannes brannte in der Tiefe seiner Kehle, da er diesen Laut wie gezwungen und krampfhaft ausstieß. Unkontrolliert. Seine Stimme setzte aus, und nichts weiter als ein erstickter Schrei erklang durch die engen Passagen zwischen den Häusern. Ließ sich doch noch ein Funken Orientierung zurückerlangen? Benommen verweilte die Gestalt auf dem kalten Boden und lehnte sich an einem alten Holzfass an, dessen einzelne Bretter zerborsten waren. Speichel entfleuchte seinem Munde, den er sich mit seinem rechten Arm wegwischte. Wo hielt sich dieses Arschloch auf? Er wollte ihn bluten lassen. Vorher gab er keine Ruhe. Dieser widerliche Feigling verkroch sich vor ihm. Egal wie lange es dauern würde. Eines Tages würde er bezahlen. Gregwood.

Ein Herr mittleren Alters wagte es, des Scheusals Weg zu kreuzen. Kurz hielt er an, um einen Satz zu sagen, der ihm anscheinend so dermaßen auf der Zunge gebrannt hatte, als hätte er befürchtet, sollte er ihn nicht äußern können, wäre ihm sein schmeckendes Körperteil abgefallen. „War wohl ein bisschen zu viel des Guten, was?", kicherte der möglich Totgeweihte. Das Feuer wurde entfacht, und der Topf brodelte. Sein zuvor schwächelnder Leib erzitterte vor Groll. Nichts hätte der Schwarzgekleidete lieber getan, als ihm die Zunge abzuschneiden oder sie gar mit bloßen Händen auszureißen. Warum nicht? Das dreckige Gekicher wurde im Keim erstickt. Wie, geriet in Vergessenheit, und die einzigen Zeugen waren mal wieder nur die Sterne, die wild durcheinander über ihn tuschelten, ihn hämisch belächelten und auslachten. Sein innerer Geist schien so wach zu sein wie nie zuvor. Es glich einem rauschähnlichen Zustand, der seine rote Körperflüssigkeit in Wallung brachte. Rausch. Das Wort klang verlockend. So ergreifend und gefangennehmend. Bei naiver Unachtsamkeit wurde man eingesperrt, in einem ausbruchssicheren und mit einem Schlüssel verriegelten Käfig, der einem das Versprechen gab, nie wieder einen Fuß außerhalb der Gitter setzen zu können, geschweige denn jemals den warmen Sonnenschein auf der Haut zu spüren. So wurde er verschleppt. Im Alter von 15 Jahren.

Nichts als Finsternis hatte den Jugendlichen umgeben. Grob hatte man ihn in ein quadratisches Gefängnis gezerrt, das gerade mal einigermaßen Platz für eine Person seiner Statur bot. Die Härchen des Riechorgans brannten höllisch bei jeder Einatmung. Beißende, stickige und verätzende Luft. Eine Mischung aus Schweiß, Blut, zersetzendes Fleisch und Fäkalien benebelte die Sinne und provozierte jeden noch so empfindsamen Magen, ließ die Galle in hohen Wellen sich regen. An seinen Knöcheln scheuerten Ketten, die nach jeder noch so kleinen Bewegung nervtötend rasselten, dessen Geräusch das Trommelfell dermaßen strapazieren konnte, dass man glaubte, sich vorstellen zu können, wie jemand daran behutsam, aber dennoch quälend langsam dran zog. Panisch versuchte der Junge die gebrandmarkte Ziffer auf seinem linken Arm, die unerträglich schmerzte, mit seinen Fingernägeln wegzukratzen. Aufgrund der Hitze schwoll sein kürzlich gekochtes Fleisch an und ließ die Zahl noch mehr hervorstechen. 17. Wie tief auch immer er seine Nägel versuchte hineinzubohren, so brachte es nichts. Dreck, der an seinen Fingern geklebt hatte, vermischte sich mit seinem Blut, und Rückstände blieben in der Wunde übrig. Eine Entzündung folgte. Offensichtlich. An den Wänden der dunklen Gänge hingen vereinzelte Fackeln, die minimal den Weg zu erkennen gaben. Seine Augen durchsuchten jeden Winkel. Dann fiel ihm allmählich auf, dass neben ihm auf beiden Seiten, sowie hinter ihm, sich noch mehr Gitterstäbe aneinanderreihten.

„Na so was. Ein Neuer!", lachte eine helle Mädchenstimme zu seiner Rechten und ließ ihn erschrocken zusammenfahren.

„Du brauchst dich nicht zu fürchten, glaub mir. Sie alle wollen nur das Beste für uns. Wir sind besonders, musst du wissen. Unsere Meister brauchen uns. Sie schätzen unsere inneren Werte. Ja. Die inneren. Nur die inneren, da die ihnen mehr von Nutzen sind!" Das Skelett, wie er sie bezeichnete, da sie nicht mehr als Haut und Knochen gewesen war, zitterte wie Espenlaub. Jedoch ihre Stimme klang ruhig und strotzte vor unheimlicher Zuneigung gegenüber ihren Peinigern. Verrückt und krank. Ihre Wangen und die Stirn von einer dicken Schicht an Schmutz bedeckt. Was sie auf dem Kopf trug, konnte man nicht als Frisur bezeichnen. Das schummrige Licht erschwerte es ihm, sie genauer mustern zu können. Jedoch genügte dies bei Weitem, was er schemenhaft erkennen konnte. Was sollte er darauf erwidern? Ergab sich denn etwas als geeignet? Deutlich hörbar musste der Knabe schlucken. Ein Stück kroch er rückwärts, um mehr Abstand zu gewinnen, da ihm die Distanz der Stäbe allein nicht genügte. Weit kam er jedoch nicht, bis er mit seinem Rücken an die Abgrenzung stieß. Bereits zu seinen Lebzeiten hatte er in der Hölle geschmort und würde auch im Jenseits dort verweilen. Auf ewig. Aber nicht allein, so hoffte er. Ohne eine Antwort abzuwarten, würde er die Hand der Person seiner Wahl ergreifen, mit sich reißen und nie mehr loslassen. Geflüster, Gekreische und Geheule hallten von allen Seiten wie ein Orchester plötzlich wider. Der Dirigent und Verantwortliche schlich durch die Reihen mit zwei seiner Anhänger, die ihm wie gehorsame Hunde auf Schritt und Tritt folgten. Mit Sicherheit hätten die Handlanger den geworfenen Stock zurückgebracht und räudig mit ihrem Schwanz gewedelt, wartend auf einen weiteren Wurf. In schwarzen Roben waren sie gekleidet, deren Kapuzen das Gesicht von den Seiten so bedeckten, dass es unmöglich schien, sie zu erkennen. Wachsam und analytisch schweiften prüfende Augen über die Ware. Die Kunden mussten schließlich zufriedengestellt werden. Zu mager. Zu kränklich. Zu hässlich. Perfekt. Ein Nicken in eine ihm unbekannte Richtung brachte die beiden Kletten in Bewegung. Die Gittertür wurde geöffnet und daraus eine junge Frau gezogen, die keinerlei Anstalten gemacht hatte, sich zu wehren. Ihre Rückkehr besaß eine solch geringe Wahrscheinlichkeit, dass alle eher mit einem direkten Blitzeinschlag gerechnet hätten. Konnte man sich doch denken, was folgte. Das rebellierende Krachen gegen die Gefängnisse nahm ein jähes Ende und verstummte.

Sein Lebenswille wurde innerhalb weniger Wochen, die sich wie Jahre angefühlt hatten, gebrochen. Ehrfürchtig hatte der Jugendliche es immerzu vermieden, den Männern in die Augen zu sehen. Sein Kopf blieb zum Boden geneigt, und seine körperlichen Regungen blieben beschränkt. Essen wurde kaum verabreicht. Und wenn, so waren die, die noch bei klarem Verstand waren, nicht so lebensmüde, um das Verdorbene in den Mund zu stecken, darauf rumzukauen und dann runterzuschlucken. Auch wenn dies ein weniger qualvoller Tod gewesen wäre, als zu verhungern oder bei lebendigem Leib aufgeschlitzt zu werden, diente dies entweder zur Entnahme der Organe oder war der Teil eines Rituals. Schockieren konnte ihn nichts mehr, nach dem, was er alles gesehen hatte in dieser Hölle auf Erden, so dachte er und lag komplett daneben. *Der einzige Überlebende.* An die permanente Dunkelheit gewöhnt, brannte jedes kleine Licht auf seiner überempfindlichen Netzhaut. Einst blieben sie vor seinem Käfig stehen. An jenem Tage wurde er auserwählt und sein seelischer Tod besiegelt. Das Grab wurde geschaufelt und das Testament unterschrieben.

„Keine Sorge, Kleiner. Du wirst nicht sterben, wenn du standhalten kannst!", lachte der führende Teufel. Schwören konnte er, dass dieses Ungetüm pechschwarze Krallen besessen hatte. Die Stimme sei abscheulich. Nie würde er sie vergessen können. Unsanft zog ihn die Schwerkraft auf den kalten Grund. Forsch wurde seine Wenigkeit nach draußen gezogen und ohne Vorwarnung kurz darauf wieder von ihm abgelassen. Seine Beine konnten das Gewicht nicht tragen und sackten zusammen, wie die eines Neugeborenen. Knapp konnten seine Arme den Bruch der Nase noch vermeiden. Ungewollt küsste er unterwürfig den Boden. „Steh auf!", forderte einer. Mit einem Fuß wurde schmerzhafter Druck auf seinen Rücken ausgeübt.

Auf einem Opferaltar fand er sich wieder. An jedem seiner vier Gelenke gefesselt. Um ihn herum eine große Halle mit vermummten Gestalten, die in der Manege saßen, darauf gespannt, zu sehen, was nun geschehen würde. Alle sehnten sich nach einem weiteren Spektakel, das sich genießerisch in die Länge ziehen lassen würde. Für Erfolg musste man immerhin Opfer bringen. In welcher Form, blieb jenem selbst überlassen. Der Löwe aller trat auf den heiligen Tisch zu, in der linken Klaue einen Dolch und in der rechten ein Buch, aus dem er bedeutende Zeilen entnehmen würde. Vorhin noch hatte der Leib des Knaben gezittert, doch nun übermannte ihn die Lähmung, die jegliche Bewegungen in Schach hielt. Sein Blickwinkel ließ ihm nicht mehr als die Decke über ihm, die ihm wie ein endloses rundes Labyrinth erschien, in dem sich alles zu drehen begann, wobei jedem nach und nach schlecht geworden wäre. Hypnotisiert schien die Nummer 17 zu werden, getrieben von dem inneren Wahnsinn, der seinen Verstand und seinen in Scherben liegenden Willen zerfressen hatte, wie ein hungriger Wolf. Die Knochen der Beute wiesen keinerlei Fleischreste auf. Glatt waren die lächerlichen Überbleibsel, nach denen nie jemand gesucht hätte. Wenn er ehrlich gewesen wäre, dann hätte er sich eingestanden, dass er selbst seiner Namensgebung mit Skepsis gegenübergetreten war. Wie lautete sein Name noch mal? Aus irgendeinem undefinierbaren Grund wollte der Junge dennoch die folgende Tortur überleben. Sich von dem Irrgarten einsaugen lassen, dabei Gefahr laufen, den Weg nach draußen nicht mehr zu finden. Aber das wäre es wert gewesen. Solange sie ihn nicht fanden. Eine entfremdete Emotion erwachte ihn ihm, wenn er überhaupt noch welche besessen hatte. Es war Angst. In seinem Inneren wurde ein Kampf geführt. Wie kam er zu dem Schluss, dass er doch noch leben wollte und einen winzigen Hoffnungsschimmer erblickte? Also bitte. Erbärmlich. Sterben, die beste Option. Wenn es doch so einfach gewesen wäre. Erneut hatte er sich in einem Punkt geirrt. Naives Balg. Die Welt und das Leben tanzte nach niemandes Pfeife. Egal. Wer scherte sich denn um sein Wohlergehen?

„Niemand!", zischte der Hutträger, aus seiner Trance erwachend. *Falsch.* Die Handschuhe, deren sich der Mann zuvor entledigt hatte, zog er sich wieder geschmeidig über die Hände und verließ den Tatort. Zurück blieb ein Teich des Blutes, der den Regungslosen umgab. Jeglicher Zorn verebbte, und Zufriedenheit nahm den Platz ein. Dieses klaffende schwarze Loch, das sich auf seiner linken Brust platziert hatte, wuchs stätig heran und drohte aufgrund des gewonnenen Volumens, ihn selbst bald zu verschlingen. Nicht mehr lange.

Wie er Spiegel verabscheute, so redete er sich ein. In Wahrheit aber lag es nicht an ihm selbst, wobei es in seinem Abbild, besser gesagt dahinter, viel mehr zu erkennen gab für ihn, als ihm bewusst war. Selbst das Gemälde, auf dem seine Wenigkeit abgebildet war, konnte er nicht länger als für den Bruchteil einer Minute betrachten, ohne den Drang zu verspüren, es in Stücke reißen zu wollen. Jedoch war der Hutträger dazu nicht in der Lage. So war und blieb es ein Geschenk, ein besonderes Geschenk und Andenken. Trotz allem schienen die anderen in diesem Kunstwerk, das offensichtlich ein abscheuliches Monster auf Papier zeigte, entscheidende Dinge übersehen zu haben. Erstaunliches Talent war in den feinen Pinselstrichen zu erkennen, da der Maler die Fähigkeit besessen hatte, die Bitterkeit, die sich in der Tiefe seiner Pupillen befand, detailgetreu wiederzugeben. Dezent beunruhigt schenkte die Gestalt dem Gedanken, dieser Herr mochte ihn durchschaut haben, seine Beachtung. Rasant verflüchtigte sich die Befürchtung allerdings wieder. Leicht hatte sein Arm in der Bewegung den weinroten Sessel gestreift, als er das Buch, das er noch zuvor in den Händen gehalten hatte, behutsam auf den Tisch legte. Nach ungewisser Starre erwachte der fleischige Mechanismus erneut zum Leben. Ein Lächeln erschien in seinem bildnerischen Gedächtnis. Und ein weiteres Mal wurde es dunkel um ihn herum.

Ein paar Straßen hinter sich gelassen, ertönte in hinterer Ferne ein Schrei des Schreckens. Der schwarz Geklei-

dete grinste amüsiert und setzte seinen ungewissen Weg
fort. „Der natürliche Lauf der Dinge!", raunte der Mörder.

Auf einer Brücke kam der Mantelträger zum Stillstand,
verharrte in der Mitte. Unter seinen Füßen ein Graben,
der tief genug war, um einen Sturz hinab nicht überleben
zu können. Über seine Sinne erlangte er die Kontrolle zurück. Die Einschränkung wurde hinter sich gelassen. Er
war der Herr seines Körpers. Genießerisch schlossen sich
seine Lider, und gleichzeitig füllten sich seine Lungen gierig mit Sauerstoff. Intensive Atemzüge. Lange Atemzüge.
Die Luft war feucht und roch nach Rost, Regen und Gras.
Rollende Räder einzelner Kutschen und Schritte waren
zu hören sowie leises, entferntes Getuschel unbekannter
Leute. Von der Hand abzählbar, leuchteten noch wenige
Fenster. Das typische Geräusch regen Treibens hatte sich
selbst nach seinem Wandel nicht verändert. Die Atmosphäre, die ihn umgab, konnte er nahezu greifen, wobei
sich seine schlanken Finger wie in Laken festgegriffen hätten, nur um kurz darauf diese zu zerreißen. Unbedeutsa-
me Individuen wurden nun vollends ausgeblendet. Eine
Kuppel hatte sich um die Gestalt gebildet, hielt ihn gefangen oder nahm ihn in Schutz. Für eine kurze Dauer,
die nicht länger hielt als ein Flügelschlag eines Schmet-
terlings, fühlte er Leere. Die Psyche gepeinigt von jener
Instabilität, dass ein Betroffener nicht dazu imstande war
einzuschätzen, wo die Grenzen lagen. Nach seinem persönlichen Empfinden entsprach der Umfang seines Päckchens, das er mit sich zu tragen pflegte, dem eines Hockers,
eines morschen und verstaubten Möbelstücks. Der Einband trug Risse, und die Schnur wurde gelockert. Doch
es wurde vorausgedacht. Stets auf alles vorbereitet sein,

hieß es doch. Ein Schloss verriegelte den Deckel mit eisernem Halt. Mysteriöserweise hing der Schlüssel an der ausgefransten Schlaufe des Mitbringsels, obwohl der Verbrecher bis vor Kurzem noch davon überzeugt gewesen war, es hätte nie ein passender dazu existiert. Unmöglich. Und trotzdem gab es ihn. Das Labyrinth, darin fand der Hutträger sich wieder. *Widerwärtiger Feigling!* Verzweifelt sah er sich selbst fliehen, aber überraschend stoppte er abrupt. Der Mechanismus der Gelenke und Muskeln verweigerte jegliche Funktion. Eine Wucht verfrachtete ihn schmerzhaft zurück ans Ende. Zorn.

Stunden vergingen. Die Stadt verstarb in der Stille. Und da stand die Bestie am Rande des Abgrunds. Unbewusst hatte seine Wenigkeit sich auf die Ebene erhoben und blickte nun nahezu fasziniert nach unten in den Tod. Ein trüber Schleier bedeckte die sonst stechenden Augen. Von benebelnder Trance gefesselt. Alles um ihn herum begann zu schwanken, so auch sein Leib, wie die Wiege eines Babys. Nach vorn und zurück. Auf und ab, wie sanfte Wellen. Wolken tanzten vor dem Mond, spielten mit der einzigen Beleuchtung. Ein vertrauter Geruch wurde in Erinnerung gerufen. Blut. Schmerzhaft biss der Mann sich in die Unterlippe, wobei seine Zähne sich rot verfärbten und Wunden zurückblieben. Ein Kribbeln, als würden Tausende von Ameisen auf ihm herumlaufen, verspürte er, und zur selben Zeit verkrampfte sich seine Haltung ein weiteres Mal. *Spring!* Sollte er? Eine feige Tat. Befand seine Wenigkeit sich etwa im Zwiespalt? Lächerlich. Seit wann bevorzugte ein Scheusal den freiwilligen Tod? *Wage es nicht!* Es schien zwei Seiten zu geben. Die Hoffnung auf Erlösung war nie präsent gewesen. Betäubung und Gefühlskälte machten seinen Charakter aus, insofern man von Charakter sprechen konnte. Lediglich das Gewicht brauchte er nach vorn zu verlagern, um den Schwerpunkt außerhalb der Balance zu verfrachten, und innerhalb kürzester Zeit würde er fallen. Und platsch. Im Innern die Organe zerplatzt und die Knochen gebrochen. Schade um die Ware. Positiv daran wäre gewesen, dass das Päckchen von den Schultern gefallen wäre. Der Inhalt machte den Anschein, schwerer zu werden, und allmählich schnitten die Riemen in die ohnehin bereits geschundene Haut ein. Aber was war mit dem Schlüssel? *Tu es nicht!,* hörte er eine Stimme, die nicht einzuordnen war. Weit entfernt erklang sie am Ende des finsteren Tunnels, versteckt hinter dem winzigen Schimmer des Lichtleins. Fabelhaft, noch eine Stimme. Nicht nur das Skelett war verrückt geworden. Offensichtlich. Einbildung? Pah! Aus der Starre erwacht, wurde sein Haupt hektisch geschüttelt, und irritiert blickte er um sich, um den Verantwortlichen, der die Worte geäußert hatte, ausfindig zu machen. Der Erfolg blieb aus. Gemächlich verließ die Gestalt die Brücke mit einem Grinsen im Gesicht. Rote Beißer blitzten hervor. Genüsslich leckte der schwarz Gekleidete die Flüssigkeit ab, ließ den metallenen Geschmack auf seiner Zunge noch ein bisschen verweilen, bis geschluckt wurde. Purer Wahnsinn. Der zweite Trommelwirbel, der das Bevorstehende, was weitaus schlimmer als alles andere zuvor sein würde, ankündigte, wurde lauter bis zum Dröhnen. Die Kraft der Schläge hätte demnächst die tonerzeugenden Flächen zerstört.

Magisch dazu veranlasst, hielt der Mann abseits eines Wohnhauses inne, dabei einen besonderen Gegenstand fixierend, an dem ein anderer nicht mal im Ansatz ein vergleichbares Interesse gezeigt hätte. Ein Päckchen. Die Augen stets darauf gerichtet, kniete er sich hin, um unheimlich behutsam über die nicht robuste Hülle zu streichen, wobei seine Handschuhe rote Spuren hinterließen. Weshalb schenkte er solch Irrelevantem seine Beachtung? *Was erhoffst du dir dadurch, du Narr?* Worum ging es? Innere Taubheit machte sich breit. Unweigerlich fingen seine Arme an zu zittern, als er dem Tun, die Schachtel zu öffnen, nachging. Er wollte wissen, was sich darin befand. Er musste wissen, was es war, hätte sein können. Gewissheit. Worüber? Kurz blitzte ein Bild vor ihm auf. Nicht einzuordnen. Wie ein ausgehungerter Köter, der mit gebrochenen Hinterbeinen vor fremden Leuten verzweifelt und mühselig unter Schmerzen umherkroch, kam der Hutträger sich vor. Jeder starrte auf ihn hinab, das Gesicht zu einer mitfühlenden Grimasse verzogen. Ob dies der Echtheit entsprach, entschied jeder für sich. Alle starrten. Doch niemand half. Verächtliches Zischen seinerseits erklang. Gespieltes Interesse oder ekelerregendes Mitleid konnten ihm gestohlen bleiben. In rascher Bewegung wurde der Deckel des Päckchens gehoben und ein Blick kurz darauf hineingeworfen. Leer. Auf eine Antwort kam er in dieser Nacht nicht. Manche Ursachen verblieben nun mal ungewiss.

Wertloses Monster!

An einer Höhle kam Lumine vorbei. Darin lebten drei Wölfe, die auf sie aufmerksam wurden. Hungrig jagten sie ihr nach. Das Heulen klang laut. Die Furcht stieg in ihr. Der Umhang verfing sich in einem Ast. Der schwarze Schatten kehrte zurück, ein Rabe. Er wollte ihr helfen und griff mit seinen Krallen in ihre Schulter. Sie schrie vor Schmerz auf. Die berührte Stelle brannte intensiv. Umkreist wurde sie von den Wölfen. „Hilfe", flüsterte sie.

Sie schloss ihre hellen Augen und hoffte auf ein Wunder. Der Rabe stürzte sich auf die Angreifer und konnte sie verscheuchen. Winselnd suchten sie das Weite. Lumine traute sich, die Augen wieder zu öffnen, hob die Rose in ihren Händen nach oben. „Du hast mich gerettet. Vielen Dank!", bedankte sie sich beim Raben. Mit der rechten Hand wischte sie sich die Tränen von den Wangen. Die Schulter schmerzte immer noch. Der Rabe pflückte eine Blüte der Pflanze. „Nicht!", rief sie. Vorsichtig hielt er die Blüte an ihre verletzte Schulter. Erstaunt wurden ihre Augen größer. Das Blütenblatt begann zu funkeln und heilte ihre Wunde.

Kapitel 7 – Umgeben von Masken

Begleitet von einem Geigenspiel als nicht hörbare Hintergrundmusik, das persönlich nur ihr gewidmet war. Nahezu verfolgt wurde Luna davon. Allesamt um sie herum vermummt. Wohin sie auch blickte, jeder trug eine. Die Maske. In weißer Farbe, die symbolisierte Unschuld und Reinheit. Jedoch mikroskopisch kleine Spuren zeichneten sich bei manchen ab, die dunkle Geheimnisse offenbaren konnten.

Ungewöhnlich finstere Wolken bedeckten den Himmel und begrenzten auf erschreckende Weise die Helligkeit des Tages, so sehr, als hätte man der Meinung sein können, es wäre Nacht. In einem weniger belebten Teil der Örtlichkeit bewegte sich Luna, der Butler Benedict stets an ihrer Seite. Um jegliche Aufmerksamkeit umgehen zu können, forderte der Schwarzhaarige vor dem Verlassen der Gaststätte, indem er die Lady höflichst darum gebeten hatte, die Kapuze des Mantels aufzusetzen, um ihren weißen Schopf zu verdecken. Zwar war sie auch darüber froh gewesen, möglichst unbemerkt rumlaufen zu können, ohne angestarrt zu werden, allerdings überraschte es sie, dass ihr Begleiter als Erster darauf kam und es mehr als nur willkommen hieß. Wahrscheinlich wollte er ihr lediglich unnötige Unannehmlichkeiten ersparen. Ein fürsorglicher und netter Einfall, wie sie fand. Daraufhin musste die junge Frau schmunzeln. Auffällig auf jeden Fall. Schließlich gab es nicht viele ihresgleichen. Ein kühler Luftzug wehte durch die Straßen und an den

Menschen vorbei, in deren Rücken oder in das Gesicht. Vorsichtshalber zog Luna es vor, die Kapuze zusätzlich mit der Hand festzuhalten. Schüchtern wagte sie es, sich umzusehen.

Von vielen Leuten umgeben zu sein, war sie bei Weitem nicht mehr gewohnt, selbst wenn man in jenem Moment nicht von vielen sprechen konnte. Dennoch war es nach wie vor gewöhnungsbedürftig und auf eine Art neu. Trotz allem aber auch irgendwie aufregend.

Das Regieren und Präsentieren kostete Luna eine Menge an Energie.

Die letzte Zeremonie, kurze Zeit vor ihrer Verstümmelung, hatte bis spät in die Nacht angehalten, wie die Frau sich noch erinnern konnte. Sowohl im Anwesen als auch draußen wurde sich prächtig unterhalten, und es gab keine Ruhe. Die angespannten Muskeln ihrer Mundwinkel schmerzten, stachen wie Messer in ihren Wangen. Es war eine Qual, die gezwungene Schauspielerei. Doch damit nicht genug, so trug damals auch die einzige Person, mit der sie sich noch verbunden fühlte, wie alle anderen, eine monotone, unsichtbare Schutzhülle vor dem Gesicht. Die plötzliche Kühle beschrieb die Weißhaarige als verletzend und einschüchternd.

Im Viertel zu deren Rechten gab es einen Schuster und gleich daneben eine Parfümerie, aus der diverse betörende Düfte strömten. Auf der gegenüberliegenden Seite, links, standen schlichte Wohnhäuser. Näher trat Luna an das Schaufenster heran und betrachtete mit funkelnden Augen die kleinen Fläschchen. Geistesabwesend berührte ihre rechte Hand die Scheibe für Sekunden. Der Kontakt aber veranlasste sie dazu, ihren Arm erschrocken wieder zurückzuziehen, als hätte man einen Stromschlag verspürt. Aufgrund der plötzlichen Bewegung sah der Butler sich gezwungen, Luna genauestens zu mustern.

„Alles in Ordnung?", erkundigte er sich in einem beruhigenden, nahezu flüsternden Ton. Selbst ihn hatte ihre überraschende Reaktion kurzzeitig irritiert. Seine Hände, die er zuvor noch hinter seinem Rücken ineinander verschränkt hatte, verfrachtete er nun vor seinen Oberkörper und ließ sie dort verharren, den Drang, seine Gefährtin zu berühren, um ihr ein Gefühl der Sicherheit zu vermitteln, unterdrückend. Die Unschlüssigkeit überspielend, wandte der Mann seinen Körper dezent von ihr ab. Zu sich kommend, blinzelte Luna ein paarmal bewusst, ehe sie ihren Kopf hob und, Benedict ins Gesicht blickend mit einem sanften Lächeln, das von leichter Peinlichkeit berührt wurde, zunickte.

Ein Lächeln. Masken waren nicht dazu in der Lage, zu lächeln. Sie tragen tat er nicht. Das letzte Mal lag, wie bereits erwähnt, Jahre zurück. Doch wann hatte Luna ihn das letzte Mal lächeln sehen? Damit meinte sie nicht den automatischen Effekt, um jedem erdenklichen Gegenüber zu vermitteln, er wäre sympathisch. Die Augen spielten dabei eine entscheidende Rolle. Seine Augen, deren meterdicke Mauern den Einblick in sein wahres Gemüt versperrten. War es schon immer so gewesen? Unsicherheit bezüglich der Richtigkeit ihrer Vermutungen verblieb.

„Möchtet Ihr vielleicht eines der Parfüms käuflich erwerben? Nach meiner Beobachtung zu urteilen scheinen die Fläschchen es Euch ziemlich angetan zu haben!", wurde Luna von seiner angenehmen Stimme aus den Gedanken gerissen. Daraufhin wurde ihr bewusst, dass ihr Sichtfeld sich kein Stück verschoben hatte, lediglich ihre

Lippen hatten sich zu einer waagerechten Linie verzogen. Angestarrt hatte sie ihn. Oder durch ihn hindurch?

Nach dem Betreten des Ladens schlenderte die Lady an den Regalen vorbei, blieb hin und wieder kurz stehen, um sich die Zeit zu nehmen, die Fläschchen zu öffnen und deren Duft zu inhalieren. Wundervolle Gerüche. Rosmarin, Minze, Zitrone und noch viele mehr. Um ihre Sicht erweitern zu können, wollte die Weißhaarige sich der angenähten Kopfbedeckung entledigen. Jedoch hinderte Benedict sie daran, indem er mit dezentem Druck ihre Hand in Beschlag nahm und sie senkte. Gleichzeitig riet er ihr davon ab und erwähnte, daran zu denken, die Achtsamkeit niemals zu vernachlässigen. Schön und gut. Jedoch etwas übereifrig ihrer Meinung nach, wenn man bedachte, dass die beiden abgesehen von dem Parfumeur, der außerdem gezielt und konzentriert nach einer passenden Zutat in einem seiner Bücher zu suchen schien, die einzigen Personen hier drinnen waren. Außerdem, was wäre geschehen, hätte man ihr Haar erblickt? Gute Frage. Doch schob sie dies nun beiseite und setzte ihre Erkundung fort. Hunderte von den kleinen gläsernen Gefäßen reihten sich auf jedem Plateau der Gestelle aus dunklem Holz. Besondere Einzelstücke fanden ihren Platz am Schaufenster und auf den wenigen runden Tischchen, die mit beigen Tüchern bedeckt waren. Sogar der Bedienstete ließ seinen Blick umherschweifen, und es hatte nicht lange gedauert, bis ihm etwas ins Visier fiel. Mit nachdenklich gerunzelter Stirn bahnte er sich einen Weg nach hinten. Ein undefinierbares Gefühl leitete ihn. In der hintersten Ecke des Geschäfts. Eine Etagere, die kaum höher war als ein Stuhl. Ziemlich verstaubt. Verlassen und Vergessen. Einsam. Unbeachtet. Bis auf ein Fläschchen vollkommen leer. Der rechte Arm ergriff die Ware, woraufhin ein bisschen Staub aufgewirbelt wurde, wovon er sich aber keineswegs stören ließ. Vorsichtig drehte der Butler den entdeckten Gegenstand in seiner Hand, während er sich wieder kerzengerade hinstellte und Ausschau nach Luna hielt.

Derweilen versuchte die junge Frau verzweifelt, sich einen Überblick zu verschaffen. Mit Sicherheit, darauf hätte sie gewettet, hätte sie mehrere Stunden darin verbringen können. Eine riesige Auswahl. Die sogenannte Qual der Wahl. Doch musste sie sich eingestehen, dass ihr Geruchssinn ziemlich strapaziert wurde. Behutsam stellte sie die Flasche zurück und stieß einen tonlosen Seufzer aus. Der Verkäufer hatte sich von seiner Gedankenwelt gelöst und sich vom Hocker hinter dem Tresen erhoben. „Guten Tag, verehrte Dame. Verzeiht mir, dass ich mich nicht eher um Sie gekümmert habe. Wie kann ich Ihnen denn behilflich sein? Suchen Sie nach was Bestimmtem?" Hochnäsig kam er auf sie zugeschritten und faltete seine Hände. Seine Fischaugen stellten seine fröhliche Grimasse in den Schatten. Als wären seine Mundwinkel an zwei Schnüren befestigt gewesen, und ein anderer hätte rechtzeitig an ihnen gezogen, um eben jenes Schauspiel zu vollenden. Tat dies denn nicht weh? So wie er aussah, befürchtete man, dass gleich die hauchdünnen Seile hätten reißen können. Abwartend wurde sie angeschaut. Nervös bemühte sie sich, ihr Grinsen aufrechtzuerhalten. Wie schon einmal brannten ihre Wangen. Zu gut kannte Luna dieses Gefühl. „Ich will Ihnen keineswegs zu nahetreten, aber kann es sein, dass es Ihnen die Sprache verschlagen hat?"

Seine Maske begann die Form zu verändern sowie die Farbe. Dezente Unruhe herrschte in ihr. Wo war Benedict? „Mich würde dann allerdings noch interessieren, woran dies liegt, wenn Sie verstehen!" Sicherheitshalber trat sie ein Stückchen zurück, prallte beinahe gegen eines der Regale. Gar nichts konnte die Frau einschätzen. Die intensiven Gerüche und zuvor inhalierten Düfte benebelten ihre Sinne. Zu sehr für ihren Geschmack. Überforderung und Unbehagen. „Ich bitte Sie. Ich kann Ihnen nur helfen, wenn Sie dazu bereit wären, mir zu sagen, wonach Sie suchen!" Hilflos öffnete Luna ihren Mund, jedoch huschte kein Laut über ihre Lippen. Viel zu viel hatte sie fehlinterpretiert. Erstaunlich, wie fremd es ihr mittlerweile geworden war, alleine mit unbekannten Leuten konfrontiert zu werden. Immer wieder begutachtete das Augenpaar des Parfümeurs die weiße Schleife um ihren Hals, was ihr, aus einem unerklärlichen Grund, missfiel. „Vielen Dank. Aber das brauchen Sie nicht, da wir bereits was gefunden haben!", sprach der schwarzhaarige Begleiter, als er aus einer Ecke plötzlich hervortrat, in der Hand ein Fläschchen mit rosa Flüssigkeit. Welch Erleichterung sein Auftauchen in Luna auslöste. Dem Geschäftsführer fiel die Kinnlade herunter. Er war auf einmal verblüfft und erstaunt zugleich. Die Maske verpuffte. Neugierig hob die Lady eine Augenbraue und begutachtete den Fund. Was dies wohl für ein Duft war? „Wo haben Sie das denn gefunden?", fragte der Brillen tragende Ladenbesitzer etwas stotternd und ging auf Ben zu. „Im hinteren Teil der Auswahl an Sortimenten!", antwortete der Angesprochene und nickte in die beschriebene Richtung. Mit höflicher Entschuldigung bat der Herr darum, das Parfüm in seinen eigenen Händen genauer begutachten zu können, und so ließ er es sich ebenfalls nicht nehmen, den Inhalt zu erschnuppern. Genießerisch, nahezu betört schlossen sich seine Lider. Dann tänzelte der Verkäufer zurück hinter den Tresen. „Welch einen Schatz Sie geborgen haben, verehrter Herr. Ich dachte, es wurden bereits alle von diesen Exemplaren verkauft!" Ein sehr beliebter Duft anscheinend. Begehrend. Ihre Fassung konnte sie allmählich zurückerlangen. Neugierig näherte sie sich ein wenig, blieb neben ihrem Butler stehen. Erneut roch er an der Öffnung. Daraufhin fuhr er fort: „La Rose de L'Amour. Ein wunderbarer Duft. Ein exzellentes Geschenk für Ihre Frau!" Sein Blick schweifte zwischen den beiden hin und her. Strahlend verarbeitete Luna die frohe Botschaft, dass es sich tatsächlich um ein Rosenparfüm handelte. Aber kurz danach stutzte die Lady. Hatte sie sich womöglich verhört? Wurde wahrhaftig angenommen, sie wäre Benedicts Frau? Kein wirklich banaler Einfall. Dennoch komisch, sich dies anzuhören, was aber nicht hieß, dass Luna sich daran störte. Es war einfach unerwartet. Leicht perplex sah sie aus. Ihre Wangen fühlten sich heiß an, sie glühten. Verlegenheit. Der Bedienstete ließ sich nicht irritieren, sondern blieb still und wartete geduldig darauf, dass der andere fortfuhr.

Die Ruhe selbst und mit reservierter Mimik schaute Ben ihn an. Räuspern. „Nun denn. Das Parfüm passt zu jedem Anlass sowie zu jeder Jahreszeit. Am besten und vorzugsweise wird es am Halse aufgetragen, wie ich Ihnen mit gutem Gewissen empfehlen kann. Wenn Sie gestatten, eine Probe entgegenzunehmen. Dafür aber rate ich Ihnen, Ihren Halsschmuck kurz abzulegen. Möge er sich doch weitaus mehr als Behinderung darstellen. Wenn Sie also erlauben?", sprach der Parfumeur, verließ den

Tresen und näherte sich seiner Kundin. Gespielt freundlich lächelnd stellte sich der Schwarzhaarige zwischen die beiden, Luna, die betroffen ihre Schleife ergriffen hatte, hinter seinem Rücken versteckend. Seine behandschuhte Hand ruhte mit leichten Gegendruck auf der Schulter des Älteren, der verwirrt zu ihm hinaufstarrte. „Wir wissen Ihre Zuvorkommenheit zu schätzen und danken Ihnen für die Empfehlung. Jedoch nehme ich an, dass der Geruch mit Sicherheit genauso effektiv herausstechen kann, wenn sie ihn am Handgelenk aufträgt!" Die Erwiderung besaß einen versteckten Ton mit einer Stärke, die dem Herrn einen Schauer über den Rücken laufen ließ. Leise und unbewusst schluckte der Kleinere und begab sich zurück hinter die Theke.

Zufrieden trat Luna aus dem Geschäft, in der Hand das Parfüm, in eine kleine Schachtel verpackt. Leicht beschämt hatte sie sich gefühlt aufgrund der Unannehmlichkeit, die sich gegen Ende des Einkaufs ergeben hatte. Trotz allem aber zeigte ihre Wenigkeit sich erleichtert durch Bens Einschreiten. Dafür dankte sie ihm im Stillen. Der Preis wurde besprochen, die Ware eingepackt, und man verabschiedete sich. Das war's. Die benebelnden Gerüche verwehten im Winde, und ihre Sinne begannen wieder zu funktionieren. Zu gut. Ihr Besuch stellte sich von langer Dauer heraus. Ganz anders als erwartet. Mittlerweile passierten viel mehr Menschen die Straßen. Eine Kutsche nach der anderen. Beinah hätte man sie angefahren, wenn der Butler sie nicht rechtzeitig zurückgezogen hätte. Unachtsamer Tollpatsch. Die Kapuze saß auf ihrem Haupt. Immerhin wurde dieser Aspekt nicht vernachlässigt. Überwältigend fühlte es sich an. Auf eine unangenehme Art und Weise.

Vor ihr ein Meer aus Leuten, worin sie leicht hätte ertrinken können. Behutsam führte sie der schwarzgekleidete Begleiter durch die Massen. Hin und wieder prallten Schultern an die ihren, die sie zurückwarfen. Hoffentlich konnten sie die Passage schnellstmöglich hinter sich lassen. Beklemmend beschrieb sie ihre Lage. Luna drohte sich einzubilden, keine Luft mehr zu bekommen. Alle so eng beieinander. Kein zu erspähender Ausweg. Zuvor hielt sie ihren Kopf zum Boden geneigt, was ihr ein wenig Halt verlieh, neben dem Arm des Butlers. Dann aber entschloss sie sich dazu, sich mit ihrem Unwohlsein zu konfrontieren und hob den Kopf, bekam somit die vorbeischweifenden Visagen zu Gesicht. Von Gesichtern konnte allerdings nicht die Rede sein. Wie zu erwarten, Masken. Wohin sie auch schaute. Unleserlich. Starr. Fokussiert. Versteckt. Einfach fremd. Offensichtlich. Jedoch zugleich beängstigend, wie sie fand. Der unbekannte, flüchtige Körperkontakt war ihr zuwider. Wie Wellen, die sie von der Oberfläche in die Tiefe rissen. Verzweifeltes Strampeln, was den Sauerstoffgehalt viel zu schnell reduzierte, brachte nichts. Unter Wasser umgeben von den vermummten Gestalten, die lediglich zuschauten. Die Sicht verschwamm noch mehr als zuvor. Mit letzter Kraft versuchte Luna, nach einer Person zu greifen. Die im Wasser sich windende Jacke entglitt nur knapp ihren Fingern. Schwarze leblose Augen rund um sie herum, die sie beobachteten. Benedict war es, der sie zurück an die Oberfläche zog, sie in die Realität holte.

Endlich. Eine Straße, auf der man sich frei bewegen konnte. Mechanisch ließ die Frau von dem Mann an ihrer Seite ab, hielt die verpackte Schachtel fest umklammert und erkundete, musterte und bestaunte. Wie ihr zu Ohren gekommen war, befand sich angeblich in ihrer Nähe ein großer Marktplatz. So was wie ein Zentrum, wo alle Wege gleich endeten. Gerne hätte sie sich den angesehen. Falls der Platz von zu intensiver Belebtheit wäre, konnte sie ihn immer noch aus gesunder Entfernung betrachten. Ein neues Ziel. In fließender Bewegung drehte die Weißhaarige sich zu ihrem Gefährten um, wobei die Kopfbedeckung, für Sekunden, ihren Schopf entblößte. Verdammt! Nachdem Luna sich die Kapuze wieder aufgesetzt hatte, bedeutete sie mit einer Handgeste dem Schwarzhaarigen, ihr zu folgen. Amüsiertes Stutzen seinerseits, was ihr jedoch entging.

„Zu Befehl, my Lady!"

Schritte, Stimmen, Getrabe der Pferde und quietschende Räder. Für Stadtleute alltägliche Eindrücke, eine graue Gewohnheit. Das Stadtleben kam ihr interessant vor. Wäre da nicht die versteinerte Mimik gewesen. Selbstverständlich konnte man nicht alles haben. Gewiss. Aber so hatte Luna doch gehofft, wenigstens außerhalb ihrer Welt der gehobenen Adligen, schauspielenden Marionetten, dem einen oder anderen ins Gesicht schauen zu können, ohne befürchten zu müssen, nur eine Fassade vor sich zu haben. Benedict hielt nun mit Luna Schritt, und seine Augen fixierten unbewusst immer wieder das kleine Päckchen. Ob es eine gute Idee gewesen war, die Schachtel mitzunehmen? Sie trug sie im festen Griff bei sich und wäre nicht mal im Traum dazu bereit gewesen, sie loszulassen. Alles andere war ihm gleichgültig. Alles wurde ausgeblendet. Plötzlich ertönte ein Schrei, der aus einer Seitengasse kam, an der die beiden soeben vorbeigelaufen waren. Willkommen zurück in der grausamen Realität.

Erwacht und verwundert blieben sie stehen und wagten einen Blick zurück über die Schulter. Zitternd trat ein Mann mittleren Alters heraus. Stets den Fund anblickend, fiel er rücklings auf den Hintern, hielt sich die linke Hand vor den Mund. Ihm galt nun die erweckte Aufmerksamkeit. Passanten hielten in ihrem Tun inne. Was wohl geschehen war? Luna wollte dem auf den Grund gehen. Der Butler hielt sie aber mit seinem Arm davon ab. Mit fragendem Gesichtsausdruck wandte sie sich an ihn. Ihr Vorhaben bestand darin, den Herrn zu beruhigen. Wie denn, ohne Stimme?, kam ihr der vernünftige und bittere Gedanke sogleich. Womöglich hatte Ben denselben Einfall gehabt. „Ich rate Euch davon ab, sich freiwillig nach was, bei höchster Wahrscheinlichkeit, Schockierendem zu erkundigen. Ein Mann schreit nicht ohne Grund, glaubt mir. Noch dazu bitte ich darum, auf Aufmerksamkeit zu verzichten. Ihr würdet auffallen!" Einsichtiges Nicken erfolgte als Antwort. Na gut. Hatte er doch recht, musste Luna zugeben. Trotzdem spürte sie Unruhe. Was wohl die Ursache dafür gewesen war? Schweren Herzens machte sie auf dem Absatz kehrt, weiter Richtung Zentrum. Von Weitem hörte sie Ausrufe, die beim Revue passieren weitaus mehr verängstigten als gewollt.

Für kurze Zeit wurde nur stumm alles betrachtet. Alle bemüht, das Erlebnis zu verarbeiten. Der Schock war es, der herrschte, wobei bei manchen jedoch Gedankengänge sowie Empfindungen, die eigentlich der Norm entsprachen, ausblieben. So was wie Reue, Mitleid, allgemeine Empathie. Stattdessen traf man ab und an auf Gleichgültigkeit. Die Masken eben jener waren befleckt. Man hörte regelrecht, wie sie zersprangen und roch das flüssige Rot. Die neutrale Stimmung sank hinab und ertrank jämmerlich. Ein wunderbarer Tag. Als hätte es ein Treffen gegeben, versammelten sich diverse Leute in Form eines Halbkreises um die Öffnung der Gasse herum. Die Gesichtszüge endlich von ihrem Schild befreit und von Entsetzen geprägt. Und dann begann es. Wild wurde durcheinandergerufen.

Der Finder stand kurz davor zu erbrechen, aufgrund des widerwärtigen Anblicks. „Welch ein Scheusal ist dazu fähig?", hauchte ein anderer hinter ihm. Eine Mutter verdeckte ihrem Kind die Augen und zog es weit weg mit den Worten: „Sieh nicht hin!" Wie war es bloß dazu gekommen? Wer konnte Menschen so zurichten? War es denn eine menschliche Leiche?

„Das Werk eines Monsters!", schrie jemand. Ein Detail, das herausstach, ein Strick. Herzhaft wurde es um die Kehle geschnürt. „Ob es bei dem einen Mal bleibt?", fragte eine Frau flüsternd und starrte hinauf gen Himmel. „Hoffentlich!", meinte ein junger Mann neben ihr, zuckte mit den Schultern und schenkte dem Spektakel keine weitere Beachtung mehr. Verblüfft schaute sie ihm hinterher. Saß scheinbar ziemlich tief, oder? Keineswegs. In Form eines Lauffeuers würde sich dies verbreiten und mehrere Seiten der Zeitung besetzen. Die Polizei wurde informiert und begann mit ihren lächerlichen und sinnlosen Ermittlungen. Sie würden nichts bringen. Niemand mochte dahinterkommen. Er war unscheinbar. Und dies verdankte das Monster hauptsächlich seinem Kostüm, das seine Fratze verbarg. Wie stellte man sich ein Ungeheuer denn vor? Lange Schneidezähne? Leuchtende Augen? Narben im Gesicht? Wahrscheinlich. Aber die Beschreibungen trafen bei Weitem nicht zu. Zumindest vermutlich. Schließlich blieb es verborgen. Doch ohne es selbst zu wissen, so hatte die Gesichtsbedeckung bereits begonnen zu verrutschen. Einkerbungen als auch Risse mit Blutflecken besetzten das Accessoire, und das Band um den Schädel würde reißen. Früher oder später. Noch aber war es noch nicht soweit.

Ihre Gänsehaut hatte sich mittlerweile zurückgebildet. Die Tatsache, dass der Tatort nicht besonders weit von ihrer Unterkunft entfernt gelegen hatte, beunruhigte Luna um ein Vielfaches. Auch wenn sie nur erahnen konnte, was genau man aufgefunden hatte, so konnte sie sich anhand der Reaktionen genug zusammenreimen. Das genügte. Glücklicherweise beabsichtigten sie beide weiterzuziehen, nach der restlichen Besichtigung. Sich Ablenkung verschaffend, lauschte sie dem Verkehr, hielt den Kopf sicherheitshalber dezent geneigt, aufgrund des unsichtbaren und schwerelosen Flusses, der durch jede Gasse fegte, dessen Strom stärker zu werden schien, der Wind. Kühl, wie er war, fühlte ein noch so minimaler Hauch sich an, als würden winzige Eiskristalle sich in die Haut bohren, die Nerven Alarm schlagen und so manchen Leib frösteln lassen. Leicht fror die junge Lady. Erneut bildete sich eine Gänsehaut. Wie eine hartnäckige Erkältung kehrte sie zurück und benetzte ihre gesamte, nahezu totenbleiche, helle Haut. Nicht weit entfernt hörte man vom Hauch des Windes gepeinigte Papiere. Es waren Zeitungen. Ein äußerst unangenehmes Geräusch, das den kleinen Jungen, der pflichtbewusst sich dazu bereit erklärt hatte, die bedruckten Zeitschriften zu verkaufen, um somit jedem frohe als auch bedrückende Kunde zu übermitteln, begleitete. Alle mussten es erfahren. Wieder ist es geschehen. *Schrecklich, Schrecklich,* dachte sich der Knirps, während er die neuesten Nachrichten aus vollem Halse in die große weite Welt posaunte, wobei sein Rachen langsam begann zu kratzen. Tote konnten schließlich nicht mehr sprechen und sich mitteilen. Somit blieb dies an ihm hängen. „Wieder wurde gemordet! Es ist erneut geschehen!“, rief er im hohen Ton. Und da war sie weg, seine Stimme. Erschrocken resignierte der Kurze seine Verfassung. Trotz allem hob er entschlossen seinen linken Arm und hielt die Titelseite den Passanten in ihr Sichtfeld.

Ihre Wege hatten sich offensichtlich gekreuzt, und mit erschrockener Neugier traute die schöne Lady sich, in die Richtung des Knaben zu blicken. Rot traf auf Braun. Die Menschen um sie herum verschwammen, nur um sich in eine rotierende Mauer zu verwandeln, die sie umgab. Schwebende, vermummte Gestalten, die im Hintergrund agierten und nichts registrierten als den grauen Alltag. Fürsorge ihrerseits machte sich in ihr breit. Sorge darüber, dass ein Kind über brutale Morde berichtete und dass sich eine Gestalt unter ihnen befand, die aus Spaß beabsichtigte, wahllose Leben auszulöschen. Oder waren ebenjene gezielt? Knapp einer Laterne ausgewichen, näherte sich der Bursche mit grüner Mütze Luna. Ein vertrauenerweckendes Gefühl vermittelte ihm ihre Erscheinung, ihre Präsenz der scheuen Anmut, die, von einer ihm unbekannten Quelle, bedrohlich verschluckt wurde, wie er wahrzunehmen vermochte, als er vor ihr zum Stehen kam. Nach wie vor war seine Stimme verschollen. Jedoch im Gegensatz zu Lunas würde seine doch hoffentlich wieder zurückkehren. Doch was er bis zu dem Moment nicht wusste: Es war das letzte Mal, dass er sich verbal verständigen konnte, als hätte man ihm einen Fluch auferlegt. Erneut raschelte das Papier, als er ihr die Lyrik entgegenstreckte, die in seiner kleinen Hand fest im Griff war. Allerdings: In diesem Augenblick der Begegnung richtete sich die Aufmerksamkeit der jungen Frau auf das Äußere des Knirpses. Auch er besaß so braune und wunderschöne Augen, wie das Fell eines Rehs, wobei er keineswegs scheu auf sie wirkte. Seine Wangen gerötet und die Lippen spröde. Niedlich, dachte sie, entzückend. Erfreut schenkte sie ihm ein warmes Lächeln. Zu mehr war sie bekanntlich nicht in der Lage. Stumm fiel dem Kleineren ihre Schleife auf, und ihm kam der Gedanke, dass sie beide womöglich in der gleichen Verfassung steckten, was auch erklärte, dass sie ebenfalls kein einziges Wort verlor. Schnell wurde sein Geldbeutel gezückt, und Luna verstand. Natürlich wollte sie, für ihn, eine Zeitung erwerben. Kurz trat sie zur Seite und schenkte ihrem Butler einen bittenden Blick. „Sehr wohl", sagte er und wollte dem Burschen das Geld überreichen, als dieser instinktiv und ehrfürchtig einen Schritt zurückwich. Lunas Aura war nun verschwunden, und die Augen des Mannes vor ihm schienen leblos. Welch glorreiche und grenzenlose Fantasie die Kinder seines Alters doch haben konnten. Unwohl fühlte er sich. Warnend wandte der Mützenträger sein Haupt in ihre Richtung, drückte ihr die Zeitung in die Hand und ließ die beiden hinter sich, wobei man der Ansicht hätte sein können, er wäre vor ihnen geflüchtet. Dieses warmherzige Lächeln, das vor Unschuld und Liebenswürdigkeit nur so triefte, würde er niemals wieder vergessen.

Leichte Irritation lag in ihrer Atmosphäre, die allerdings wieder verflog, als die Weißhaarige die Titelseite zu lesen begann und gleichzeitig ihren Weg fortsetzte. Ein flaues Gefühl in ihrem Magen machte sich bemerkbar, während sie Zeile um Zeile las, die geschriebenen Worte ihrer Bedeutung automatisch zuordnete und anschließend zu realisieren begann, worum es genau ging. Nervosität stieg auf. Lunas Finger verkrampften sich, zerknitterten die Zeitung. Der Wind wurde stärker. Ben entging die Anspannung der Lady nicht. Fixiert beobachtete er ihre Fassung, las ihre Körpersprache und Mimik von der Seite. Auf einer Brücke kamen sie an, und kaum wurde der erste Schritt darauf getätigt, intensivierte sich der Luftzug. Von der linken Seite wurde man attackiert. In der Mitte der passierbaren Verbindung kam es dann dazu. Wie von Geisterhand wurde ihr die Zeitung aus den Händen und von der Brücke gerissen, wo sie im verrückten Tanz einen Weg quer durch die Luft fand ohne ein definierbares Ziel. Ohne nachzudenken eilte der Albino bis zum Rande hinterher, um mit hoch erhobenem Arm nach den Papieren zu greifen. Doch der Griff ging ins Leere. Gebannt folgten ihre Pupillen dem schwebenden Gegenstand. Ihr war entgangen, wie die Kapuze von ihrem Kopf gefallen war und ein weiteres Mal ihre weißen Haare entblößte, die sich verspielt regten. Die monotonen Fratzen regten sich minimal und drehten sich im Gehen nach ihr um, angezogen von ihrem außergewöhnlichen Antlitz. Die Augen dezent geweitet vor Neugier, Erstaunen oder Schrecken. Für Sekunden zersprangen die Gesichtsmauern und entblößten die einst langzeitig eingesperrten Emotionen, die endlich wieder das Licht der Welt erblickten. Städte mochten groß und aufregend sein, zumindest im ersten Moment. Doch der trübe Schein trog, wie so oft.

Ihre schmalen Lippen formten das Wort „Warum?“. Nachdenklich zogen sich ihre Augenbrauen zusammen. Ihre ausgestreckte Hand wurde ergriffen, und so zog Benedikt, übermannt von Unbehagen, sie sanft zurück, weg von dem Abgrund, in den sie zuvor noch Löcher gestarrt hatte. Unbewusst erwiderte Luna den Druck und schaute in das Gesicht des schwarzhaarigen Mannes. Warum? Weshalb wurde dieser Obdachlose nahezu hingerichtet?

Gab es wahrhaftig einen plausiblen Grund dazu? Und selbst wenn, so konnte ebenjene Tat niemals gerechtfertigt werden. Erschossen und verstümmelt, stand geschrieben. Der Hals wurde mit einem Seil umschnürt zu einer Schleife, wie sie ihr weißes Band trug. Sollte das etwas mit ihr zu tun haben? Wurde sie verfolgt von diesem Scheusal, das sie ziemlich sicher tot sehen wollte? Ihre Atmung beschleunigte sich. Erschrocken zuckte die Frau zusammen und brachte Abstand zwischen sich und ihrem Begleiter. Da war sie wieder. Diese undurchschaubare Mauer, die die Mimik gekonnt versteckt hielt. Als hätte er sie innerhalb von Millisekunden übers Gesicht gezogen. Doch es betraf nicht nur ihn. Allerdings war der Butler die einzige Person, die Luna störte. Ein transparenter, eisiger Schleier schien sich um die Lady zu legen, wobei es sich höchstwahrscheinlich bloß um einen weiteren Windhauch handeln konnte. Der Unterschied stellte sich für sie als irrelevant heraus. Spüren tat sie jeden einzelnen Stich, und trotzdem spielte es in diesem Moment keine Rolle. Unruhe stieg in ihr auf. Oder interpretierte sie viel zu viel in den Mord hinein?

Die Zeit stand still. Der Scheinwerfer inmitten der Dunkelheit wurde auf Luna gerichtet. Um sie herum alles schemenhaft, grau und stumm. Da fiel ihr plötzlich ein, dass sie Brücken nie besonders gemocht hatte. Gerade dieser Augenblick und dieses Gefühl würden sie ihr Leben lang verfolgen, das stand für sie fest. Irgendwas versteckte sich außerhalb des Radius des kegelförmigen Lichtes und starrte sie an. Sie konnte es spüren, lediglich ausmachen nicht. Genug!, rief sie aus ihrem tiefsten Inneren heraus. Drei-, viermal hallte ihr Ausruf wider. Das Traurige daran war: Der Klang ihrer Stimme war ihr mittlerweile nicht mehr bekannt. Die blutroten Augen klärten sich, und es wurde hell um die Frau.

Der Butler, der machtlos versucht hatte, Luna aus ihrer Trance zu befreien, begann leise zu sprechen: „Ich schlage vor, die Stadt so schnell wie möglich zu verlassen. Offenkundig belastet Euch die enge Bevölkerung. Seid Ihr damit einverstanden?"

Der Vorschlag klang mehr als vernünftig. Jedoch wollte Luna nicht wahrhaben, dass die vielen Menschen und Häuser sie so dermaßen überforderten. Außerdem wollte sie den Marktplatz besichtigen, um jeden Preis. Selbst wenn nur für Sekunden. Zumindest ihn kurz zu Gesicht zu bekommen war alles, worum sie noch bat.

Trotz des fehlenden Einverständnisses seitens Benedicts folgte er ihr und gewährleistete Luna den Wunsch. Mit wachsamen Augen ging er hinter ihr her. Seiner Meinung nach war es keine besonders gute Idee, und ihr zu viel zumuten wollte er keinesfalls. Dennoch musste der Mann gestehen, dass Mitleid ihn dazu verleitet hatte, ihr es zu erlauben. Aussprechen würde er es niemals, nicht aufgrund seines Stolzes, sondern weil ihm mehr als nur bewusst gewesen war, wie Luna Mitleid verabscheute. So führten ihre Schritte sie zum Zentrum. Je näher man kam, desto lauter wurde es. Die fremden Schritte vervielfachten sich, und die Stimmen wurden lauter gedreht. Einen besonders guten Überblick hatte die Lady nicht. Aber trotz allem ließ sich von ihrer Seite feststellen, dass es ein besonders schöner Marktplatz war. Man ließ gewiss außer Acht, dass es der Erste seit Jahren gewesen war, den sie erblickte und auf dem sie sich befand. Ein paar Stände reihten sich aneinander oder standen quer verteilt. Laternen bildeten ein Fünfeck und hätten wunderschön im Dunkeln geleuchtet. Entzückt zuckten ihre Mundwinkel in die Höhe. Die Masken wurden ausgeblendet, verschmolzen im Hintergrund, der außerhalb ihres Fokus lag. Die Häuser drumherum stellten sich als ein riesiger Zaun dar, der das Vieh in Schach hielt. Gefangen wurden sie gehalten. Und das solange, bis eben einer geschlachtet wurde, somit aus der Herde gerissen wurde und für immer verschwand, das Leben ließ, um anderen als überlebenswichtiges Mittel zu dienen, nur damit der Rest weiterhin existent bleiben konnte.

Bemüht tapfer verdrängte die Schöne die halluzinierten Wellen, ausgelöst von der Menschenmasse, die versuchten, über sie hereinzubrechen. Ihre Konzentration galt dem Schauplatz allein und nicht den Laiendarstellern. Kurze Zeit später hatten sich die schwebenden Kissen des Himmels noch weiter verfinstert, was man als eine Art von Warnung hätte betrachten können. Für Stadtleute mochte ein Marktplatz ein unspektakulärer Ort sein. Luna hatte bei solch einer Örtlichkeit eine ganz andere Wahrnehmung und ließ ihre Eindrücke auf sich wirken, wobei es sich beinah nostalgisch anfühlte, mit einem Hauch von flauem Gefühl im Magen begleitet, bei dem es ihr allerdings nicht möglich war, zu unterscheiden, ob dieses von Freude oder Nervosität ausgelöst wurde. Von dem verfinsterten Himmel abgesehen gefiel ihr die Umgebung.

Zur Ankündigung begann der Donner bedrohlich zu grollen, erklang eindrücklich laut über den Köpfen der Leute und ließ so manche Kleinkinder erschrocken Tränen vergießen. Mühselig hatte ein alter Mann drei schwere und große Holzkisten gefüllt mit nichts weiter als Stroh und musterte grob alle Anwesenden, die ihm Gehör schenken mussten, wenn sie nicht bald unter der Erde von Maden gefressen werden wollten. Schwer atmend fuhr er sich durch den Bart und stellte seinen Standpunkt und seine Position fest. Ziemlich mittig des Platzes, damit man einen Kreis um ihn herum bilden konnte. Unbekannte Visagen, die er in Schutz nehmen wollte. Zu welchem Preis aber? Tat er dies, um den Zigeunern Gerechtigkeit zu schenken? Lächerlich. Viel konnte dies ihnen nichts mehr nützen. Ein Dreckshaufen, um genau zu sein. Seine Knie begannen zu zittern, als er sich zurückerinnerte. Adrenalin floss durch seine Adern, so berauschend wie ein gefährliches Suchtmittel. Er musste jedoch zugeben, dass er sich in jenem Moment noch nie so lebendig gefühlt hatte. Der Händler spürte bereits einige Blicke auf sich ruhen, die aber auf eine Art zu deuten waren, die dafür sprach, dass man ihn für verrückt hielt. Was macht dieser Trottel auf den Kisten?, hatten sie sich bestimmt gedacht. Seinen Überblick der Umgebung erweitern wollend, drehte der Alte sich um die eigene Achse und starrte in schwarze Augenhöhlen. Beinahe wäre er zu Boden gefallen. Der erste Regentropfen traf seine Nasenspitze. Leichter Nieselregen fiel. So mancher wünschte sich, dass die Tropfen Last und Schmerz oder

Hass und Sünden einfach wegwaschen. Stattdessen aber brannte jede leichte Berührung wie Feuer. Aber nach jedem grässlichen Schauer folgt doch Sonnenschein, oder?

Die Traube aus Leuten begann sich aufzulösen. Fluchtartig suchte die Mehrheit Schutz. Wie auf Knopfdruck weiteten sich die Augen des Bärtigen, und er rief: „Hört mich an, die Gefahr nähert sich!" Vereinzelt regten sich einige Köpfe in seine Richtung im Gehen. Mehr Beachtung wurde ihm allerdings nicht geschenkt. Verärgert biss er die Zähne zusammen. Verkrampft schloss sich der Kiefer. „Seid ihr taub? Es ist wahr. Sie existiert. Die Hexe!", schrie er. „Ich habe sie mit meinen eigenen Augen gesehen, so wie ihr Monster!" Seine Worte prallten an einer dicken Wand aus Gleichgültigkeit, Unglauben und Spott ab. Zerknirscht kniff der Mann die Augen zu und holte erneut Luft. „An Ihrer Stelle würde ich mich in Acht nehmen, was ich gedenke öffentlich zu vermitteln. Ansonsten könnte man unerwartet schnell ein Zimmer in der Irrenanstalt beziehen, und dies unfreiwillig!", sagte spöttisch ein blonder Mann im braunen Mantel, der sich vor den Alten gestellt hatte und zu ihm aufblickte. Verächtlich spuckte er auf den Boden und machte kehrt.

Derweilen spürte der Bartträger neben der Wut in seinem Magen nun zwei Augenpaare, die seinen Rücken durchbohrten. Der Regen verstärkte sich. Sein Leib verharrte, fror ein. Sein Puls stieg, und er verspürte eine nahezu identische Empfindung, wie in jener Nacht. Die durchnässten Klamotten klebten an ihm fest und wurden schwerer. Die Knie begannen wieder zu zittern. Die Präsenz, so penetrant wie eh und je. Hartnäckig wie ein blutsaugender Käfer, der sich sehr tief in die Haut eingenistet hatte, um Stück für Stück die Blutgefäße leer zu saugen. Der Furcht entgegenwirkend, riss seine Wenigkeit sich von den unsichtbaren Fesseln plötzlich los und erblickte zwei Gestalten, die sich als Letztes vom Marktplatz entfernten. Ihn beschlich ein unbeschreibliches Gefühl, triefend von Überzeugung. Kein Zweifel. Und falls er sich trotzdem irren sollte, dann wäre er bereit, sich selber einzugestehen, den Verstand verloren zu haben. Alte Menschen neigten ohnehin am ehesten dazu, senil zu werden. Die Realität verschwamm immer mehr und mehr. Es gab bei Weitem nichts, was er dagegen hätte tun können. Einbildung oder Realität? Diese weißen Haare waren selbst abseits des Blickwinkels unverkennbar. Verzweifelt erhob der Herr seine Stimme, obwohl ihn keiner mehr hätte hören können.

„Das ist sie. Verbrennt sie!" Seine Zunge versprühte Funken voller Hass. Ein bitterer Geschmack.

Vor Schreck entglitt Luna ihr Päckchen, es fiel auf den harten Asphalt, und das Fläschchen zerbrach, woraufhin der wunderbar duftende Inhalt auslief. Die winzigen Scherben auf dem Boden verteilt, nichts mehr als ein Häufchen Elend. Die schöne Frau hatte einen traurigen Gesichtsausdruck. Sekunden verharrte sie. Es mochte ihr zwar äußerst absurd vorkommen, aber durch dessen Stimme, die sie eben vernommen hatte, worin solch ein vorwurfsvoller Ton mitschwang, fühlte sie sich angesprochen. Soeben wollte sie sich kurz darauf umdrehen. Allerdings: Alles, was sie zu Gesicht bekam, war Benedicts Rücken. Zu gerne hätte sie seine Mimik gesehen. Was ihr nicht entgangen war: Der Herr verstummte gänzlich, hörte auf zu rufen. Ohne jede störende Hintergrundmusik, bis auf den nun leichten Nieselregen, setzten die beiden ihren Weg fort, wenn auch mit unterdrückter Neugier. Es stieg in ihr die Frage auf, weshalb Ben zu verhindern versuchte, dass sie den Mann sah. Merkwürdig. Zumal sie ihn nicht einmal kannte. Jedoch schien er sie zu kennen. Brennen sollte sie.

Luft wurde ihm geraubt, nach der seine Lungen verzweifelt geschrien hatten. Ein transparenter Strick hatte sich um den Hals des Alten gelegt und wurde quälend langsam enger. Als die Atmung sich beruhigt hatte, hatten sich die messerscharfen Augen von ihm gelöst, und die Hexe und ihr bestialischer Gefährte waren verschwunden.

Traum

In der Eingangshalle ihres Anwesens Ruinen, das einst in Flammen stand. Dunkel war es und kein einziger Stern am Himmel. Ruckartig schreckte Luna hoch, und überraschenderweise entfleuchte ein Ton ihrer Kehle. Ungläubig fasste sie sich an den Hals, stellte fest, wie eiskalt ihre Fingerkuppen waren. Doch von ihrer Schleife fehlte jede Spur, sowie von ihrer Narbe. Unsicher schlossen sich ihre Lider, um der trostlosen Umgebung zu lauschen. Sie spürte den Wind wehen, jedoch schwieg er. Die verbrannten Teppichfetzen scheuerten auf der Haut und hinterließen eine Spur Ruß an ihrer Hand. Vor dem Treppenabsatz erblickte sie ein zerstörtes Gemälde, das

wahrscheinlich ihre Eltern gezeigt hatte, da dies immer
am obersten Ende der Stufen über den Köpfen aller gehangen hatte, damit man es nie übersehen konnte. Vorsichtig wagte Luna den Versuch, sich zu erheben und
schritt in Richtung Saal, zumindest, was davon übrig geblieben war. Nicht viel, stellte sich heraus. Gebrochenes
aus Glassplittern und Vorhänge erstreckten sich auf dem
zerkratzten Boden. Der Geruch von Schwefel schwebte in der Luft. Von Weitem hörte sie, wenn sie sich stark
konzentrierte, Musik, die gespielt wurde auf den festli-
chen und qualvoll langweiligen Anlässen ihrer Eltern.
Munter hatten die Gäste getanzt. Auch sie. Ein einziges Mal. Allerdings ohne Musik und nach der Dämme-
rung, als alle gegangen waren, heimlich, da es ihr verboten worden war, jemals wieder unter Leute zu treten.
Weshalb, wurde ihr nie gesagt.

Jede Stufe knarrte furchterregend, als würde jederzeit
das Holz zusammenbrechen. Das Geländer gab bei der
kleinsten Berührung nach. Erschrocken zuckte sie zusammen und eilte nach oben. Rechtzeitig erreichte sie
die oberste Ebene, als das Stufenkonstrukt in sich zusam-
menbrach. Die Weißhaarige saß fest. Magisch wurde sie
den Weg entlang gezogen, und schlussendlich fand sie
sich vor dem Büro des Earls wieder. Aber statt einer Tür
befand sich dort auf einmal ein Spiegel. Die Frau konnte
ihren Augen nicht trauen. Die Verletzung war tatsächlich verschwunden, als hätte es sie nie gegeben. Ein aus
tiefstem Herzen erleichtertes Lachen entfleuchte ihr, das
für sie selbst fremd klang. Das Lächeln auf ihren Lippen
verbarg sich aber. Dies ließ ihre Stimme im Keim ersticken. Nun war sie es, die eine Maske trug. Mit einer

schnellen Bewegung entledigte Luna sich ihr. Noch bevor das Schmuckstück auf den Boden prallen konnte, löste es sich auf. Hörbar schluckte sie und näherte sich dem Spiegel. Ihre Handfläche berührte ihr Abbild lediglich für Sekunden, ehe es in tausend Teile zersprang. Alles schien kaputt zu gehen, sobald Luna nur damit in Kontakt kam. Diese Erkenntnis trübte ihr Gemüt, so sehr, als wäre es ein Vorwurf gewesen. Kein einziger Splitter hatte sie getroffen. Zum Glück. Stattdessen jemand anderen. Die Silhouette, die sie für einen Bruchteil hinter sich erkennen konnte, diente als Zielscheibe. Das Rot färbte seine schwarze Kleidung, löschte den Durst des Stoffes. Langsam drehte sie sich um. Schnittwunden zierten seine Wangen. „Benedict", hauchte Luna zugleich erschrocken und auch besorgt. Trotz aller Sorge, so fühlte sie sich bedroht, spürte Furcht aufkeimen. Seine Augen durchbohrten sie regelrecht. „Welch eine Freude, Eure Stimme wieder zu hören", entgegnete der Mann mit künstlich erhobenen Mundwinkeln, die bluteten. In seinem Ton schwang eigenartigerweise Zuneigung mit Ihre Unruhe stieg und so floh sie. Jede logische und nachvollziehbare Erklärung hatte sich vor ihr verkrochen. Vor dem Abgrund, der in die Tiefe führte, hielt sie an. Der Boden war verschwunden. Ein einziges und riesiges schwarzes Loch erstreckte sich unter ihnen. „Spring!", hörte sie die Stimme ihres Vaters voller Zorn schreien. Die Atmung, gepeinigt vor Schreck, stockte. Eine schmerzhafte Starre legte sich über ihren Körper. Luna wollte nicht springen. Oder? Ein Blick nach hinten vereinfachte die Entscheidung. Beeinflusst wurde sie von der Überzeugung, ihr treuer Butler würde ihr Leid zufügen wollen, was absurd erschien. Trotz allem fürch-

tete sie ihn in jenem Moment. Stumm streckte er seinen
Arm nach ihr aus, kam gleichzeitig wenige Schritte näher. Da ließ sie sich fallen, und die Schwerkraft zog sie
mit sich ins unbekannte Ende.

Kurz vor Sonnenaufgang wachte Lumine auf. Sie erhob sich aus dem Laubhaufen. Der Rabe war ihr gefolgt, saß auf einem Stein, wie ihre Taube Kuro. Traurig schaute sie den Raben an. Der Vogel flog nah an sie heran, um ein Blatt aus ihren silbernen Haaren zu entfernen. Die Sonne ging auf, die Wolken färbten sich orange. Das Leuchten der Rose verging, und der Rabe verwandelte sich in ihre geliebte Taube Kuro zurück. Freudestrahlend nahm sie ihn in die Arme. „Das warst du die ganze Zeit. Was für ein Glück!" Sein Schnabel war rot gefärbt. Sie ging mit ihm an einen Teich in der Nähe und wusch ihn behutsam. Die Taube schüttelte ihr Gefieder und befreite sich aus Lumines Händen, setzte sich auf ihren Kopf. Sie blickte um sich herum. Der Pfad war weg. Die Gefahr war groß, sich noch weiter zu verlaufen. „Wo mag es wohl nur langgehen?" Das Mädchen seufzte. Kuro bückte sich und schaute ihm kopfüber in die Augen. Luna verstand. Von einem Busch pflückte sie ein paar Beeren und verspeiste diese. Sie würden warten, bis die Sterne sich wieder zeigten.

Kapitel 8 – Letzte Gedanken

1873

Hätte sie diesen Ort doch nie gefunden. Mit solch einer schweren Last, die ihren Rücken mit Leichtigkeit hätte brechen können, wollte sie nicht länger leben und mit sich herumschleppen. Sich jemandem anzuvertrauen, daran dachte sie nicht. Mit leerem Blick starrte die Frau mit rotblonden Haaren aus dem Fenster. Selbst wenn jener Tag noch schöner gewesen wäre, als er sowieso schon war, hätte kein Licht der Welt ihre Dunkelheit und das ihrer Familie auslöschen können. Ihre zerkratzten Handgelenke, die seit Wochen und jede Nacht wie verrückt juckten, wobei der Juckreiz wohlbemerkt lediglich Einbildung war, somit eins ihrer Hirngespinste und der verlorene Zwilling ihrer penetranten Albträume, hingen schlaff nach unten, fühlten sich fremd an, als gehörten sie nicht zu ihr. Die Stimme des Teufels in Person erklang nach wie vor viel zu oft in ihrem Gehör. Dieses widerliche Geräusch wie das Krächzen eines Raben, unerträglich, wollte die Frau vergessen. Aus ihren Erinnerungen ausradieren. Aber so sehr sie sich darum bemühte, umso lauter hörte sie ihn sprechen.

„Liebste Sherry, du scheinst mein geheimes Vermächtnis und die Goldgrube, auf der unser Reichtum der Familie beruht, entdeckt zu haben!"

„Mich würde interessieren, welcher noch so Verdammte auf die Idee kam, dir zu erlauben, mein Heim neugierig zu durchforsten. Für meinen Geschmack ein bisschen zu neugierig!"

„Ich bitte dich höflichst darum, deine Entdeckung für dich zu behalten, solltest du an deinen Liebsten hängen. Bedenke außerdem, wir sind überall!"

Wie um alles in der Welt konnte ihre Schwester bloß an solch ein Scheusal wie den Earl geraten? Von Anfang an konnte sie eine Ehe, spezifisch mit diesem Mann, nicht gutheißen. Jedoch schien es bereits bei Weitem zu spät zu sein. So wie für sie selbst. Die letzte Stunde hatte geschlagen. Es war Zeit aufzugeben. Wo auch immer sie hingegangen wäre, um vor ihm zu fliehen, man hätte sie gefunden. Denn sie waren tatsächlich überall.

Außerhalb ihrer Gemäuer, die ihr als Einziges noch ein minimales Gefühl der Sicherheit schenkten, beschlichen sie Befürchtungen, dass sie beobachtet wurde. Einerlei in welchem Teil der Stadt die Frau sich kurzweilig aufgehalten hatte, jeder Blickkontakt mit jenen fremden Menschen fühlte sich unheimlich intensiv an, als hätten die Augenpaare sich in ihren Körper gebohrt.

Dieses Gefühl wurde von Tag zu Tag und von Woche zu Woche immer schlimmer. So schlimm, dass die Lady keinen anderen Ausweg mehr sah, als diesen einen drastischen Schritt zu wagen. Wie ein Gentleman hatte diese Idee ihr die Hand gereicht. Der letzte Gentleman. Ab und an, nachts, hätten angeblich Schritte erklungen, die sich gefährlich nahe an ihr Zimmer heranwagten, und es kam ihr so vor, als wäre an der Tür des Hauses gekratzt worden. Draußen huschten dunkle Schatten umher und flüsterten. In ihren Träumen erschien der Teufel mit der

Stimme des Earls, die sie immerzu verfolgte, als hätte ein Fluch auf ihr gelegen. Wo sie auch hinsah, nichts löste in ihr jedwede Gemütsregung aus. Pure Leere herrschte in ihr, die sich sogar in ihre Knochen fraß. Sehen konnte sie sie. Der Verstand verabschiedete sich allmählich, und der sehnsüchtige Wunsch nach dem Tod wuchs.

Mit geschlossenen Augen wandte Sherry sich vom Fenster ab und näherte sich dem Schreibtisch. Den schwarze Schlüssel, der noch steckte, drehte sie mit zittrigen Fingern um und öffnete die Schublade. Verhöhnte Rufe erklangen in ihrem tiefsten Inneren. Die Schublade fühlte sich tonnenschwer an und kostete sie eine Menge an Kraft.

Das gesamte Haus stand bis leer. Weggeschickt hatte sie das ganze Personal, das ihr mit einem äußerst überraschten Gesichtsausdruck entgegengeblickt hatte, aber dennoch ihrem Befehl Folge geleistet hatte. Kurz ließ die Dame von dem hölzernen Rechteck ab, um ihren Ehering zu greifen. Zitternd streifte sie sich das Goldstück von ihrem Finger, wobei ihr trostloser Blick ihre geschundenen Handgelenke streifte. Für sie nichts weiter als ein bedeutungsloser Gegenstand, den sie in ihrer Hand hielt. Ein Unglücksbringer, der ihr ein ungewolltes Testament erzwungen hatte. Aber war es Sherry selbst, die unterschrieben hatte? Sie bereute zutiefst, dass sie damals nicht die Chance ergriffen hatte, um mit dem armen Künstler, der ihr wahrlich viel bedeutet hatte, durchzubrennen.

Wäre sie der Bitte, die in einem Brief verfasst worden war, nachgegangen, so hätte sie das Meer gesehen. Tanzende wunderschöne Wellen, die dennoch sehr gefährlich sein und jedes Schiff in die Tiefe reißen konnten. So wie eben jenes Schiff, auf dem der Künstler sich befand. Davon hatte die Lady allerdings nie erfahren. Die Papiere, auf denen seine Motive abgebildet waren, zerliefen und verschwammen in Sekunden, nachdem das salzige Wasser sie berührt hatte. Wie sich wohl der Wind in den Haaren anfühlte?

Es war zu spät.

Ihre liebste und einzige Schwester tat ihr leid. Gleichzeitig aber verspürte sie das Bedürfnis, sie mit der flachen Hand zurechtzuweisen. Hätte Valanice doch bloß auf sie gehört. Und Luna. Das arme Kind.

Zu spät.

Der Ring fiel zu Boden und fand sich unter dem riesigen Bett wieder, wo er einsam verstauben würde. Mit verschwommener Sicht musterte Sherry den Inhalt des Schreibtisches. Teure Papiere, Briefumschläge, Füller und ein Gläschen voller Tinte. Und noch was. Der allerletzte Gegenstand, den sie in ihren Händen halten würde. Die Umrisse waren selbst mit Einschränkung der brennenden Tränen klar sichtbar. Ein beachtliches Gewicht legte das Mordinstrument auf die Waage. Der Griff fühlte sich unheimlich geschmeidig an. Mechanisch setzte sie sich auf die Bettkante und hob wacklig ihren rechten Arm. Der kalte Lauf berührte ihre Schläfe. Die Atmung wurde hektischer und stockender, das Schluchzen lauter. Kurz darauf drückte sie ab. Doch nichts geschah. Immer noch war sie bei Bewusstsein und ihre Organe voll intakt. Ein verzweifelter Schrei entglitt ihrer Kehle. Ein erneuter Versuch. Wollte sie doch gehen! So sehr! Allem entkommen. Endgültig. Für immer. Nichts. Noch mal.

Noch mal. Immer wieder schrie sie auf und zitterte mittlerweile am ganzen Leib.

„Verdammtes Gerät, funktioniere!“, rief sie aus. Ihr Wimmern erklang nahezu durch das ganze Haus und amüsierte so manchen unerwarteten Gast, der die Treppe nach oben ging. Als Gelächter von ihrer Seite zu vernehmen war, hob sie ihr Haupt und starrte in Richtung Türrahmen.

„An Ihrer Stelle würde ich die Sicherung lösen“, flüsterte der dunkel gekleidete Herr, dessen Stimme sie schon einmal gehört hatte. Tatsache, im Keller des Hauses der De Menciums und nachts, wenn Albträume über sie geherrscht hatten, als bitterer Beigeschmack.

„Ihre Haustür hat mich einige meiner Nägel gekostet, Verehrteste!“ Langsam trat er näher an sie heran, hielt sie mit seinen Augen gefangen.

„Sie sehen ziemlich mitgenommen aus. Beinahe tun Sie mir leid, Liebste. Aber worauf warten Sie denn noch!?“ Vor ihr kam er zum Stehen, bückte sich, um mit ihr auf Augenhöhe zu sein. Freudig fletschte er die Zähne, wobei sein Atem sie streifte. Gleichzeitig entriegelte die Frau die Sicherung. Innerlich zählte der Herr den Countdown. Nur noch wenige Sekunden.

„Warum?“, hauchte Sherry kaum hörbar.

Ein Schulterzucken als Antwort. „Warum nicht? Jeder hat seine Beweggründe!“

„Fahr zur Hölle!“, zischte sie wenig überzeugend und tätigte den Abzug.

Die Blutspritzer, die sein Gesicht befleckt hatten, leckte er genüsslich ab, nahm eine kerzengerade Haltung ein und betrachtete für wenige Sekunden unbeeindruckt die Leiche, ehe er entgegnete: „Da werden wir uns bestimmt wiedersehen!“

Die Nacht brach herein, und die Sterne zeigten ihr den Weg. Ihre Rose begann wieder zu leuchten, jedoch schwächer als zu Beginn. Über Wurzeln und Steine sprang sie, warf immer wieder einen Blick nach oben. Ihr Herz wurde erwärmt. Sie wusste, sie würde es schaffen und zu ihrem Glück finden, gemeinsam mit ihrem geliebten Freund. Sie wusste nun, dass der Rabe ihre Taube Kuro war, doch seine Gestalt in der Nacht fand sie ein wenig unheimlich. Treu flog er auf ihrer Höhe neben ihr her. Der Weg wurde nach und nach steiler. An einer Verzweigung kamen sie an. Weit entfernt nahm sie ein Laternenlicht wahr und drei Silhouetten, die näherkamen. Schnell entschieden sie sich für den linken Pfad.

Mit jedem weiteren Schritt wurde sie immer müder und müder. Lange waren sie nun schon unterwegs. Kuro wies sie darauf hin, sich auszuruhen. An einen Baumstamm lehnte sie sich an und schlief mit dem Raben im Arm ein.

Kapitel 9 – Tanz der Gestalten

Der Vollmond erhellte die sonst so finstere Nacht. Helles Licht schnitt durch die Lücken der Baumkronen, streifte die Blätter, ohne Schaden anzurichten. Seit vier Stunden schlaflos, saß Luna kerzengerade auf der weichen Bank in der Kutsche. Kapitulierend und stumm seufzend klappte sie ihr geliebtes Buch „Lumine" wieder zu. Durch die minimale Beleuchtung tat sie sich äußerst schwer, die geschriebenen Buchstaben zu entziffern, sogar die entzückenden Zeichnungen auf den Seiten waren nichts weiter als schwarze Schatten. Sanft strich ihr Finger den Einband entlang. Rau fühlte er sich an. Behutsam wurde die Lektüre beiseitegelegt, darauf bedacht, ihr erschöpftes Gegenüber nicht zu wecken. Kritisch beäugte sie ihren Butler. Sein Verhalten hatte sich ziemlich verändert. Irgendetwas lag in der Luft. Ziemlich wahrscheinlich bekam ihm die Reise nicht besonders. Woran dies wohl lag? Vermisste er etwa das Anwesen? Ihr Blickkontakt hielt sich nicht lange, und wenn doch, so kam es ihr so vor, als würde er durch sie hindurch-starren, als wäre sie nicht existent. Eben dies versetzte ihr einen winzigen Stich im Herzen. Jahrelang musste die junge Frau als transparente Gestalt leben müssen. Und genau davon hatte sie genug.

Sobald das lodernde Licht der Sonne verschwand, sie unterging, nahm sie nahezu jede Erscheinung mit sich. Was übrig blieb, waren schemenhafte Silhouetten, die unter den Sternen dezent schimmerten, aber das Aussehen der anderen nach wie vor nur schwer erkennen ließen. Umrisse waren es. Schatten. Selbst die Bäume, die Luna so mochte, wurden ihr unheimlich – mit ihren hauchdünnen Ästen, die erschreckend laut knacken konnten, und dies immer in jenem Moment, wenn die Empfindlichkeit wie ein Rucksack auf dem Rücken getragen wurde.

Das Jacket lag neben ihm, akkurat gefaltet. Die Ärmel des weißen Hemdes leicht hochgerutscht und die Krawatte gelockert. Ihre blutroten Augen fixierten seine Arme. Seinen rechten Arm. In der oberen Mitte des Unterarms konnte sie einen Teil eines Mals erkennen, der Rest wurde noch vom weißen Stoff bedeckt. Die Neugier in ihr entfachte, explodierte nahezu. Viel zu wenig wusste sie über Ben. Allmählich schlich sich in ihr ein Gefühl ein, dass sie nicht umhin kam, die Unwissenheit bezüglich des Schwarzhaarigen als unheimlich zu bezeichnen. Jedes Mal, wenn sie ihn anblickte, so sah sie eine Hülle von einer dunklen Mauer umhüllt, die ihm Schutz bot. Verletzlich schien er jedoch keineswegs, und solch einen Eindruck hinterließ er bei ihr auch nicht. Es ging um weitaus mehr. Da war Luna sich sicher. Zu erahnen galt, was der Mann verbarg. Sie wollte es wagen. Magisch angezogen, erhob ihr Körper sich aus seiner sitzenden Position und schlich sich näher heran, den Fokus auf den rechten Arm gelegt. Mit einer leicht nach unten gebeugten Haltung streckte der Albino die Hand nach dem weißen Stoff aus, mit der Absicht, das Mal gänzlich zu entblößen.

Ihre Finger griffen ins Leere. Wie auf Knopfdruck hatte der zuvor noch Schlafende seine Augen geöffnet und ist ihr entwichen, mit der einen Hand seine gezeichnete Stelle verdeckend. Der Ausdruck seiner Augen wirkte selbst im trüben Licht der Nacht erschreckend. Übermannt von intensivem Unbehagen, zuckte die junge Frau zusammen, zog ihre Hand ruckartig zurück, wagte es nicht, geräuschvoll nach Luft zu schnappen. Noch nie zuvor hatte sie einen Blick bemerkt, der von solchem Zorn durchtränkt war, vollgesaugt wie durchnässte Wolle.

Eine unbewusste sowie automatische Reaktion, instinktiv. Zu Recht. Die Ursache blieb dennoch ein Rätsel. So sollte es bleiben. Sie wusste nichts. Optimal. Die Situation eben: weniger optimal. Menschen, die über kein Wissen über eine bestimmte Sache verfügten, neigten dazu, sich von Neugier leiten zu lassen, davon übermannt und gesteuert zu werden. Eine Eigenschaft, die ihm sein ganzes Leben lang missfiel und störte. Wut kochte in ihm auf. Von außen aber behielt er die Ruhe. Schließlich war Luna kein Feind.

Wie in Trance nahm er das Jackett von der Bank und zog es sich wieder an, strich vorher noch die Ärmel seines Hemdes nach unten. Und schon war das Brandmal, die Kennzeichnung und sein persönlicher brennender Fluch, verschwunden.

Es mochten noch so viele Jahre vergehen, der Schmerz dieser Prozedur würde nie nachlassen. Bei jeder Berührung sah er die glühend heiße Klinge vor sich, die quälend langsam sich näherte und ohne jegliche Zärtlichkeit in sein Fleisch hineinschnitt, das durch die Hitze verbrannt roch. Ein Zischen erklang. Sein von Schmerz erfüllter Schrei hallte in der finsteren Halle wider, die er sein Zuhause nannte. Echos begleiteten ihn wie ein Orchester. Blut rann kochend an seinem Arm runter. Voller

Abscheu musterte er sein Abzeichen, das von Unterwerfung und der Verdeutlichung von Wertlosigkeit so sehr triefte wie der penetrante Gestank eines leblosen Körpers. Die Narbe heiß wie Feuer, das man nicht löschen konnte, weder ein tagelang anhaltender Regenschauer noch ein eiskalter Wasserfall.

Wie vom Blitz getroffen fand der Butler sich in der Gegenwart wieder. Er wollte sich entschuldigen. Offensichtlich hatte er sie eingeschüchtert, was als äußerst inakzeptabel galt.

Leichte Reue verspürte er. In seinem Rausch jede Konsequenz ausgeblendet. Die Tür der Kutsche stand offen, und Luna war weg.

Auf einem hohen Hügel voller Blumen stand sie, ihre Geige in der Hand. Aus dem Affekt heraus hatte sie sich dazu entschieden, ihren Begleiter in Ruhe zu lassen und flüchtete ein paar Dutzend Meter. Gleichzeitig suchte ein bedrückendes Gefühl sie heim, bohrte sich wie ein Holzsplitter in ihren Finger, Schuldgefühle und Unwohlsein, gepaart mit Beunruhigung. Der erhobene Platz bekam am meisten Mondlicht ab. Die Beleuchtung erinnerte sie an den Strahl eines Scheinwerfers. Die Weißhaarige setzte an, um zu spielen. Eine beachtliche Zeit war vergangen, seit sie das letzte Mal gespielt hatte. Doch zu Beginn merkte man ihr die lange Pause keineswegs an. Die Töne klangen wohlig und flüssig, angenehm und erheiternd.

Die Erinnerung an das französische Gedicht erschien. Die Frau, die unsicher auf der Bühne stand im Strahle des Scheinwerfers, alle Augenpaare des Publikums auf sie gerichtet. Der Mann, der sie damals als Einziger in der Menge wahrgenommen hatte. Eine zweite Chance wurde ihm geboten. Hoffnungsvoll stand er auf und näherte sich, um auf der Bühne ihre Hand zu greifen.

Luna begann zu zittern. Das Streichen der Saiten wurde härter und strapazierte sie immens. Etwas störte sie und ließ ihre Welt in sich zusammenbrechen. Ihre Mauer bröckelte. Der Klang des Liedes wurde schrecklich, bis zwei Saiten rissen.

Der Lichtkegel erlosch. Doch war die Frau nicht verschwunden. Ein Stein fiel dem Mann vom Herzen. Und so begannen die beiden auch ohne jegliches Licht zu tanzen. So gab es nur die beiden. Der Mann und die Frau. Zwei schemenhafte Gestalten, die in der Dunkelheit tanzten.

Entrüstet starrte ihr rotes Augenpaar auf ihr defektes und geliebtes Instrument. Noch nie wurde sie derart rabiat zurück in die Realität geholt. Die Wand um sie herum ein jämmerlicher Trümmerhaufen, ihr Herz schmerzte, weinte. Wolken bedeckten den Mond, und so ging auch ihr natürlicher Lichtkegel aus und hinterließ lediglich eine schwarze Silhouette von ihr.

Der nächste Tag. Vor einer sehr langen Seilbrücke standen sie nun. Sie war äußerst wackelig. Kurz zögerte Lumine, bevor sie sich überwinden konnte. Es ging sehr tief nach unten. Sie schluckte. Mit der linken Hand hielt sie sich am Seil, und in der anderen befand sich die Rose.

Ein starker Windstoß blies die Taube davon und brachte die Brücke ins Schwanken.

„Kuro!", rief Lumine besorgt. Die Blume verlor wieder drei Blütenblätter und fiel ihr beinahe aus der Hand. Sie fiel zu Boden und klammerte sich mit aller Kraft ans Holz. Mit seinem Schnabel piekte er ihr in die Wange. Erleichtert lächelte sie die Taube an. Der Wind hatte sich glücklicherweise wieder beruhigt. So schnell wie der Sturm aufkam verschwand er auch wieder. Nervös überwand sie den Rest der Brücke. Vor ihnen wurde ein Lager aufgeschlagen. Es schien verlassen, bis auf zwei Pferde. Achtsam und langsam näherte Lumine sich den hohen Tieren. Ihr Gemüt war ruhig. Behutsam streichelte sie zuerst das eine und dann das andere. Kuro setzte sich auf den Kopf des einen Pferdes. Augenblicklich begann es zu randalieren, schlug aus. Erschrocken wich sie zurück, und die Taube flog hinter ihr. Kuro zog sie an ihrer Kapuze. Zeit zu gehen.

Kapitel 10 – Der letzte Brief

Schweißtropfen rannen seine Stirn hinab, und die Kehle schmerzte bei jedem Atemzug. Sein Immunsystem geschwächt wie ein verletzter Soldat im Krieg. Die Hand hielt das Schreibutensil zitternd, kam nicht zum Stillstand. Sorgen überschwemmten sein Gemüt, in Form von gigantischen, reißenden Wellen. Wie robust konnte ihr Durchhaltevermögen sein? Entscheidungen zu treffen lag in jeder seiner Macht. Er konnte spüren, wie die Viren seinen Körper von innen zerfraßen, in einem erschreckenden Tempo. Inständig hoffte er auf noch mehr ihm geschenkte Zeit. Besuchen wollte er sie. Seine liebste Schwester Valanice. Das Zischen, das durch die nahezu schmerzhaft aufeinander gebissenen Zähnen drang, triefte vor Bitterkeit. Sein Kiefer spannte sich an. Wie eine Bestie hatte sich dieser abscheuliche Mann mit ausgebreiteten Klauen auf sie gestürzt, sie manipuliert und hielt sie nun unter seiner Kontrolle. Nichts anderem schenkte er seine Aufmerksamkeit, so aufgewühlt, wie er seinen Zustand beschrieb, seit der Hochzeit, die bereits Jahre her gewesen war.

Der Brautstrauß, den sie damals in den Händen gehalten hatte, entpuppte sich als Handfessel, schwere Eisenketten ohne ein Schloss. Tränen durchnässten das noch leere Stück Papier vor ihm auf dem Schreibtisch. Still weinte der Mann, nicht das erste Mal. Ob nun aufgrund der Sorge um seine Schwester oder wegen des mulmigen Gefühls, das wie ein Backstein in der Magengrube saß. Jeden Atemzug wusste der Herr zu schätzen, und er fühlte sich beinahe dazu verpflichtet, sich für jeden weiteren, der ihm gelang, zu bedanken.

Als eine Person der großen Worte konnte seine Wenigkeit sich nicht bezeichnen. Die eigene Gefühlswelt in Sätzen auszudrücken, fiel ihm außerordentlich schwer. Einerseits erklang in seinem Inneren eine flüsternde Stimme, die ihn verhöhnte, ihm vermittelte, dass jede Maßnahme zu spät kam, was auch der Tatsache entsprach, worüber er sich auch bewusst gewesen war. Andererseits aber verzweifelt genug, um dies zu ignorieren. Die Luft wies einen verdorbenen Geruch auf, eine Mischung aus Blut und anderem, was er weder zuordnen konnte noch wollte. Doch für eine bestimmte Vermutung hätte er seine Hand ins offene Feuer halten können. So sicher war er sich. Wenn man seiner Fantasie genug Freiraum lassen konnte und sich leiten ließ, sah man einiges. Das letzte Mal, als er vor dem Earl gestanden hatte, schweifte sein Blick an ihm auf und ab, von unten nach oben. Die Schuhe schwarz und glänzend, die Sohlen hinterließen Schritt um Schritt sowohl rote als auch finstere Spuren. Der Saum an seinen Hosen zerrissen und ausgefranst. Schemenhaft zu erkennen, nicht mehr als Geistesgestalten, klammerten jene sich an dessen Beine und hakten sich mit ihren Fingernägeln in den Stoff, woraufhin sich Fetzen lösten. Die Hände täuschend rein, die eines gefallenen Engels. Die Manschettenknöpfe befleckt bis hoch zur Mitte des Ärmels. Sahen die anderen dies denn nicht? Oder wurde er verrückt? Dort, wo das Herz sich für gewöhnlich befand, erkannten seine mit Abscheu gefüllten Augen ein Loch. Ein Loch, das die Kraft besaß, alles in sich einzusaugen und auf Ewigkeit verschwinden zu lassen, bis es eines Tages endgültig in Vergessenheit geraten würde. Auf den Schultern lasteten Tonnen von Feindseligkeit, die er allerdings mit Leichtigkeit zu tragen pflegte, da alles, was ihn interessierte, er selbst war. Als der Bruder den Hals des Größeren fixierte, hatte er erschreckenderweise einen grauenhaften Impuls in den Tiefen seiner Muskeln verspürt, worüber er nie zuvor auch nur im Traum gedacht hatte. Doch irgendwie fühlte es sich trotzdem befreiend an, den Gedanken zu hegen, derjenige zu sein, der den Strick in den Händen hielt.

Stunden verweilte er in der gleichen Position, und mit jeder weiteren verstrichenen Minute, in der ihm die passenden Worte fehlten, wurden aus der einen vulgären Stimme gleich mehrere. Wie viele, konnte er nicht sagen. Energisch schöpfte der Mann weiterhin Kraft, die Spitze des Stifts berührte das Blatt. Die ersten, elegant geschwungenen Linien waren zu erkennen, und ein leichter Schimmer der Freude des Erfolgs leuchtete in seinen Pupillen auf.

Meine geliebte Schwester

Der ganze Körper unterlag einem plötzlichen Zittern. Der Druck intensivierte sich ungewollt, und das Papier riss. Ungläubig musterten die Augen das Missgeschick, woraufhin ein vor Wut entnervtes Knurren ihm entfleuchte. Ein neues Blatt. Als er sich bückte, verschwamm seine Sicht. Ein trüber Schleier legte sich über die Sinne, wie ein Vorhang in der Oper. Erinnerungen blühten auf, wie kleine Knospen im Frühling. Die von ihm besuchte Aufführung lag bereits Monate zurück, Monate, bevor sein Körper erschöpft zusammengebrochen war.

Der Tragiks Größe, ein wundervolles und dennoch beängstigendes Stück, fiel ihm im Nachhinein auf, aufgrund der erschreckenden Ähnlichkeit bezüglich seiner Geschichte. Ihm kam es so vor, als hätten sich auf einmal alle Augenpaare auf ihn gerichtet, und der Applaus schien nicht verstummen zu wollen. Die Stimmen kehrten zurück, und seine Hand schrieb wie von allein, unaufhaltsam.

Wieder bei klarem Verstand, las er die Nachricht und verspürte, je weiter er las, immer mehr das Verlangen, sich zu übergeben. Schockiert war er, darüber, was sein Inneres tatsächlich dachte und wie es empfand. Dies konnte nicht er gewesen sein, der die Sätze verfasst hatte.

Sätze wie:

Wie konntest du dich nur von deinem Verstand so weit abwenden, dass du dich freiwillig einem teuflischen Biest wie ihm hingibst?

„Welch Ironie!", sprach die eine Stimme in seinem Kopf. „Du scheinst wahrlich der Richtige zu sein, um an des anderen Verstand zu zweifeln!"

Schämst du dich nicht? Wach endlich auf, verdammt!

„Und wie lange schläfst du bereits, mein Lieber?", flüsterte nun eine zweite Stimme.

Woher, glaubst du, hat er all das Vermögen? Du kennst nicht mal seine Familie, weil er sehr wahrscheinlich nicht des Adels entstammt. Ich bin überzeugt davon, dass Blut an seinen Händen klebt. Sie ihn dir doch genau an!

„Wie stehts bei dir, Frederik? Wen hast du wohl auf dem Gewissen?“, lachten die Stimmen hämisch.

„Ruhe!“, schrie der Mann gequält, sich mit beiden Händen schmerzhaft an den Kopf fassend. Ruckartig hatte er sich aus dem Stuhl erhoben. Sterne konnte er sehen. Alles drehte sich. Seine Knie wurden weich, drohten einzuknicken. Loswerden wollte er diese grässlichen Ungetüme, die gleichzusetzen waren wie seine hartnäckigen Viren – mit dem einzigen Unterschied, dass sie sprechen konnten. „Du hast uns erschaffen, Fred!“ Sein Trommelfell fühlte sich dermaßen belastet an, als hätten zwei reale Personen direkt in seine Ohren aus vollem Halse geschrien. Verzweifelt nach einem Ausweg suchend, ließ er schwer atmend seinen Blick durch sein Zimmer schweifen. Gestresst hastete der Mann zur Tür, den Brief immer noch verkrampft in seiner linken Hand. Die Lunge brannte, die Panik wuchs. Würde er je wieder das Haus verlassen? Die Zeit schien ihm nicht weiter existent zu sein. Alles schmerzte, oder doch nicht? „Einbildung ist schließlich auch eine Bildung, mein Freund!“

Über einen unsichtbaren Stein gestolpert, fand er sich ächzend auf dem Boden wieder. Für ihn stand in diesem Moment sein Leben auf dem Spiel. Von den vier eigenen Wänden eingeengt und von den Möbeln bedroht, die Bäume draußen die gespannten Zuschauer. Wirklich alles verspottete ihn. Endloses und lautes Gelächter von allen Seiten. Das weiße Hemd klebte an seinem Rücken, von Schweiß durchtränkt. Seine bebenden Finger schabten auf dem teuren roten Teppich.

„Nun bitte hör doch auf, solch ein Theater aufzuführen!“, hörte er wieder. Die Sprache hatte es ihm verschlagen, als fehlten ihm die Stimmbänder. Sein Puls beunruhigend hoch, raste durch die verseuchten Venen. Soeben, an jenem Tag, war es der Wahnsinn, der ihn eisern im Griff hielt. Von nun an. Eine winzige Welt zerbrach, dessen Relevanz so minimal gewesen war, dass von außen her alles nach wie vor unschuldig schien, als wäre nie was vorgefallen. Dasselbe Anwesen stand wie immer an Ort und Stelle. Die Sonne schien fröhlich auf den saftig grünen Boden herab, ließ die Blumen im Garten blühen, während ein leichter Wind mit den Blättern der Bäume spielte. Die Angestellten gingen ihren gewohnten Tätigkeiten nach, und die Familie genoss ihr wohlhabendes Dasein. Und da gab es noch ihn. Dieselbe Identität optisch betrachtet, jedoch von innen anders.

„Wenn du uns doch angeblich so sehr loswerden willst, warum schenkst du uns dann deine Aufmerksamkeit?"

„Das stimmt. Er hat recht. Uns gibt es doch gar nicht, oder?"

Nach einer ungewissen Weile raffte Frederik sich auf und kroch zur Tür. Beobachtet fühlte er sich, spürte, wie zwei Augen sich in seinen schweißnassen Rücken bohrten. Sein Mörder? Pure Gleichgültigkeit schenkte er diesem Gedanken. Am Ziel angelangt, hievte der Mann sich mühselig auf die Beine und betätigte den Türgriff. Abgeschlossen. Hatte er sich selbst eingeschlossen? Wie von selbst versank die rechte Hand in der Hosentasche, den grässlichen Brief noch immer in der anderen Hand haltend. Lustlos wurde der Schlüssel im Schlüsselloch gedreht. Doch bevor er das Tor zur metaphorischen Freiheit öffnete, machte er auf dem Absatz kehrt und blickte einer schwarzen Silhouette, die in der Ecke zu seiner Rechten stand, entgegen. „Und wer bist du?", krächzte Fred. Keine Antwort. Es herrschte absolute Stille. Und er wusste nur noch eins. Er musste einen neuen Brief schreiben.

Als ein innerlich gebrochener Schauspieler, der verzweifelt seine Maskerade aufrechterhalten wollte, trat er auf. Innig und liebevoll hatte Frederik seine Schwester umarmt, so, als wäre es das letzte Mal gewesen. Bereits auf dem Hinweg hatte ihn ein ungutes Gefühl beschlichen. Die Räder der Kutsche knarrten, und die Zügel in den Händen des Kutschers knallten bei jedem Schwung wie explodierendes Dynamit. Den Umschlag anstarrend, hatte er ihn vor dem Aussteigen in seine Jackentasche gesteckt. Die Treppenstufen für ihn zu überwinden wie Berge, die Eingangstür aus Stahl, die eines Gefängnisses. Ihre Augen waren es, die ihn für einen kurzen Moment von jenen Bedenken ablenkten. Die Hände zu Fäusten geballt. Es gab so vieles, was er sagen, loswerden wollte, und doch blieben die Worte erstickt. Der Leib nach wie vor gepeinigt von Schmerzen, diese überspielend. Sein plötzlicher Hustenanfall, der sogar jedem Fremden hätte Sorgen bereiten können, kündigte nahezu wie auf Kommando das Erscheinen des Earls an. Noch nicht. Warum gerade jetzt? Ausblenden wollte er seine Anwesenheit. Nein. Seine Existenz. Allerdings: Zu allem Leidwesen verpestete seine penetrante Präsenz die Luft so schnell, wie das stärkste Schlangengift wirkte.

Die Luft wurde dünn. Deren gegenseitiger Anblick missfiel beiden sehr, die Pupillen schossen und leerten die ganzen Reserven. „Er steht noch. Scheint, du musst nachhelfen!“, meldete sich eine Stimme in Frederiks Kopf. Der Herr des Hauses, der bewusst mit Abstand den anderen Gesellschaft leistete, wirkte so, als hätte er jene geflüsterte

Aussage in seinem Innern gehört. Er wurde nervös. Seine linke Hand zuckte. Die Gattin des Scheusals würdigte ihren Bruder von der Seite eines besorgten Blickes. „Ist alles in Ordnung?", erkundigte sie sich. Das Gehör vernahm ihre Worte, jedoch sehr leise und gedämpft. Die Unruhe, die sich nach und nach immer mehr in seinem ganzen Körper ausbreitete, zog ihn in den Bann und lähmte für jenen Augenblick jegliche Reaktion. Als unverändert stellte er das Bild des Earls fest. Das Blut tropfte zu Boden, der Geruch stach in der Nase. Ihm wurde übel. „Ich hoffe doch, dass du in deinem Besuch einen anderen Zweck siehst, als deine Keime in meinem Haus zu verbreiten. Ich weiß schließlich meine Zeit sinnvoller zu verbringen, als im Bett dahinzuvegetieren!" Empört stand der Frau der Mund offen, obwohl sie dieses Auftreten von ihm eigentlich seit langer Zeit gewohnt war. Sie verbat es sich, was einzuwenden, gebracht hätte es gar nichts.

„Das tue ich gewiss. Ich bin ebenso so erfreut wie du, dich zu sehen, Edwin!"

Stille. Stummes Starren.

Valanice knetete sich die Hände, um ihr Gefühl des Unwohlseins zu reduzieren. Gespielt munter erhob sie nach mehreren Minuten wieder das Wort: „Ich schlage doch vor, wir genehmigen uns eine Tasse Tee. Nach deiner Reise kommt dir dies doch bestimmt gelegen".

Ein kleines Lächeln ihrerseits in seine Richtung. Der Gatte kurz in Vergessenheit. Ein guter Vorschlag. Doch sobald er den ersten Schritt hinter den beidensetzte, begann es gefühlt um ihn herum dunkler und schwerer zu werden. Auf einem Pfad befand er sich. Sein Pfad zum Grab. Die Stimmen kamen zurück. Alles schien sich viel langsamer zu bewegen. Die verschwommenen Wände kamen näher, und die abgebildeten Personen auf den Gemälden streckten ihre Arme nach ihm aus. „Da fühlt man sich doch gleich willkommen, oder nicht?", kicherte eine Stimme. Altbekannte Kopfschmerzen kehrten wieder, fraßen sich in die Schläfen. Umkehren, riet ihm sein Bauchgefühl. Sein sturer Verstand allerdings hatte Einwände, und ohne jegliche Vorahnung begann er damit, eigenhändig zu schaufeln.

Zwanzig Meter trennte sie vom Saal. Ein Dienstmädchen huschte an ihm vorbei, das er lediglich als Schatten identifizierte.

„Bist du dir wirklich sicher, Fred?" Worüber?

„Jetzt oder nie!" Was denn?

„Ein Zurück gibt es nicht!" Wovon sprachen sie?

„Ob du den Kürzeren ziehen wirst. Wir werden sehen!" Zum Teufel noch mal.

„Das liegt doch auf der Hand, du Idiot. Seit er uns hört!"

„Sieh ihn dir doch an!"

Der Tee in der Tasse glich der Glut eines Kaminfeuers. Sein Mund trocken wie eine Wüste. Der Rücken, nach und nach krumm, gab sich der Schwerkraft hin, ein Fauxpas. Das Polster des Stuhles angenehm weich, äußerst komfortabel, und es simulierte ein wohliges Empfinden. Einen Schluck wollte er sich genehmigen und verbrannte sich. Ein abwertendes Schnauben seitens des Earls. Das heiße Getränk verschüttet.

„Hast du dein Testament schon verfasst?", wurde er gefragt.

Er als auch seine Schwester zeigten einen schockierten und entgeisterten Gesichtsausdruck.

„Also, ich bitte dich, wie kannst du ...!" Ihre Stimme erstickte.

Frederik verarbeitete einige Sekunden eben Gesagtes, jedoch war er nicht dazu in der Lage, die kleine Pause zum Nachdenken zu nutzen. Sein Kopf verblieb leer. Jene Erwiderung würde er bereuen.

„Du scheinst den Tod wohl nicht nur anzuziehen, du kannst ihn auch noch riechen, was?" So klang pure Bitterkeit. Erneut ein Hustenanfall.

Die Beine trugen ihn in sein Gästezimmer, das Fenster stand offen, wie ihm nicht entging. Solch ein miserables Beisammensein hatte er noch nie erlebt. Er gestand sich insgeheim ungewollt ein, dass er tatsächlich nichts lieber getan hätte, als den Earl am Kragen zu packen und den Rest des Vorhabens seiner Spontanität zu überlassen. Verträumt schloss Frederik kurzzeitig seine Augen, nur um sie sogleich wieder erschrocken aufzureißen. Die Stimmen. Kaum wurde es dunkel um ihn herum, so wurden sie wach.

Mitten in der Nacht, der Mond stand hoch am Himmel, schrak der Mann hoch und verblieb in kerzengerader Haltung. Seine Augen auf die zweite Tür des Raumes gerichtet, wo er nicht wusste, wohin sie führte. Ein beklemmendes Gefühl bohrte sich in seinen Magen, so peinigend wie seine Krankheit selbst. Das Interesse seinerseits wurde geweckt. Mit dem Körper halb aus dem Bett hängend, suchte sein Arm nach seiner Tasche, um den Umschlag in den Händen halten zu können. Die Versiegelung aus Wachs begann überraschenderweise bereits zu bröckeln, so wie er. Die Öffnung minimal angerissen. Die Temperatur schien gesunken zu sein und ließ seinen Körper frösteln, obwohl doch das Fenster vor Stunden geschlossen wurde. Ein lautes Poltern ließ ihn zusammenzucken. Der Brief fiel ungeachtet zu Boden. Er schluckte schmerzhaft. Seine Intuition riet ihm, alles andere zu ignorieren und wieder schlafen zu gehen. Doch von Selbstironie betört, sterben würde er ohnehin bald, so dachte er sich, erhob er sich und ging auf die bebende Öffnung zu. Es wimmerte auf der anderen Seite. Herzzerreißend, so herzzerreißend, dass er dachte, sein Blut pumpendes Organ würde in tausend Teile zerspringen. Ganz leise, nahezu kaum hörbar. Sprechen wollte Frederik. Jedoch seine Stimme verweigerte ihm die Funktion. Sie war weg. Die Hand griff nach seinem Hals, der anfing, sich anzufühlen, als würde er brennen. Die Fingerkuppen betasteten jenen schmerzenden Bereich und erfühlten erschreckenderweise Narben. Beunruhigt stellte er sich vor, wie diese Narben seinen Hals entstellten. Die Kehle trocknete allmählich aus.

Im ganzen Hause herrschte Nachtruhe, kein Geräusch verließ auch nur einen Raum. Nichts bewegte sich, außer die dunklen Schatten der Bäume, die drohten, einen von hinten zu umarmen. Des Mannes Kraft hatte nachgelassen, und nun verweilte er stumm auf dem Boden, mit dem Rücken an der mysteriösen Tür angelehnt.

„Verflucht noch eins!", wurde geäußert. Er stand auf.

Kaum berührte er den Griff, hörte das Gewimmer augenblicklich auf. Er stutzte und stand kurz darauf in einem leeren, finsteren Raum. Allein. Einsam. Seine Handfläche berührte die Holzwand. Konnte es sein, dass er Kratzspuren spürte? Gänsehaut bedeckte seinen Körper bei dem Gedanken. Ein kalter Windhauch. Dies konnte doch nicht wahr sein? Wo war er bloß gelandet? Eindeutig wurde er verrückt. Der Earl raubte ihm den Verstand.

„Gib nicht den anderen die Schuld, mein Lieber!“, hörte er eine Stimme.

Ein Schnauben. Sein Kopf traf mit Wucht auf die Holzwand. Bewusst. Einmal. Zweimal. Dreimal. Die winzigen Risse im Gehölz verzehrten sich nach ihm. Ein mächtiges und verstörendes Verlangen, das er nicht weiter zu unterbinden vermochte. Viermal. Fünfmal. Seine Stirn fing an zu bluten. Ein kleines Lächeln des Wahnsinns zierte seine Lippen. „Was wird denn das, Frederik?“, hörte er in seinem Kopf. „Sei vernünftig!“ Jemand anderes. „Hattest du nicht ein anderes Ziel als dich?“ Der Dritte.

„Seid still!“, schrie er und trat aus dem Raum, dabei mit den Händen an sein Haupt fassend.

Ein Wandel. Als wurde ihm zugeflüstert, seinen Blick zu heben, blickte er auf.

Auf einmal stand ein Schreibtisch vor ihm. Dies war nicht sein Schlafgemach, dachte er sich kurz. Und hinter dem Tisch stand niemand anderes als die Verkörperung seiner Abscheu.

Die Augen des Earls durchbohrten ihn, trotz schummerigen Kerzenlichts genauestens zu erkennen.

„Du störst mich, Frederik. Hast du dich verlaufen?“ Sein Ton eine monotone Strenge.

Wut kochte in ihm auf. Seine Stirn schmerzte. Keine Antwort von ihm.

„Hörst du schlecht?“ Sein Gegenüber erhob sich.

Frederik krümmte sich und spuckte Blut. Der Earl grinste zur Belustigung.

„Ich rede mit dir, du totgeweihtes Elend. Schließlich wagst du es, zu solch später Stunde bei mir aufzutauchen!“

Hass. Wie in einem Kolosseum hätte er diesen Mann vorzugsweise mit einem Schwert erschlagen wollen. Jenes Leid seiner Schwester auslöschen. Ein Husten.

„Gib es zu, du teuflischer Lügner!"

Amüsiert hob der Earl eine Braue und lachte dezent. „Was soll ich denn zugeben?"

Sein Husten wurde schlimmer. Das Atmen viel ihm schwer. Der Leib brach zusammen. Der Feind nutzte seine Chance und ging auf ihn zu. „Wie hilfloses Ungeziefer kriechst du auf dem Boden herum. Fürchtest du dich etwa vor mir?", sprach der Earl und kam immer näher.

Mit aller Kraft versuchte er sich auf den Armen aufzustützen. „Bleib stehen!" Gesagte Aufforderung traf auf Ignoranz und Sadismus. Das Scheusal ging vor ihm in die Knie. Die Hand ergriff seinen Hals. „Wenn ich dir etwas auf deinem noch kurzen Weg mitgeben darf, so ist Neugier der Katze Tod!" Das Bild des grauenhaften Lächelns verblasste, und er fiel der Dunkelheit zum Opfer.

Die Knochen seines Skeletts drohten zu zerbrechen. Die Kniegelenke schmerzten nach jedem Treppenabsatz. Albträume hatten ihn letzte Nacht heimgesucht. „Versager!", hörte er. Seine Schwester ging neben ihm her, begleitete ihn zur Kutsche. Ihr Gatte befand sich vor der Eingangstür des Hauses und beobachtete.

Frederik ergriff ihre Hand und sprach: „Komm mit mir. Ich bitte dich!"

Er versuchte die richtigen Worte zu finden.

„Ich sehe doch, wie du leidest. Er ist der Teufel. Ihm kann man nicht vertrauen. Hast du überhaupt eine Ahnung, woher er seinen Wohlstand generiert hat?"

Sie entzog sich seinem Griff und schüttelte betrübt den Kopf.

„Es ist zu spät", flüsterte sie erstickt.

Unbewusst wurde seine Stimme lauter als gewollt, als er sagte: „Was siehst du nur in ihm? Ich habe persönlich mit ihm gestern Nacht gesprochen, und währenddessen hat er endgültig sein wahres Wesen gezeigt. An seinen Händen klebt Blut!"

Der Butler zu seiner Linken runzelte die Stirn. Falsch.

„Verzeiht mir, mich einzumischen, aber Sie haben Ihr Zimmer nicht verlassen. Dass Sie mit jemandem gesprochen haben, kann ich bestätigen, jedoch bezweifle ich, dass noch jemand bei Ihnen gewesen war. Die Tür war nämlich abgeschlossen!»

Die Augen des Mannes weiteten sich. Dieses ganze Theater des Schreckens sollte lediglich Einbildung gewesen sein? Es hatte sich so echt angefühlt. Er allein? Mit sich selbst gesprochen? Nein. Der Earl war da. Oder? „Armer Fred!" Die Stimme.

„Mir geht's gut!", sagte sie ihm und schmunzelte gespielt.

Frederik würdigte seine Schwester eines verständnislosen Blickes.

„Bis zuletzt ziehst du es vor, mir ins Gesicht zu lügen", hauchte er leise und nickte dabei enttäuscht, während er in die Kutsche stieg.

„Gute Besserung!", wünschte sie ihm, bevor er davonfuhr.

Mit gemischten Gefühlen sah sie ihm noch einige Sekunden nach. Dann drehte sie sich um und näherte sich dem Anwesen. In ihrer Bewegung, die Tür hinter sich zu schließen, fror sie kurzzeitig ein und traf die Augen ihres Mannes, der sie seitlich begutachtete.

„Ich komme nach!", gab er zu verstehen.

Ein Nicken ihrerseits, und so verschwand sie ins Innere.

Die Pupillen starrten Löcher in die Kutsche, so lange, bis sie gänzlich am Horizont verschwand. Welch armseliges Lebewesen. Gut, war der Besuch endlich vorbei. Und was ihn ebenfalls erfreute, war, dass dieser sein Letzter gewesen war.

Einen Umschlag hatte er zurückgelassen, den der Herr des Hauses an sich genommen hatte, bevor seine Frau ihn entdeckt hatte. Völlig zerknittert sah er aus. Das Wachssiegel bereits zur Hälfte abgebröckelt wie sein Verstand. Für ihn war es eindeutig an der Zeit zu gehen.

Verbrennen würde er den Brief. Vorsicht war schließlich besser als Nachsicht.

Meine geliebte Schwester

Das Schönste an dir war dein Lächeln. Dieses eine in mir verinnerlichte Bild beginnt jedoch allmählich zu verblassen. Erinnerst du dich an diesen einen Tag zur späten Herbstzeit?
Es wehte zunächst ein starker Wind, und dich plagten damals unerwartet Bauschmerzen. Durch die Stadt liefen wir gemeinsam mit unseren Eltern. Dein leises Gewimmer war mir nicht entgangen, doch dir beistehen tat ich trotzdem nicht. Tapfer versuchtest du, es zu überspielen wie eine Kämpferin.
Entschuldigen tue ich mich dafür, dass ich nicht dazu in der Lage gewesen war, für dich da zu sein, damals als Kind so wie heute als Erwachsener. Vaters Hand hatte ich instinktiv fester umklammert in der verzweifelten Hoffnung, es würde dir bald bes-

ser gehen. Ich war meiner Machtlosigkeit und Ahnungslosigkeit ausgeliefert. Ein Kind eben.

Nur das Beste hatte ich mir für dich gewünscht. Als wir dann in eine kleine Seitengasse einbogen, die zum Markt führte, war ein köstlicher und würziger Geruch zu vernehmen. Ein Geruch, der dein Herz schneller schlagen ließ. Der Geruch von Zimt. Deine Augen funkelten, und das schönste Lächeln der Welt zierte dein Gesicht. Der wundersame Duft ließ deine Schmerzen sanft vertreiben. Welch Erleichterung über mich einbrach, und die Freude küsste mich, dich so glücklich zu sehen. In jenem Moment hatte ich mir sehnlichst gewünscht, es bliebe so.

Mitnichten.

Der Lichtblick schwärzte sich bis in tiefste Innere.
Meine Hoffnung verblieb zerrüttet bis zuletzt.

Leb wohl

In Liebe
Frederik

Sein ungelesener Brief löste sich in den Flammen des Feuers auf, und er selbst verschwand auf ewig und wurde nie wieder gesehen. Sein letzter Besuch und Abschied.

Das Funkeln der Rose wurde immer schwächer. Doch die Sterne halfen ihr ebenfalls den Weg zu finden. Lumine sorgte sich um die Blume sehr. Der Stiel begann nach unten zu hängen, als wäre sie traurig. Der Rabe flog nah an ihr vorbei und versuchte dabei, eine Blüte zu schnappen. „Nein, Kuro!" In letzter Sekunde konnte sie die Blume dem Vogel entziehen. Der dichte Wald lichtete sich. Sogleich daneben befand sich eine Höhle, so finster wie jeder tiefe Graben. Vor dem Eingang verharrte sie kurz und blickte hinein. Hallende Schritte waren zu vernehmen, und in der Ferne glühten kleine Fackeln, die Schatten jener Fremden zeichneten. Die Stimmen klangen düster und erzeugten bei dem Mädchen eine Gänsehaut. Mit schneller Geschwindigkeit folgte es dem eigentlichen Pfad, der sich immer mehr nach oben wölbte. Steine unter Lumines Schuhen brachten ihre Sohlen zum Rutschen, und sie fiel zu Boden, mit ihr der Topf, der sofort zerbrach. Hungrig stürzte sich der Rabe auf die Rose und fraß sie mitsamt des Stiels auf. Die Dornen stachen in seinem Hals. Er krächzte gequält. Doch zur Überraschung aller begann der Rabe in tiefschwarzem Gefieder so hell zu leuchten wie ein Lagerfeuer.

Kapitel 11 – Weder Traum noch Realität

Sein ganzer Körper fühlte sich an wie betäubt. Das Brandmal, das seinen Arm zierte, die Nummer 17, mit tiefen Schnitten übersäht. Dennoch spürte der Mann keinerlei Schmerzen. Träumte er etwa? Er blickte in all die von Groll erzürnten Gesichter. Jene Visagen, die seinen Hass widerspiegelten. Wie war er bloß in diesen pompösen Saal geraten?

„Sie an, mein Junge!" Der, der sprach, zog an seiner Zigarre. „Lange ist es her. Du hast uns doch wohl nicht vermisst oder?", lachte er.

Man näherte sich ihm. Er blieb starr in seiner stehenden Position. Von allen Seiten wurde er beäugt, wie die Beute eines Raubtiers. Diese Situation allerdings ließ ihn gänzlich kalt. Schon lange hatte er sich dem Wahnsinn hingegeben, ohne es jemals bewusst wahrgenommen zu haben. Die Sinne schienen ihn an der Nase herumzuführen. Das Bild vor seinen Augen verschwamm. Gelächter war zu hören.

Das Blut lief den Arm hinab und tropfte zu Boden, bemalte seine Haut bis zu den Fingerspitzen. Jede einzelne. Jeden von ihnen hätte er am liebsten umgebracht, wenn es hätte sein müssen, mit bloßen Händen. Seine Stimme blieb erstickt. Die Fähigkeit zu sprechen wurde ihm verwehrt.

„Du starrst uns an, als wären wir grässliche Scheusale, wobei doch du derjenige bist, der umherwandert und wahllos Leute abschlachtet. Wie ein Feigling versteckst du dich hinter einer Geistergestalt!"

Sie hatten ihn zu dem gemacht, was er nun war. Er wollte Rache. Besessen fühlte er sich davon, magisch angezogen. Seit jenem schicksalhaften Tag plagten ihn diese widerwärtigen Strophen, die er immerzu in der Nacht hörte.

„Hättest du dich gefügig gemacht, so wärst du jetzt nicht hier!", sagte ein anderer spöttisch.

Aus einem Grund hatte man ihn am Leben gelassen. Doch ihm war nie bekannt weshalb.

Die Hände ballten sich zu Fäusten. Sein Kiefer verkrampfte sich schmerzhaft. Geistergestalt? Sie war nicht tot. Alles nur Theater. Ein solch zauberhaftes Wesen wie sie auf grausame Art aus der Öffentlichkeit verschwinden zu lassen, war schrecklich.

„Wirf doch mal einen Blick in den Spiegel!"

Und was war dann er?

Ein von Rache gesteuertes Lebewesen, das sich vor Verzweiflung der Bestialität hingab. Sein Magen durchzuckte ein intensiver Schmerz und ließ ihn zu Boden sacken.

Diese Männer waren jedoch nicht sein Ziel. Vor seinem inneren Auge erschien das Bild von Gregwood. Ihn wollte er.

Die Gruppe um ihn herum verschwand wie auf Knopfdruck. Der Teppich unter ihm wechselte zum Steinboden. Erneut fand er sich in seiner Hölle wieder. Die Käfige alle leer. Die Fackeln brannten und leuchteten dem Gang entlang. Mühselig erhob er sich. Sein Rücken in gekrümmter Haltung, humpelte er ausgelaugt geradeaus. Sein Gefühl ließ ihn in der Überzeugung, er würde verfolgt werden. Schneller. Schneller. Der Tunnel schien sich endlos in die Länge zu ziehen. Jegliches Zeitgefühl blieb fern. Der Sauerstoff, den er zu sich nahm, roch verdorben. Sein kompletter Körper begann zu brennen, spürte all jene Schnittwunden, die ihm damals Tag für Tag zugefügt wurden. Ein einziger Schrei, triefend voller Qual, hallte durch den finsteren Ort. Stellte er sich letztendlich nicht doch als das schlimmste Monster von allen heraus? Ignoranz konnte keiner mehr dulden. Er musste aufwachen. Genug wurde geträumt. Die Mauern seiner Welt brachen in sich zusammen und begruben seine Sturheit. Ein trostloses Leben, welches er doch führte. Ein Wind wehte plötzlich, wurde stärker und stärker, je mehr er sich der Abzweigung näherte. Hätte er sich nicht schon längst in der Folterhalle wiederfinden sollen? In der Mitte verblieb er und berührte mit seiner unterkühlten und blutverschmierten Handfläche die Wand.

Der Mann wollte den Raum noch ein letztes Mal sehen. Wie von allein begann sein Arm dagegen zu schlagen. Nützen tat es nichts. Zorn übermannte jede Faser seiner Muskeln. Eingeschränkt wie in einem Käfig.

Ein Ende war seines Erachtens, in seinem tiefsten Inneren, bei Weitem noch nicht in Sicht. Der Trieb nach Rache verzehrte all seine Energie, seine Gedanken und saugte ihm geradezu das Blut aus.

„Verdammt bist du auf ewig!“, hörte er. Der Kopf drehte sich zu seiner Rechten, und er erblickte ebenjene Gestalt, die er in jenem Anwesen erstochen hatte. Mehrere Dutzende Male wurde die Klinge in deren Körper gejagt. Unaufhörlich. Immer wieder. Dieses grässliche Grinsen auf dem Gesicht des Earls würde er nie mehr loswerden.

„Verschwinde!“, schrie er nach ihm. Sein Peiniger ging auf ihn zu, dachte nicht im Traum daran kehrtzumachen. Vor dem Mann klammerte sich ein kleines Häufchen Elend erbärmlich an die Wände seiner ehemaligen Goldgrube. Ein selbstsüchtiges Monster ohne Verstand. Wie lachhaft.

Die Hände des Verstorbenen hielten sein Gesicht, heuchlerisch liebevoll. Instinktiv entwand er sich und unterband jegliche Berührung oder Nähe. Ein tiefes Knurren seinerseits.

„Ich existiere nur in deinem Kopf. Du wolltest mich sehen. Also sträub dich gefälligst nicht, Freude zu zeigen. Ansonsten beginnt meine Tochter noch, sich vor dir zu fürchten!“, sprach er im beruhigenden Ton und kicherte, zeigte geradeaus in den linken Gang. Dort stand sie.

„Du liebst sie doch, oder nicht?“ Wie hinreißend und ebenso herzzerreißend.

Ihr Gesichtsausdruck geprägt von Unsicherheit. Was war bloß in ihn gefahren? Was war geschehen? Angst herrschte über Luna.

Die Art und Weise, wie die weißhaarige Schönheit ihn anschaute, beunruhigte ihn immens. Alles um ihn herum entglitt in die monotone Gleichgültigkeit, wurde davon wie im Nebel verschlungen. Sein Herz schlug rapide. Sie war es, seine Liebe. Der einzige Lichtblick in seinem Leben, der ihn daran stets gehindert hatte, nicht all seine Menschlichkeit über Bord zu werfen, wie er sich dachte. Beschützen wollte er sie mit Leib und Seele. Jedoch hatte er kläglich versagt. Zwar lebte sie noch, aber ihre Makellosigkeit wurde beschmutzt und entstellt. Ihre Stimme auf ewig verschwunden.

In seine Arme wollte er sie schließen, mit der blutverschmierten Hand sanft über ihre Wange streichen. Ihre Schultern bebten. Die Atmung ging hektisch. Wer war das?

Sie erkannte ihn nicht wieder. Noch bevor er ihr zu nahe kommen konnte, floh sie in die finstere Dunkelheit, weg von ihm.

Erschrocken fiel er auf die Knie. Hinter ihm der Earl, der gespielt bedauernd seufzte.

„Du hast doch keinen blassen Schimmer davon, was Liebe ist, Ben!"

Der treue Vogel an ihrer Seite war fortan verstummt. Jedoch selbst bei Tageslicht funkelte die Taube wie ein Glühwürmchen. An unzähligen Büschen vorbei, der Weg grenzte nach und nach an einem steilen Abgrund. Ihre Augen getränkt voller Ehrfurcht. Die Beine wurden schwer, der Körper war erschöpft. Die rutschigen Steine häuften sich. Die Gefahr war zum Greifen nah. Nach geraumer Zeit überquerten die Gefährten einen kleinen Bach. Am Ufer lag ein durchnässter halber Zettel, den sie allerdings nicht entziffern konnte. Seufzend blickte Lumine die Taube an und sprach: „Hat unsere Reise je ein Ende? Wohin führt es mich eigentlich? Wenn ich dies nur wüsste!" Betrübt senkte das Mädchen seinen Kopf. Die Taube setzte sich tröstend auf seine rechte Schulter und durch ihre Berührung sammelte Lumine plötzlich Energie. Sie mussten weiter. Eine andere Wahl blieb ihnen gewiss nicht.

Kapitel 12 – Neugier ist der Katze Tod

Aus allen Wolken fiel sie. Der ganze Boden löste sich unter ihr auf, und die Schwerkraft riss sie mit sich. Wozu dies bloß?

Gedankenverloren starrte Luna ihr gemeinsames Portrait mit Benedict an, direkt in seine gemalten Augen. Ein äußerst bemerkenswertes Talent, die Fähigkeit zu besitzen, Menschen als auch ein allgemeines Abbild detailgetreu auf eine Leinwand übertragen zu können. Sie liebte es. Neben ihrem geliebten Kinderbuch, ihr zweitliebstes Geschenk von allen. Jedoch schien etwas sie zu stören. Je tiefer und intensiver das Mädchen dessen Augen betrachtete, desto mehr entstand in ihr ein Gefühl der Bedrückung. An Einbildung wollte sie nicht glauben. Dieser Mann, der Einzige, dem sie wirklich vertrauen konnte, verbarg etwas weitaus Tiefgründigeres, als er es von außen zu zeigen pflegte. Anmerken ließ er sich gar nichts. Eine eiserne Fassade existent in einer Welt, die nicht die ihre zu sein schien. Von der Welt hatte sei bei Weitem viel zu wenig gesehen. Doch sein Gesichtsausdruck barg mit Sicherheit eine Menge Geheimnisse. Sie schritt an den Bücherregalen vorbei ans Fenster. Den Vorhang behutsam beiseite ziehend, sah sie den Vorhof. Ein Stich in ihrem Herzen veranlasste sie dazu, den Blick auf ihre toten Beete zu richten. Nach wie vor stimmte sie jenes Geschehen traurig. Es wuchs nie wieder auch nur eine Pflanze. Die Erde des Blumenbeetes war tot.

Nach Abwechslung sehnte sie sich. Die Stadt hatte sie seit Jahren nicht mehr besucht. Selbst wenn Menschen-

mengen sie verunsicherten und beunruhigen konnten, so
wünschte sie sich, wieder einmal auf dem Marktplatz herumlaufen zu können. Zur Straßenmusik tanzen wollte
sie. Auch wenn lediglich einmalig, so war es ihr Wunsch.

Die Sonne verschwand hinter dicken und dunklen
Wolken, Schatten legten sich über alles. Die Stimmung
im Hause, ihres Empfindens nach angespannter als zuvor,
verschlimmerte sich, das Wetter untermalte dies. Unwohlsein, ein schreckliches Gefühl. Jeden Raum durchzog eine
solch Kälte, dass Gänsehaut ihren Körper überzog. Eiszapfen hingen von der Decke herab, und sogar die lodernden Flammen der Wandlaternen erstarrten hemmungslos
zu Eis. Wer unbedacht durch die Gänge schlich, den traf
ein gefrorener Dolch von oben. Sie schüttelte den Kopf.
Viel zu dramatisch.

Ihre Fingerkuppen streiften im Vorbeigehen die Wänden entlang, das Kribbeln dämmte ihre Unruhe. Orientierungslos irrte sie umher, passierte Angestellte des Hauses, die sie freundlich grüßte mit einem angestrengten
Lächeln, das in ihre Wangen stach. Ein Schauspiel gehörte ins Theater und nicht ins traute Heim. Einen Schlüssel
brauchte sie, um aus diesem öden Käfig fliehen zu können. Zu gerne würde sie ihn auffinden. Vor der Tür eines Gästezimmers blieb sie stehen und trat nach kurzem
Zögern ein. Einige Zeit bevor sie das Licht der Welt erblickt hatte, wohnte ihr Onkel in diesem Gemach. Kurz
darauf, nach seiner Abreise, verstarb er, wurde ihr erzählt.
Sein Zustand erwies sich als todkrank. Ihre Mutter verlor
nicht viele Worte über ihn. Dabei hätte sie gerne mehr
über ihn erfahren. Nach seinem letzten Besuch hatte sie
ihn nie wiedergesehen. Für Luna verständlich ein schwieriges Thema. Besonders, da auch ihre Schwester früh aus

dem Leben schied. Die eigene Familie zu verlieren, brachte mit Sicherheit großes Leid mit sich. Sie wollte sich nicht vorstellen, welch einen Schmerz die Frau ertragen musste. Ob sie noch heute an dem Verlust litt? Welchen Verlust denn genau? Den ihres Bruders? Den ihrer Schwester? Den ihrer selbst?

Eine Endlosschleife im Elend. Kein Funke an Lebensfreude mehr in ihren Pupillen. Das Mädchen sorgte sich.

Das kleine Räumchen hatte sie nahezu gerufen. Verblüfft wurde nach Luft geschnappt. Kratzspuren? Woher und weshalb? Besessen von Neugier, tastete sie jene Flächen ab und beäugte sie mit scharfem Auge. Ihre Gedanken kreisten, die Fantasie kreierte einen Schauerfilm. Der Magen zog sich augenblicklich zusammen. Ihr wurde schlecht, trotz nur Vermutungen. Luna stoppte. Mehr ausmalen wollte sie sich nicht. Noch dazu war es viel zu absurd. Niemals. Höchstens im Traum. Am besten für sie wäre es gewesen, hätte sie den unheimlichen Geschichten, die ihr Dalton, der Gärtner, einst erzählt hatte, nie zugehört. Zu fest hatte sie sich darin verbissen, hing an seinen Lippen mit einer immensen Faszination, obwohl die Angst gleichzeitig überhand genommen hatte. Ein Fehler ihrerseits. Und aus Fehlern musste man schließlich lernen sowie mit dessen Konsequenzen umgehen können. Zu jung war sie, dachte sie. Reine Albernheit, sich eigene Geschehnisse in der Fantasie auszudenken, vor allem wenn man dazu neigte, sich darin zu verlieren und jämmerlich zu ertrinken. Ein Teufelskreis. Und dennoch liebte sie es, in der Gedankenwelt zu schwelgen. Der Versuch zumindest, zu verdrängen, ließ sie in dem Glauben, glücklich zu sein.

Die Stimme Gregwoods ließ ihren Leib sichtbar zusammenzucken. Im Türrahmen stehend, warf er ihr einen bedrohlichen Blick zu.

„Was macht Ihr hier?"

Als stehe sie vor einem Ungeheuer, erhob sie sich langsam und wand sich zu ihm um. Im ersten Moment fehlten ihr jegliche Worte.

„Ich habe mich umgesehen, nichts weiter!" Kleinlaut sprach sie und huschte an ihm vorbei, mit einem bitteren Beigeschmack. Ein mulmiges Gefühl verfolgte sie den Rest des Tages über, als würde sie ihre Tat bereuen, als hätte sie jemandem Leid zugefügt. Die gleichen stechenden Augen wie die ihres Vaters.

Das Abendmahl schmeckte fad wie Schuhleder. Lustlos und appetitslos wurde das Essen mithilfe des Bestecks zu sich genommen, um die schwere Leere des Magens zu betäuben. Die Stille am Tisch unerträglich. Selbst eine zu Boden fallende Feder hätte man hören können. Schrecklich. Ihr Hals juckte unaufhörlich.

Luna zog sich zurück in die Bibliothek, versteckte sich hinter den vielen Regalen. In ihren Armen ihr geliebtes Buch Lumine. Zeile um Zeile, die sie auswendig kannte, verschlang sie, erhoffte sich, in die Lektüre physisch eintauchen zu können und nie wieder zurückkehren zu müssen. Das Dasein in einem Märchen. Eine schöne Vorstellung ihrer Meinung nach. Allerdings wäre sie erneut genauso einsam wie die Protagonistin Lumine auch, mit Ausnahme ihres treuen Begleiters Kuro. In ihrem Falle Ben.

Energisch schabten ihre Fingernägel an der Haut ihres Halses. Eine Allergie? Der Juckreiz wurde schlimmer. Kratzspuren, so rot wie helle Rosen, zierten die Kehle. In

Trance dachte sie weder daran, das Lesen im Buch noch das Kratzen zu unterbinden. Ein leises gequältes Wimmern gab sie von sich. Schritte waren zu hören. Ihre Wenigkeit horchte auf. Eine leise Vorahnung erlaubte es ihr, Ruhe zu bewahren. Enttäuscht wurde sie keineswegs. Der Butler Ben fand die Weißhaarige auf.

Der Mann mit den schwarzen Haaren stutzte aufgrund ihres äußeren Erscheinungsbildes. Schnitte an ihrem Hals? Als hätte sie seinen stummen Einfall gehört, bedeckte sie beschämt mit der rechten Hand die wunden Stellen. Langsamen Schrittes kam er näher, ging vor ihr in die Knie. Ertappt fühlte sie sich.

„Ich störe Euch doch nicht, oder?"

Der Gesichtsausdruck der adeligen Tochter trübte sich traurig. Leise verneinte sie. Ein minimales Empfinden an Freude durchströmte sie, der Juckreiz verschwand.

„Ihr lest wieder in Eurem Buch, wie ich sehe!" Ein kleines Lächeln seinerseits.

„Wer hat dich geschickt?", fragte Luna und unterbrach kurz den Augenkontakt.

„Niemand hat mich geschickt, Lady Luna!" Konnte oder wollte sie ihm nicht glauben?

„Lüg nicht!" Das Buch hatte sie geschlossen und neben sich platziert, ihr Zeigefinger spielte abwesend mit einer Haarsträhne.

„Tu ich nicht. Mir käme es nie in den Sinn, Euch anzulügen!" Seine Verbeugung sollte Gesagtes unterstreichen. Eine einzelne Träne lief ihre linke Wange hinab. Niemand. Niemand scherte sich um sie. Egal wo sie hinsah, in diesem Haus gab es wahrlich keinen, der sich um sie wirklich kümmerte. Erneut traute sie sich, ihn anzuschauen. Sollte ihre Illusion irrelevant sein und ihr keinen Streich spielen, so war Ben derjenige, der sich um ihr Wohl sorgte. Jedoch: Ein zugeteilter Bediensteter war doch dazu verpflichtet. Oder nicht?

Die Vorstellung schmerzte.

„Ihr blutet!", wies der Butler mit trockenem Ton auf eine offene Wunde hin. Ein kleiner Blutstropfen rann aus der aufgekratzten Verletzung. Warm und rot. Erschrocken fasste Luna sich an die Stelle, musterte ihre Fingernägel, die sich ebenfalls verfärbt hatten.

Unbeabsichtigte Selbstverletzung. Unbewusst, und das Jucken entpuppte sich als Hirngespinst, dachte sie sich. Sie schluckte hörbar.

„Mir scheint, Euch beschäftigt etwas!" Seine ruhige Stimme konnte bei ihr wie Wunder wirken. Diesmal aber nicht. Jene Flut an überfordernden Gefühlen, die sie belasteten, versuchte sie zu unterdrücken. Zu sehr sehnte sie sich in jenem Moment nach einer Umarmung. Luna stellte sich auf die Beine, die beinahe eingeschlafen waren.

„Ich würde gerne weg von hier", stotterte sie leicht, aber mit bestimmendem Ton.

Erstaunt sah er sie an. Eine Idee der Absurdität, hätten andere behauptet. Ein so junges Geschöpf wollte ihrer Familie den Rücken kehren. Sein Schweigen reichte ihr aus. Wie lächerlich von ihr.

Der Mond stand bereits hoch am Himmel. Mit geschlossenen Augen sonnte sie sich in dessen Licht vor dem Fenster in ihrem Zimmer. Versucht, Trost zu spenden, strich sie über ihre dünnen Arme. Das federleichte Bett, den Wolken gleich, bog sich unter ihrem leichten Gewicht. Einen Moment verharrte sie in der sitzenden

Position. Ihr war nicht wohl einzuschlafen. Aus unerfindlichen Gründen überkam sie Furcht. Erneut kratzte sie sich am Hals. Die Atmung wurde hektischer. Seitlich ließ sie sich fallen und konnte ihre Hände nicht von ihrem Hals trennen. Aggressiver schabten die Nägel, bis sie wieder anfing zu bluten. Von dem dezent metallenen Geruch wurde ihr schwindlig. Das Bild drehte sich immer schneller und schneller. Dann wurde es schwarz um sie herum.

Paranoia verleitete jene dazu, der Vorsicht weitaus mehr Beachtung zu schenken. Und Vorsicht bedeutete Maßnahmen ergreifen konnte man also jemanden zum Schweigen bringen, ohne dessen Leben auszulöschen?

„Earl Edwin, wie soll ich vorgehen?" Der Angesprochene las zuvor noch einen Brief, bevor er zu seinem treuen Helfer Gregwood schaute.

„Und du bist dir absolut sicher darüber, dass meine Tochter zu viel weiß?"

Die Hände zu Fäusten geballt, verbeugte der Braunhaarige sich und beharrte.

„Gewiss, mein Herr. Es gibt keinen Zweifel. Meine Augen trügen mich nie!"

Laut schnaubend stemmte das Oberhaupt die Arme auf den Tisch. Das Kerzenlicht flackerte in der schnellen Bewegung.

„Dann sorge dafür, dass sie es niemals wagt, sich zu versprechen!" Kalt und gewissenlos.

Treu wie ein Hund fiel ihm auch sogleich eine Lösung ein. Ein riskanter Eingriff, aber unwiderruflich und effektiv. Das genügte.

Bevor der Bedienstete aus der Tür verschwinden konnte, wurde er aufgehalten.

„Solltest du sie töten, so wärst du der Nächste, merk dir dies!" Ein seitlicher Blick des anderen.

„Also was wirst du tun?", wollte der Earl wissen.

Gregwood grinste kindlich. „Seid unbesorgt!"

Ein ohne zu zögern Folge leistender Lakai, ein Hund, der ihm aus der Hand fraß. Gierig und egoistisch. Durchaus nützlich. Ein Mensch hatte lediglich einen Mehrwert, wenn man ihn benutzen konnte, wie er fand. Seine Marionetten tanzten fröhlich über die Bühne, und die Dummen, von Täuschung geblendet, applaudierten begeistert. Herrlich.

Benommen wachte Luna auf und spürte, wie sie getragen wurde. Energielos lag sie in dessen Armen, wusste nicht, was um sie herum geschah. Die Wahrnehmung gehemmt, die Dunkelheit verbarg alles. Ein endlos langer Flur.

Dann folgten nur noch Erinnerungsfetzen. Auf einem Tisch wurden all ihre Gelenke fixiert. Eine Spritze fand ihre Verwendung. Die Klinge eines scharfen Messers reflektierte das Licht der Laternen um sie herum. Die Waffe über ihr flirtete nervenzerreißend lange mit ihrem Hals. Panik durchströmte jede Vene. Ihr Herz raste und schmerzte.

Gekonnte Schnitte aus trainierter Fähigkeit wurden vollzogen. Seziert wie ein Frosch.

Um zu schreien, fand sie keine Möglichkeit, und schon war es geschehen. Die Haut brannte höllisch, das Blut floss in erschreckenden Mengen. Sterben würde sie nun, dachte Luna, bevor sie das Bewusstsein verlor. Ihre Stimme auf ewig verschwunden. Dazu verdammt, für immer zu schweigen. Zurück blieben Narben.

Dies war der Tag, an dem man sie öffentlich für tot erklärte.

Die ständige Anspannung war sehr belastend. Auf welcher Höhe sie sich befanden, konnte sie sich nicht mal ansatzweise vorstellen. Der Nebel bedeckte den tief liegenden Boden. Es wehte der kalte Wind. Ein kleiner Fels versperrte den Durchgang. Lumine schluckte. Sie musste klettern. Kuro flog drüber hinweg und wartete auf sie. Ein Blick zu ihrer Linken erinnerte sie an die fatalen Folgen, würde sie abrutschen. Entschlossen ergriff sie das feucht angewachsene Moos und sprang nach oben. Das Gewächs färbte ihre Kleidung grün und braun. Noch ein kleines Stück, und sie hat es geschafft. Ihr rechtes Bein schwang sie nach oben und zog sich hinauf. Die Oberfläche entpuppte sich aber als äußerst uneben. Ihr fehlte jeder Halt, und sie stürzte in die trübe Tiefe. Sie schrie. Die Taube flog ihr zu Hilfe, ergriff den Umhang, den sie trug, mit seinen Krallen, und wundersamerweise war Lumine gerettet. Kuro war tatsächlich dazu in der Lage, ihr Gewicht zu tragen. Erstaunt öffnete das Mädchen die Augen und genoss den Augenblick des Fliegens. „Sieh nur, Kuro!" Fasziniert wandte Lumine ihre Aufmerksamkeit nach unten. Den dichten Nebel überwunden, erstreckte sich über Hunderte Meter ein Meer aus roten Rosen unter ihnen. Jedes negative Gefühl, das sie in der Vergangenheit empfunden hatte, schien in jenem Moment wie ausgelöscht. Pure Schönheit wuchs unter ihnen. Und vorne ganz klein am Horizont zeichnete sich eine Stadt ab.

„Wir haben es geschafft, Kuro. Ich danke dir!", lächelte Lumine glücklich.

Die Reise nahm somit ihr Ende, und für das Mädchen begann ein neues Kapitel. Selbst die schlimmsten Schicksale kannten gute Zeiten – und auf das diese sich häufen mögen.

Kapitel 13 – Nacht der Befreiung

Die örtliche Stadt erstrahlte im orangenen Licht der unzähligen Fackeln in schwärzester Nacht. Aufruhr, Zorn und Rache trieb die Bewohner dazu an, sich zu versammeln. Der vorherige Tag sollte der Letzte gewesen sein, an dem Unschuldige dem angeblichen Fluch der weißhaarigen Hexe zum Opfer gefallen waren. Skepsis traf auf Überzeugung.

„Brennen soll sie dafür!", wurde geschrien.

„Es gibt keine Flüche, nur bestialische Monster!" Einer erklomm ein massives Fass und richtete seinen Blick auf den mit Blut befleckten Pfad, der aus der Stadt führte. Das Gewehr auf seiner Schulter lud er nach. Es war vollständig geladen und einsatzbereit.

„Ich habe sie beide gesehen. Die Frau und ihr Diener!" Die Frau schluchzte.

„Die Blutspur wird uns zu ihnen führen!"

Der alte Mann, der einst Bekanntschaft mit diesem Scheusal gemacht hatte, beobachtete das Treiben der Menschen aus dem Fenster einer Bar. Das Glas mit Whisky fest in seinem Griff. Er hoffte, dass die Leute sich nicht zu sehr verrennen würden. In einem Labyrinth aus unzähligen Spiegeln befanden sie sich, war er der Meinung. Jedes Glas würden sie nicht zerschießen können, ohne jemand anderen dabei zu treffen, wenn nicht sogar ihn selbst. Zutiefst dankbar war er dafür, ihm damals entkommen zu sein. Trotz der unnachvollziehbaren Gewalt und Brutalität stellte er sich die Frage, was dieses Wesen erlebt haben musste, um so zu werden, was es nun war.

Doch Verständnis hatte der Alte ebenfalls für die Mitmenschen, selbst wenn die meisten nur herzlose Schauspieler waren, insbesondere die Adligen des Landes.

Seufzend rieb der Bartträger sich über die kalte Stirn. Ein grauenhaftes Schicksal. Interessant war es, dass in ernsten Ausnahmesituationen sich die wahren Gesichter zeigten. Die Welt, wie er sie kannte, stellte sich als grausam und kalt heraus. Das Leben war ein Krieg. Ein Kampf mit anderen sowie den eigenen Dämonen, und wer nicht stark genug sein konnte, wurde besiegt und ging zugrunde. Das knarrende Holz ließ seinen Kopf nach links drehen. Ein Mann mit braunen Haaren betrat den Laden. Seine grünen Augen trügerisch warm und auch stechend, dazu in der Lage, Stahl zu durchbohren.

Das Gefühl, ausgeliefert zu sein, beschrieb jeder als erdrückend. Der ganze Platz roch nach Rauch brennenden Holzes. Machtlosigkeit. Man lebte unbeschwert, und durch nur eine Person in einem bestimmten Moment drehte sich das Blatt erschreckend schnell um. Der Mehrheit lief es eiskalt den Rücken runter, während andere wiederum Tränen vergossen. Ein Ende sollte erfolgen zum Wohle aller.

Gewehre, Pistolen, Mistgabeln, Schläger und Metallstangen reckten sich kampfbereit gen Himmel. Jeder Muskel zum Zerreißen gespannt. Der Puls auf Hochtour und alle Sinne so geschärft wie noch nie zuvor. Die Jagd war eröffnet.

Der Hafen geplagt vom Winde und menschenleer. Unter einer alten Plane standen vier Männer. Alle mit einer Zigarre in der Hand.

„Unser Boss ist tot und seine rechte Hand untergetaucht!" Spöttisches Lachen.

„Belogen hatte er uns alle, seine Kleine lebt also noch!"

„Dass sie ihn überleben würde, hätte niemand gedacht, geschweige denn Ben!"

„Wahrlich verblüffend. Was hat die heutige Zeit noch alles zu bieten?"

„Was denkt ihr, sollten wir unser Haustier unter Kontrolle bringen?"

„Mach dich nicht lächerlich. Ich habe so das Gefühl, dass es diese Nacht enden wird!"

„Sei dir da nicht so sicher. Das Leben schreibt schließlich die besten Geschichten!"

Geschockt und mit weit aufgerissenen Augen kauerte Luna in der Ecke des Raumes ihres verlassenen Häuschens leicht abseits der Zivilisation. Sein Anblick war ihr mehr als nur zuwider. Blutüberströmt und dennoch unverletzt. Starr blickte er sie aus dem morschen Türrahmen an. Von außen hin die Ruhe selbst. Die hochgekrempelten Ärmel entblößten seine Brandnarbe, sein Kennzeichen. Eine 17. Was die Zahl wohl bedeutete? Jedoch darauf eine Antwort zu finden, stand nun bei Weitem nicht an erster Stelle. Panische Angst hatte über sie Besitz ergriffen. Ihre Schleife um den Hals saß locker, was ihr entging. Der Leib erstarrt, und trotzdem fühlten sich die Arme an, als würden sie beben. Schreien konnte sie nicht. Eine solch unheimliche Stille hatte sie noch nie miterlebt. Stumm flossen die Tränen in Sturzbächen nur so dahin. Ihre Atmung stockend. Was war bloß geschehen?

Ohne den Augenkontakt zu unterbrechen, setzte Ben sich auf einen Stuhl mit kerzengerader Haltung. Sein Ausdruck änderte sich schlagartig ins Liebevolle. Hier bei ihm war sie in Sicherheit. An seiner Seite konnte ihr nichts geschehen, und hoffentlich blieb dies so. Sein Ein und Alles. Der Goldschatz seiner bizarren eigenen Welt. Zu gerne hätte er sie getröstet, doch beschmutzen wollte er sie gewiss nicht. Seine letzte grausame Tat komplett verdrängt, nur noch bruchteilhaft im Gedächtnis, als wäre es lediglich ein Traum gewesen. Ein Traum, der allerdings alles andere als erschreckend war. Gewohnheit färbte sich bekanntlich viel zu schnell grau.

„Ihr braucht Euch nicht vor mir zu fürchten, glaubt mir!" Mit diesen Worten stand er auf und legte seine rechte Hand auf die linke Brust.

„Ich wäre mit Abstand die letzte Person, die Euch auch nur ein Haar krümmen würde!"

Er verbeugte sich kurz.

Nichts konnte sie in jenem Moment als verstörender beschreiben. Wer war dieser Mann, der gerade vor ihr stand? Weg wollte sie von diesem Scheusal. Je länger sie ihn anschaute, desto stärker wurde das Gefühl der Übelkeit. Langsamen Schrittes kam er auf sie zu. Die Zeit verging wie in Zeitlupe. Instinktiv wich sie noch mehr zurück, drückte sich verzweifelt mit dem Rücken gegen die Wand in der Hoffnung, durch sie hindurch verschwinden zu können. Zwar sagte Ben, er würde ihr nie was antun, aber sein Erscheinungsbild sprach ganz andere Bände. Ein wahres Horrorszenario, gezeichnet auf seinem gesamten Körper und der Kleidung. Die Frisur zerzaust, die Krawatte ausgeleiert. Nur erahnen konnte sie, was vorgefallen war, und doch wollte sie es nicht wissen. Der Verdacht allein genügte ihr. Belogen kam sie sich vor. Getäuscht wurde sie all die Zeit über. Jeden Tag. Während sie seelenruhig in der Nacht den Weg in den Schlaf fand, ging er bestialischen Tätigkeiten nach, die sie sich nicht mal im Traum ausmalen wollte. Ihre zitternden Lippen formten das Wort „Warum?".

Den stummen Befehl befolgend, blieb er an Ort und Stelle stehen. Zwei Meter von ihr entfernt. Vorsichtig traute Luna sich aufzustehen. Ihn beobachtend, näherte sie sich achtsam der Tür auf der anderen Seite. Das Herz pochte schmerzhaft in der Brust, der Puls raste.

„Ich bitte Euch!" Beschwichtigend hob er seine rechte Hand. Er wusste genau, was sie vorhatte. Aber sie daran hindern wollte er nicht, zumindest nicht gewaltsam. So schnell wie sie nur konnte eilte sie davon.

Getrennt von den anderen und weiter voraus folgte er dem Pfad durch den kleinen Wald. Der Trieb und Sinn nach Gerechtigkeit spornte ihn so sehr an, dass jedes noch so kleine Risiko außer Acht gelassen wurde. Was auch immer dieses Land heimsuchte, es musste gestoppt werden, ausgelöscht werden. Für immer. Das Gewehr, mit noch intensiverer Kraft umklammert, zeigte ihm mit dem Lauf die Richtung an. Die blutigen Spuren wurden abscheulicherweise nicht weniger. Er glaubte fast, Metall riechen zu können. Das Rascheln der Gebüsche ließ ihn aufhorchen. Mit gespitzten Ohren musterte er die Umgebung. Wachsam überflog er Baumstämme, deren Wurzeln und Büsche, Steine, Äste sowie kleine Zweige. Knisternde Blätter veranlassten ihn dazu, sich umzudrehen.

Da stand sie. Der Ursprung allen Übels.

Mordlustig fing der Mann an zu grinsen, die Pupillen funkelten auf. Die Waffe innerhalb weniger Sekunden auf sie gerichtet.

„Hab ich dich, Hexe!"

Das weiße Kleid zerrissen, die Schleife am Hals fehlte. Abwehrend hob Luna die Hände nach oben, hielt sie vor ihren Körper. Stumm flehte sie um Gnade, hoffte aus tiefstem Herzen, er würde nicht auf sie schießen. Ausgeliefert fühlte sie sich. Der Finger des Gegenübers zitternd am Abzug.

„Heute bist du diejenige, die das Zeitliche segnet!"

Der Knall hallte durch den gesamten Wald. Vögel verließen im Schwarm panisch die Baumkronen mit zwitscherndem und krächzendem Gesang.

Haltlos sackte Luna zu Boden und hielt sich die Wunde am linken Oberarm. Ein Streifschuss. Die Verletzung brannte höllisch. Daran denken, aufhören zu weinen, konnte sie nicht. Die gesamte Haut kalt und weiß wie Schnee, bis auf die Wunde und ihre glühenden Wangen. Völlige Überforderung beherrschte sie. In letzter Sekunde tauchte ihr Butler auf und stürzte sich auf den Schützen. Die Waffe, nun in der Gewalt ihres Retters, diente als Schläger. Rücksichtslos schlug er auf den anderen ein, direkt ins Gesicht bis zur Unkenntlichkeit. Immer wieder und wieder. Einer unmenschlichen Sucht hatte er sich hingegeben. Als der Liegende auf ewig verstummte, lief sie auf zitternden Beinen weiter davon.

„Wartet!", rief Ben ihr hinterher.

Zu sehen, wie seine Liebe vor ihm flüchtete, empfand er als größten Schmerz, den er jemals verspürte, wenn auch der Einzige. Sein Empfinden hatte sich ihr verborgen hinter einem dichten Schleier, der nach und nach verbrannte. Die hinterlassene Asche trübte sein Wesen, wovon sie sich bedauerlicherweise einlullen ließ. Blindheit war der Zwilling der Ignoranz. Für ihn gab es keinen Grund, weshalb sie sich vor ihm fürchten musste. Dies wollte er ihr mit Hingabe beweisen. Achtlos warf der Schwarzhaarige das Geschoss zur Seite. Emotionslos schaute der Mann auf den leblosen Leib herab. Geschah ihm recht. Niemand wagte es, seiner Lady auch nur ein Haar zu krümmen. Dies wusste er zu verhindern, um jeden Preis. Um Konsequenzen scherte er sich seit seiner Kindheit nicht mehr. Wozu also Reue zeigen? Finden musste er sie. Von Weitem hörte er aufgebrachte Laute. Seine Intuition sollte ihn nicht enttäuschen. Sie wurden gesucht. Mit dem Handrücken wischte er sich die rote Flüssigkeit von der Lippe und biss sich dabei auf die Zähne. Im schnellen Schritt folgte er ihr.

Einen Moment lang lehnte sie sich an einen dicken Baum. Ihre Sicht verschwamm episodenhaft. Der Kopf gefüllt mit Tausenden von Fragen und doch zugleich leer wie ein Vakuum. Vom Pfad war sie abgekommen zu ihrem Glück. Die schwarze Flora bot ihr ein Versteck. Die Luft eiskalt. Die Rinde des Baumes so alt und rau. Ihre Orientierung drohte nachzulassen. Das Meer an Bäumen, ein wahrer Irrgarten. Die Lunge klagte, ihre Ausdauer mehr als nur überstrapaziert. Sie wollte endlich aufwachen. Die Tatsache, dass man sie tot sehen wollte, ließ ihr Verständnis in bodenlose Tiefe stürzen. Warum? Sie hatte doch nichts getan. Für die Taten des Butlers musste sie tatsächlich büßen? Wie ein Blitzschlag leuchteten in ihr Erinnerungen auf. Vor wenigen Wochen stand auf dem Marktplatz ein alter Mann, der zur Menge rief. Auf seine genauen Worte hatte sie jedoch nicht besonders geachtet. Die Rede des Fremden nicht mehr als ein weit entferntes Echo. Voller Euphorie hielt er seine Ansprache, und doch verstummte er abrupt, gepeinigt von Ehrfurcht.

Der gesamten Welt fühlte Luna sich ausgeliefert. Eine winzige unschuldige weiße Maus das Ziel aller, dargestellt als eine Bedrohung. Die schwächlichen Glieder schmerzten, brannten, kratzten, und ihr Herz blutete. Sehnlichst wünschte sie sich, mit Flügeln auf dem Rücken davonfliegen zu können. Eine Hexe wurde sie genannt. Brennen wollte man sie sehen. Zu Staub und Asche sollte sie zerfallen.

Wäre sie doch bloß zu Hause bei ihrer Familie geblieben. Ob sie sich wohl sorgten?

Die Schwärze wurde von leuchtenden Fackeln, die eine lange Schlange bildeten, vertrieben. Das Reptil, gebildet aus Menschen, zog nicht weit von dort an ihr vorbei, dessen Schuppen scharf und spitz waren. Die junge Frau verfiel in eine Starre und beobachtete die Morddurstigen aus noch sicherer Entfernung, wie sie an ihr vorbeizogen. Die finsteren Grimassen ließen Blut zu Eis gefrieren. Einen irren Blick mit keinerlei Spur an Humanität, ähnlich wie bei Ben. In welcher Welt lebte sie?

Der Rauch der Flammen flog in ihre Richtung und stach in der Nase. Wie ihr verbranntes Fleisch riechen würde, wollte sie niemals herausfinden.

Ein weiterer Schuss aus dem Nichts, gefolgt von Aufruhr. Unter höchster Dosis an Adrenalin ging sie ihres Weges, dabei die Meute im seitlichen Augenwinkel behaltend.

Die Kugel jagte einen schemenhaften Schatten. Die Gruppe zuckte zusammen und horchte auf. „Ich habe etwas gesehen. Das war bestimmt die Hexe!", rief derjenige, der geschossen hatte.

„Gesehen habe ich nichts, jedoch gehört!" Der neben ihm und zog seine Mütze vom Kopf.

„Ihr alten Greise könnt euch doch nicht mehr auf eure Sinne verlaßen!“

Der Aufruhr erzeugte Feindseligkeit, der jeden Körper durchdrang, wie ein Dolch. Solch Unmengen an Negativität an einem Fleck erlebte man selten. Der Hauch vom Gedanken an Gnade, Vernunft oder Empathie vollkommen ausgerottet. Die Erinnerung daran, das Bewusstsein darüber tief vergraben.

„Vergeltung und Gerechtigkeit!“, wurde von den einen geflüstert.

„Findet sie!“, schrie der Hinterste aus vollem Halse. Die Adern an der Stirn pulsierten, drohten zu platzen.

Ein unschuldiges und wunderschönes Land, heimgesucht von einem Monster. Das Leben selbst war selbstverständlich auch dazu in der Lage, ungerecht zu sein. Oder lebten so viele im Unglauben und verschlossen ihre Sinne der dunklen Wahrheit, die die schwarzen Schafe wie ein leidenschaftlicher Hirte hütete? Die Wölfe hatten sie nun erreicht. Sie waren hungrig. Uninformierte Leute neigten dazu, in einer Traumwelt zu leben. Konfrontierte man sie jedoch mit der Wahrheit, so landen sie in der bitteren Realität – oder aber sie blieben stur und schenkten der Ignoranz ihre Aufmerksamkeit, ohne dabei zu merken, wie ihnen damit schmerzfrei die Augen ausgekratzt wurden.

Primitiv geleitet von Rache.

In der Ferne erblickte man es. Das Häuschen. Die Schritte beschleunigten sich.

Von außen so unscheinbar und klein. Niedlich und unschuldig. Und ausgerechnet in diesen Wänden verbarg sich der Fluch ihres Landes. Mit Wucht und voller Kraft wurde die Tür eingetreten. Der Halbkreis schottete jeden erdenklichen Fluchtweg ab.

Drei Männer stürmten herein, vergeblich.

„Sie sind fort!", teilte man trocken mit.

Hinter dem Haus fanden sie eine Kutsche, jedoch ohne ein Pferd. Auf dem weichen roten Sitz lagen eine Geige, deren Saiten gerissen waren, und ein Märchenbuch. Eine Frau wagte sich an das Transportmittel näher heran. Sie öffnete die Tür und nahm das Buch in ihre Hand. Ein wohlig warmes Gefühl empfand sie bei der Berührung, und gleichzeitig stimmte es sie traurig. Dasselbe Buch, aus dem ihr früher vorgelesen wurde. Die aufwühlende Situation kurz im Hintergrund. Ein winziges nostalgisches Lächeln zierte ihre Lippen.

Sie liebte dieses Märchen.

Die Fingernägel schabten an der Brandnarbe. Dies war Bens ewiger Fluch. Erinnerungsfetzen trübten seine Augen. Achtlos zertrat er jeden noch so kleinen Zweig mit unbewusstem Vergnügen. Kurz blieb er stehen. Die Bäume verhöhnten ihn. Ein weiterer Schuss fiel, dem er jedoch keinerlei Beachtung schenkte. Seine linke Schulter begann zu brennen. Das Hemd färbte sich eine Spur dunkler. Der Schwarzhaarige wandte sich um und erstarrte kurz.

Wie ein Schlag traf ihn die Wut und der Hass ins Gesicht. Der gleichgültige Glanz der Pupillen wich Abscheu. Eingekreist von vier Männern, einer hielt nach wie vor die Pistole in der Luft. An jenem Abend suchten ihn viel mehr Feinde heim, als ihm lieb gewesen war. Der durchstechende Schmerz ausgeblendet, nicht mehr als ein Nadelstich. Die Gesichter, verborgen im Dunkeln, verwehrten ihm jegliche Zuordnung. Doch sein Gehör

verhalf ihm und ließ ihn feststellen, realisieren, wer alles
vor ihm stand. Eine Entscheidung der passenden Reaktion bezüglich seiner misslichen Lage stellte sich als äußerst schwierig heraus. Überforderung hatte über den
Mann Besitz ergriffen. Sterben wollte er noch nicht. Das
Ziel war noch nicht erreicht. Gregwood musste noch verschwinden. Für immer.

Ein transparenter Nebel umhüllte den Butler, den seine Sinne irritierten. Adrenalin strömte durch seine Adern,
die Muskeln spannten sich an.

„Du scheinst den Ärger wahrlich anzuziehen, mein Junge!“, sprach der Bewaffnete und lachte finster.

„Verändert scheinst du dich allerdings nicht besonders
zu haben, wie mir scheint!“

„Uns die Schuld dafür zuzuschieben, käme mir sehr
suspekt vor. Es sei denn, du möchtest darüber diskutieren!“

„Eine Spur von Einsicht …!“ Kurze Pause. „Nicht
existent!“

„Wie schade!“

Der Waldboden endete nach und nach. Ihre Schuhe übersäht von haftendem Dreck. Pure Aussichtslosigkeit. Die
Nachtkälte setzte Luna zu, ließ sie frieren, aber es wurde
ihr auch heiß. Von unsichtbarem Schmerz, formlos und
dennoch präsent, schwerstens gepeinigt. Innere Taubheit
breitete sich in ihrem Körper aus. Kleine Kratzer, bis auf
die bereits vorhandene Narbe am Hals, entstellten ihre
Haut. Durch eine versteckte und enge Gasse schritt sie,
die unheimlicher nicht sein konnte. Jedes noch so leise
Geräusch hallte den Wänden entlang und ließ sie darum
fürchten, entdeckt zu werden. Dumm die Idee, sich in

die Stadt zu wagen. Doch einen logischen Gedankengang bilden zu können, wurde ihr nicht gestattet. Verzweiflung machte sie unzurechnungsfähig.

Sie sehnte sich nach ihrem Zimmer, das einst ihr Gefängnis gewesen war. Ein Gefängnis, aber ein sicheres. Was wäre wohl geschehen, wenn sie das Anwesen nie verlassen hätte?

Hätten dennoch so viele Unschuldige sterben müssen? Sie neigte dazu, dies zu bezweifeln. Erfahren würde sie es nie, so wie noch viel anderes nicht.

Auf einer hohen Brücke kam sie an. Ihre Anziehungskraft war immens. Sie sah eine Lösung. Die einzige und beste Lösung von allen. Ein bitterer Geschmack legte sich auf ihre Zunge.

Wozu wurde ihr das Leben eigentlich geschenkt? Ein Leben mit zu großen Einschränkungen war nicht lebenswert. Ein Leben, in dem jeder einen tot sehen wollte, war gefährlich und lediglich eine Qual.

Wozu musste ihr die Stimme geraubt werden?

Wozu hatte man sie eingesperrt und vor aller Welt versteckt?

Warum wurde ihr nie wirklich Zuneigung geschenkt?

Jedes Mal wenn sie in den Spiegel geschaut hatte, kam sie sich unglaublich befremdlich vor. Ihr Leben in großen Zügen genießen durfte sie nie.

Kontrolliert von zwanghafter Perfektion, einen Schein wahren, den es nie gab – das raubte ihr jede Energie. Wirklich gelebt hatte sie doch nie. Für sie war es vorbei.

Geleitet, stieg Luna auf den Brückenrand. Müde blickte sie nach unten in die erschreckende Tiefe, die sie bald erlösen würde.

Der Gedanke daran, ewig zu schlafen, an einen Ort zu gelangen, wo ihr niemand etwas antun wollen würde, beruhigte sie. Ein Heulkrampf durchbrach ihre vorherige emotionale Taubheit, der jedoch sogleich wieder stoppte, wie auf Knopfdruck. Zaghaft schaute sie sich um in alle Richtungen. Der Blick nach hinten kostete sie kurz ihr Gleichgewicht. Erneut fasste sie an den Streifschuss. Ihre Handfläche daraufhin rot befleckt. Mit den blutroten Augen, die pure Gleichgültigkeit ausstrahlten, und regungsloser Miene betrachtete die junge Frau ihre schlanken Finger. Zu oft hatte sie sich gewünscht, der Spiegel, der sie abbildete, würde in tausend Teile zerbrechen. Doch er tat es nie. Einer ihrer vielen unerfüllten Wünsche. Einen Ort, an dem sie in Frieden leben konnte, schien es für sie nicht zu geben. Ein Traum blieb nun eben lediglich ein Traum. Eines wurde ihr in dieser Nacht bewusst. Eine Erkenntnis, die ironischer und bitterer nicht sein konnte. Ihr Wesen, was sie ausmachte, so dermaßen misshandelt – sie würde sich selbst nicht wiedererkennen. Der Spiegel, den sie sich innerlich vorstellte, bröckelte, und mit ihm das Gesamtbild. Der Wind spielte ein letztes Mal mit ihrem zerfetzten weißen Kleid. Die letzte Träne rollte ihre weiche Wange hinab. Gen Himmel sah sie den Mond, den sie so mochte. Sehnlichst hatte sie sich gewünscht, ihr würde es wie Lumine ergehen. Äußerst bedauerlich und enttäuschend. Märchen waren und blieben Märchen. Dann ließ Luna sich fallen.

Vor einem gigantischen Haufen von Schutt und Asche stand der alte Bartträger und hustete aus tiefstem Halse. Seine Hände wanderten zurück in die Hosentaschen. An diesem Platz stand damals noch das schöne Anwesen der De Menciums. Der Vorhof und Garten schwarz und tot, leblos und trostlos. Das Rosenbeet ein leerer Graben. In der Zeitung handelte der größte Artikel von der adligen Familie. Spurlos verschwunden und von jenen meterhohen Flammen verschlungen. Keiner wusste, wer das vernichtende Feuer entfacht hatte. Gerüchten zufolge habe das Haus kurz vor der Tat angeblich noch aus allen Fenstern Licht verstreut, wie Glühwürmchen. Was mit ihnen geschehen war, wusste niemand. Jedoch: Was der Tatsache entsprach und worüber jeder Feigling froh gewesen war – der Fluch war anscheinend gebrochen. Seit Wochen im ganzen Lande windstill, das Wetter signalisierte Frieden.

Ein bekanntes Paar stechend grüner Augen schlich sich in den seitlichen Blickwinkel zur Rechten. Aus dem Nichts aufgetaucht, so leise wie ein Gespenst. Gregwood.

„Haben Sie das Haus auf dem Gewissen, werter Fremder?"

Stille.

„Nicht doch. Ich bitte Sie. Zu so was wäre ich selbst im Traum nicht imstande!"

Gregwoods Hand ruhte auf der Brust. Seine Stimme klang dennoch distanziert und kühl.

„Trotzdem scheint es mir, als würden Sie einiges mehr wissen als der Rest des ganzen Landes!" An Zufälle konnte der Alte nicht mehr glauben. Zu oft für seinen Geschmack hatte er auf ihn getroffen.

„Da irren Sie sich, verehrter Herr!“, lächelte er schwach, kehrte dem anderen den Rücken zu und ging seines Weges.

Die Autorin

Die Autorin Nami Korevko, 2001 in der Gemeinde
Kilchberg im Kanton Zürich geboren, legt mit „Lumine" ihr erstes Buch in unserem Haus vor. Von
Beruf ist sie Hotelfachfrau. Nach eigenen Angaben
fasziniert sie die literarische Kunst und Filmwelt.
Väterlicherseits ukrainischen Ursprungs, widmet
sich Nami Korevko weiterhin mit Engagement
neuen schriftstellerischen Aufgaben.